primo

Utta Danella

Alles Töchter aus guter Familie

Roman

primo

Ungekürzte Ausgabe

Umwelthinweis:
Alle bedruckten Materialien dieses Taschenbuches sind chlorfrei und umweltschonend.
Das Papier enthält Recycling-Anteile.

Made in Germany

Primo ist ein Unternehmen des Goldmann Verlags, München
Umschlagentwurf: S/L-Kommunikation
Umschlagfoto: ZEFA/Ariel Shelley
Druck: Elsnerdruck, Berlin
Verlagsnummer: 55058
MV · Herstellung: sc
ISBN 3-442-55058-0

Das schwarze Schaf

Ich bin das schwarze Schaf meiner Familie. Dabei versteh' ich gar nicht, wie es dazu gekommen ist. Alle fanden, ich sei so ein niedliches Kind. »Nein, wie reizend«, sagten die Verwandten und Bekannten, wenn ich auftauchte. »Sie ist nur furchtbar lebhaft«, erklärte dann Mama mit einem Seufzer, doch gleich darauf begann sie voller Stolz, von meinen beachtlichen Talenten und Fähigkeiten zu erzählen.

Die Leute fanden mich weitaus amüsanter als meine ältere Schwester, die unter uns gesagt immer ein wenig langweilig war. Inzwischen hat sich Marlise zu einer Schönheit ausgewachsen, alles an ihr ist vollkommen, anmutig und von ausgewogenem Maß. Ihr Haar ist goldblond und stets herrlich frisiert, ihre Haut makellos und blütenrein, ihr Lächeln immer ein wenig kühl und uninteressiert. Mit einem Wort, eine richtige Dame. Ich finde aber immer noch, daß sie langweilig ist. So viel Vollkommenheit auf einem Fleck, wer kann das ertragen. Ich bin neugierig, wie lange Eugen es ertragen wird. Eugen ist der Mann, den Marlise vor bald einem Jahr geheiratet hat. Er ist schrecklich reich und entsprechend anspruchsvoll. Das beschreibt mehr als viele Worte, *wie* schön meine Schwester ist. Sie hat eine blendende Partie gemacht, und Mama platzt vor Stolz darüber.

Übrigens hat Mama auch noch mal geheiratet, das ist jetzt ungefähr drei Jahre her. Soweit ist mein Stiefvater ganz erträglich, früher bin ich auch ganz gut mit ihm ausgekommen. Man gibt sich halt Mühe, nicht? Zu viel darf man ja auch von den Menschen nicht erwarten. Und so etwas Wundervolles wie meinen richtigen Vater gibt es sicher auf der ganzen Welt nicht mehr. Es wird immer der größte Kummer meines Lebens sein, daß er so früh gestorben ist und mich allein ließ. Mit ihm hab' ich mich am besten verstanden, er hat mich liebgehabt, genauso, wie ich bin. Ich

glaube, Mama hat nie richtig begriffen, was sie an ihm hatte.
Und Georg L. Federmann, den sie dann geheiratet hat, nachdem es uns einige Jahre recht mager gegangen ist, also Herr Federmann, mein Stiefvater, war damals ein ganz umgänglicher Mensch. Ein bißchen vierschrötig vielleicht und etwas beschränkt. Aber sonst ganz tüchtig in seinem Beruf. Das Dumme war, daß er sich immer mehr in die Politik hineindrängelte. Seit einiger Zeit ist er Stadtrat, und der Traum seines Lebens ist, in den Bundestag gewählt zu werden. Er hat das letzte Mal schon kandidiert, allerdings erfolglos. Alles dreht sich bei uns darum. Mit seiner Parteiarbeit hat er es furchtbar wichtig und führt deshalb neuerdings mit Vorliebe moralische Reden. Das Gesicht, das er dabei schneidet! Sehenswert. Aber er hofft, sich auf diese Weise bei seinen einflußreichen Parteifreunden beliebt zu machen.

Auch mein Schwager, Marlises Mann, mit seinem großen Betrieb, hat viele gute Verbindungen, er kennt eine Menge großer und prominenter Leute. Na ja, Herr Federmann wird es schon schaffen. Mama ist auch tüchtig hinterher, sie ist in einer Anzahl von Ausschüssen und Vereinen und macht eine Menge Wind. Vermutlich sieht sie sich schon als First Lady. Meinen Segen haben sie.
Aber im Grunde genommen mache ich mir nicht sehr viel aus ihnen. Ist vielleicht nicht hübsch, wenn ein junges Mädchen so von seinen Eltern spricht, aber so ist es nun mal. Und daß ich von der Schule geflogen bin, das war wirklich Pech. Ich hätte eben in Chemie besser aufpassen sollen. Oder war's in Physik? Dann hätte ich gewußt, wie stark die Sprengladung sein darf. So hab' ich sie halt zu stark gemacht. Ich wollte nur, daß es im Schrank ein bißchen brennt, gerade so viel, daß die Lateinarbeiten verbrennen, die Professor Klux dort eingeschlossen hatte. Aber dann ist das Ding viel zu früh losgegangen, mitten in der Zeichenstunde, der ganze Schrank ist in die Luft geflogen, Fräulein Mertens ist in Ohnmacht gefallen und hat sich eine Riesenbeule geschlagen. Künstlerpech!
Der Direx meinte, nun lange es ihm mit mir. Vielleicht hätten sie sich noch einmal erbarmt, wenn ich ein wenig mehr Reue gezeigt hätte, denn mein Stiefvater ist immerhin in

der Stadt sehr angesehen. Aber wie sie mich vor das versammelte Lehrerkollegium riefen, und Fräulein Mertens war da, mit der Beule und dem gekränkten Gesicht, und alle blickten mich an, als sei ich der leibhaftige Satan, da hab' ich gelacht. Teils weil Fräulein Mertens so komisch aussah, teils aber auch aus Trotz und Opposition, ich gebe es zu. Da meinten sie, an mir sei doch wohl Hopfen und Malz verloren, und die armen Eltern könnten ihnen leid tun. Herr Federmann wollte auch gar nicht, daß ich noch in Düsseldorf bleibe.

»Alles was recht ist, Thilde«, sagte er zu Mama, »das Kind ist unmöglich. Wie soll ein Mensch den Kopf frei haben zum Arbeiten, wie soll ich meine verantwortungsvolle Aufgabe erfüllen, die wirklich den vollen Einsatz verlangt, wenn ich täglich Angst haben muß, daß der Fratz wieder etwas anstellt. Sie macht mich in der ganzen Stadt unmöglich, schließlich bin ich nicht Herr Irgendwer. Und ich glaube, sie ist schon stadtbekannt.« Das ist natürlich stark übertrieben, Düsseldorf ist ja kein Dorf, nicht?

»Und außerdem«, sprach Herr Federmann weiter, »gehört sie in feste Hände. Du bist zu weichherzig, meine Liebe, und ja auch so beschäftigt.«

»In deinem Sinne, George«, sagte Mama, »für unsere Zukunft.«

Sie spricht seinen Namen immer englisch aus. George, das klingt feiner.

»Ich weiß«, antwortete Herr Federmann, »ich weiß, meine Liebe. Ich bin dir ja auch so dankbar. Was täte ich ohne dich?«

Kleine Pause. Vermutlich hat er ihr die Hand geküßt, das hat sie gern.

»Ja«, er räusperte sich, »ich habe mir weiß Gott alle Mühe gegeben, dem Kinde ein Vorbild zu sein. Gerade in moralischer und sittlicher Hinsicht. Ich glaube, daß unser Familienleben hierin beispielgebend genannt werden kann. Erst neulich wieder sagte einer meiner Parteifreunde: ›Die sittlich gesunde Familie ist die beste Gewähr für ein gesundes Volk, und Sie, mein lieber Federmann, ich weiß, Sie denken da genau wie ich.‹ Und das tue ich, wahrhaftig, das tue ich. Habe ich nicht alles für Marlise getan?«

»Gewiß, mein Lieber«, sagte Mama.

»Wir haben es uns was kosten lassen, das Kind in die richtigen Kreise zu bringen. Heute hat sie einen tüchtigen, wohlhabenden Mann und ist glücklich. Aber wie es mit Pony weitergehen soll, das ist mir ein Rätsel. Und wenn das Kind nun auch noch in sittlicher Hinsicht gefährdet ist, da muß einfach etwas geschehen.«

In sittlicher Hinsicht war ich deswegen gefährdet, weil mich Bekannte von uns kürzlich abends gesehen hatten, gar nicht spät, so gegen elf vielleicht, mit einem jungen Mann in einem Nightclub. Das war nur der Bruder von einer Schulfreundin. Der ist in mich verliebt. Manchmal treffe ich mich halt mit ihm, wir gehen dann ins Kino oder in ein Café oder so. Ich mach' mir gar nichts weiter aus ihm, er ist ziemlich doof und will mich immer küssen. Manchmal haben wir uns auch schon geküßt. Himmel, es gehört nun mal dazu, ein Mädchen muß so etwas lernen, man braucht es später. An dem Abend haben wir uns auch geküßt, nur so ein bißchen, beim Tanzen. Überhaupt war es meine Schuld, daß wir dorthin gegangen sind, ich wollte gern einmal sehen, wie so etwas ist. Auch nichts Besonderes, nur schrecklich teuer. Wir mußten beide alles Geld zusammenkratzen, damit wir die Zeche bezahlen konnten. Natürlich hab' ich mich doll hergerichtet, geschminkt und so, und ein Kleid von Marlise angezogen, damit keiner merkt, daß ich erst sechzehn bin. Die Bekannten, die uns gesehen haben, haben mich bei Herrn Federmann verpetzt, und er war mächtig empört. Gleich darauf passierte dann die Sache mit dem Bömbchen.

Alle waren entsetzt über mich. An diesem Abend, von dem ich hier erzähle, berieten sie also, was mit mir geschehen sollte. Ich stand im Nachthemd in der Diele und hörte zu. Interessiert einen doch. Leider erfuhr ich das Ergebnis nicht, denn Herr Federmann bekam plötzlich Durst. Bekommt er übrigens öfter. Das ist aber in meinen Augen noch einer seiner sympathischsten Züge.

»Wir könnten eigentlich einen Schluck trinken, Thilde, meinst du nicht?« fragte er plötzlich mitten in meine sittliche Gefährdung hinein, »mich regt die ganze Geschichte so auf, ein Schluck Wein würde mich beruhigen.«

»Du sollst dich doch nicht aufregen, George«, sagte Mama, »du weißt, was der Arzt gesagt hat.«

»Da soll sich ein Mensch nicht aufregen, wenn solche Sachen passieren. Ich werde uns ein Fläschchen holen, ja?«
Ich hatte gerade noch Zeit, in mein Zimmer zurückzuwitschen, ehe Herr Federmann erschien. Ich kroch ins Bett, denn mir war kalt geworden. Eigentlich hatte ich vor, später auf meinen Horchposten zurückzukehren. Aber ich bin dann plötzlich eingeschlafen. Kein Wunder, schließlich war das ganze Theater für mich auch ziemlich aufregend.

Franzenshöh

Nun bin ich also hier. Das ist das Ergebnis der Federmannschen Überlegungen. So 'ne Art Mädchenpensionat soll das wohl sein. Wahrscheinlich besonders moralische Leute mit strengen Grundsätzen. Na ja, muß es vielleicht auch geben. Sonst würden die anderen gar nicht merken, wie schön sie's haben. Jedenfalls ist es sehr vornehm, direkt schick, muß 'ne Stange Geld kosten. Herr Federmann machte auch so eine Andeutung beim Abschied.
»Also nun, Pony, ich bitte dich, Kind, nimm dich zusammen. Du willst dich doch nicht für dein Leben unglücklich machen. Eine gute Erziehung ist nun mal notwendig, wenn man sich behaupten will. Wir tun alles für dich, das weißt du doch. Es ist für Mama und mich kein kleines Opfer, dich in dieses Internat zu schicken. Es ist eines der teuersten und besten, die es gibt. In kleinem Rahmen, dafür alles Töchter aus guten Familien. Also bitte, mach uns keine Schande.«
Auf alle Fälle ist es weit weg von Düsseldorf. Süddeutschland. Hübsch, da wollte ich schon immer mal hin. Es ist gar nicht weit zum Starnberger See. Hier war ich mal mit meinem Vater, als ich noch sehr klein war.
Mama ist mitgefahren, anscheinend haben sie Angst, ich büchse unterwegs aus. Zwei Tage blieben wir in München, wo es mir ganz prima gefallen hat. Dann hat Mama mich rausgebracht.
Dr. Franzen heißt der Chef von dem Laden, ganz schnieker Bursche. Mama hat er auf die galante Tour genommen.
»Sie können ganz beruhigt sein, gnädige Frau. Ihr Fräulein

Tochter ist hier in allerbesten Händen. Die jungen Mädchen fühlen sich alle wohl bei uns, und der Geist des Hauses sorgt schon dafür, daß auch die etwas unruhigen Gemüter sanfter werden.« Dabei hat er mir mit schalkhaftem Lächeln zugeblinzelt. Das ist vielleicht ein Knülch. Schlecht sieht er nicht aus, angegraute Schläfen, Gesichtszüge ein bißchen aufgeschwemmt, aber eigentlich ein gutaussehender Mann. Sehr sympathisch ist er mir trotzdem nicht. Aber ich hab' mir fest vorgenommen, keine Vorurteile zu haben. Wenn ich schon hier bin, muß ich das Beste daraus machen.
Der Geist des Hauses. Ob das seine Olle ist? Frau Dr. Franzen, na, die gefällt mir schon gleich gar nicht. Steif und stinkvornehm, Gesicht wie 'ne Zitrone. Mich hat sie angesehen, als wenn ich aus dem Urwald käme. Zu Mama war sie allerdings zuckersüß. Dafür hat Mama auch die Platte mit Herrn Federmanns politischen Erfolgen aufgelegt. »Mein Mann als Stadtrat . . .« und: »Falls mein Mann für den Bundestag nominiert wird . . .«, so was zieht bei den Leuten. Anscheinend hier in Bayern auch.
Dann haben sie uns das Haus gezeigt und ein Stück vom Garten. Wirklich alles ganz ansehnlich. Das Haus, es ist schon fast ein kleines Schlößchen, liegt in einem tiefen Park, schon die Einfahrt ist direkt imposant. Vor dem Haus ist eine große Terrasse, da geht es in den Speisesaal hinein. Saal ist ein bißchen übertrieben, ein großes Zimmer halt. So mit Kamin und Kronleuchter, auch als Aufenthaltsraum für unsere jungen Damen gedacht, sagte die Frau Doktor.
Im Parterre sind noch die Schulzimmer, die sogenannte Bibliothek und das Büro vom Chef. Im ersten Stock sind die Zimmer für die Mädchen, sehr hübsche Zimmer übrigens, hell und gemütlich eingerichtet, immer drei bis vier Mädels schlafen in einem Raum. Darüber wohnt anscheinend die Familie Direktor. Haben sie uns leider nicht gezeigt.
Die Mädels waren gerade zum Unterricht. Deswegen guckte Mama nur flüchtig in die Schulzimmer hinein. Lauter grinsende Gesichter wandten sich uns zu. In der einen Klasse hatten sie Französisch, die Lehrerin kam heraus. Eine richtige Französin, ein schmales dunkles Persönchen, ganz muntere Puppe.

»Eh bien«, rief sie, »notre nouvelle élève. Quelle jolie fille! Bonjour, Madame. Bonjour, Mademoiselle.«
»Bonjour, Madame«, erwiderte ich, denn soviel Französisch kann ich gerade noch. Mama schüttelt ihr die Hand und war sehr erleichtert, daß die Madame deutsch weiterredete, das kann sie glücklicherweise auch.
»Mademoiselle Moreau«, stellte Herr Dr. Franzen vor, »sie unterrichtet unsere jungen Damen nicht nur in ihrer schönen Sprache, sondern auch in Anmut und Charme, allein durch ihr Beispiel.«
Sieh da, sieh da, der alte Gockel, der versteht es. Seine Frau lächelte süßsauer dazu.
Ja, und dann fuhr Mama also ab, nicht ohne mir noch eine Menge guter Ermahnungen zu hinterlassen. Ich war ehrlich gestanden ganz froh, als sie weg war. Man würde ja sehen, wie es hier klappte. Ist jedenfalls mal was anderes. Das Federmannsche Musterfamilienleben habe ich ziemlich dicke.
Die Frau Doktor meinte, ich sollte mich nun zuerst mal in meinem Zimmer einrichten, auspacken und so, beim Mittagessen würde ich dann meine Kameradinnen kennenlernen. Kameradinnen, sagte sie, blöder Ausdruck, wir sind doch nicht beim Militär.
Ich bin in einem Eckzimmer im ersten Stock untergebracht. Es hat an zwei Seiten Fenster und noch einen Balkon. Drei Betten stehen im Zimmer, drei Schränke, ein paar Gestelle mit Schubladen, ein Tisch und drei Stühle. Das Bett gleich links, wenn man hereinkommt, gehört mir. Ich bin nur mäßig begeistert. Lieber würde ich allein in einem Zimmer sein, ich schätze es nicht besonders, mit anderen zusammen zu schlafen, wer weiß, was das für Gänse sind. Nur Töchter aus guten Familien, hat Herr Federmann gesagt. Auch schon was. Was sind denn heutzutage schon gute Familien? Aufgeblasene Kapitalisten, das sagte jedenfalls immer mein Düsseldorfer Verehrer. Na ja, man wird ja sehen. Die Frau Doktor zeigt mir meinen Schrank und meine Kommode, den Weg ins Bad und zum Klo, dann geht sie. Um ein Uhr wird gegessen, teilt sie mir noch mit.
Jetzt ist es gleich zwölf. Ich gehe zunächst mal auf den Balkon. Der Garten, oder der Park muß man schon sagen, ist

wirklich prima. Lauter große alte Bäume und dazwischen schöne gepflegte Rasenflächen. Das hier muß die Hinterfront des Hauses sein. Von unten höre ich Gelächter. Aha, unter mir ist ein Schulzimmer, und sie haben das Fenster offen. Jetzt höre ich eine Männerstimme, hübscher weicher Bariton, er spricht von Kuba, von kubanischen Frauen, die besonders hübsch und heißblütig seien. Soll das vielleicht Erdkundeunterricht sein?
Ich gehe ins Zimmer zurück und schaue nachdenklich meine Koffer an. Soll ich auspacken? Eigentlich hab' ich gar keine Lust. Sind ja zwar ein paar hübsche neue Kleider dabei. Und das graue Kostüm, das ich anhabe, ist auch neu, hab' ich extra für das Unternehmen gekriegt. Am liebsten ziehe ich ja Jeans und Pullis an. Sicher erlauben sie das hier nicht.
Mal sehen, was die anderen Mädchen für Sachen haben. Ich mache die beiden Schränke von den ›Kameradinnen‹ auf und gucke mir alles an. Hm, ganz nett, das schwarzweiße Pepitakleid ist süß. Mensch, und Pullis hat die vielleicht, drei, sechs, neun, zwölf Stück, nicht schlecht, ich hab' bloß sieben. Die eine hat auf dem Nachttisch ein Bild stehen, eine hübsche blonde Frau mit traurigen Augen, wohl ihre Mutter. Bei der anderen liegen drei Bücher übereinander. Ich schau sie mir an, alles Käse, Liebesromane mit kitschigen Titeln, ein Krimi ist auch dabei, na, wenigstens etwas Vernünftiges.
Aber kleinlich scheinen sie hier nicht zu sein. Wenn man Krimis lesen kann und sie offen liegenlassen darf, dann geht es wohl. Dann betrachte ich mich längere Zeit im Spiegel. Es ist ein großer mannshoher Spiegel, in einem Schrank eingelassen. Das ist sehr angenehm.
Jolie fille, hat die Französin gesagt. Eigentlich finde ich mich auch nicht so übel. Ich hab' schon häßlichere Mädchen gesehen. Natürlich bin ich nicht so schön wie meine Schwester, ein ganz anderer Typ eben. Schade, daß ich nicht ein bißchen größer bin, nur 1,65. Aber vielleicht wachse ich noch. Glücklicherweise habe ich lange Beine und keine häßlichen dazu, und sehr schmale Hüften. Und einen kleinen Busen, Gott sei Dank. Große Busen finde ich greulich. Der Himmel verhüte, daß ich den je bekomme. Meine Augen sind hellbraun, mit ein bißchen Grün drin,

moosfarben nannte sie mein Düsseldorfer Verehrer. Und verführerisch. Sie sind nicht übel, groß und schmal geschnitten, mit langen dichten Wimpern. Das kommt, weil ich sie mir abends immer mit Rizinusöl bürste, die Wimpern. Die Nase ist ein bißchen klein und ein bißchen zu breit. Marlise hat eine ganz schmale aristokratische Nase. Dafür ist mein Mund zu groß, aber das hat man ja heute. Meine Haare sind nicht besonders, braun halt, oder brünett, wie man sagt. Ich hab' sie ganz kurz geschnitten und einfach zurückgekämmt, meist wirbeln sie sich über der Stirn auseinander und fallen nach vorn. Später werde ich mir die Haare mal kupferrot färben, bestimmt.

Ich bin immer noch mit meinem Spiegelbild beschäftigt, da höre ich draußen Betrieb auf dem Gang. Aha, jetzt kommen sie, die Schule ist aus. Na, nun heißt es die Luft anhalten.

Da sind sie schon. Natürlich nicht nur die zwei aus meinem Zimmer, sondern noch viel mehr hinterher. Neugierige Ziegen.

Einige Sekunden mustern wir uns schweigend, dann kommt eine zierliche Blonde auf mich zu und gibt mir die Hand.

»Du bist also unsere neue Zimmergenossin«, sagte sie, »herzlich willkommen. Ich heiße Margit.«

»Genossin ist gut«, kommt es aus dem Hintergrund.

»Na, vielleicht soll sie Kameradin sagen, wie die Fränze, das klingt noch blöder«, sagt eine andere.

»Das ist Feli«, fährt Margit unbeirrt fort und deutet auf ein hübsches schlankes Mädchen, »sie wohnt auch hier im Zimmer. Was die anderen Gänse hier wollen, weiß ich nicht.«

»Mich besichtigen«, sage ich, »das wird wohl immer so sein, wenn eine Neue kommt.«

»Kluges Kind«, sagt eine.

Und »Quelle jolie fille«, flötet eine andere. »Das sagt Marcelle immer, wenn eine Neue vorgestellt wird. Brauchst dir nichts darauf einzubilden.«

»Ich bin Pony«, sage ich, ohne weiter auf das dumme Geschwätz einzugehen.

»Oh, Pony«, meint Margit liebenswürdig, »das ist ein hübscher Name.«

»Quatsch«, sagt eine große Dunkle und stellt sich dicht vor mich hin, »so heißt sie gar nicht. Sie heißt Ursula Cremer und kommt aus Düsseldorf. Sie ist aus der Schule geflogen, weil sie ein Sprengstoffattentat verübt hat.«
Erstaunte Augenpaare blicken mich an.
»Huch«, schreit eine kleine Dicke und weicht bis zur Tür zurück.
Ich schaue mir das große Frauenzimmer von oben bis unten an. »Na, du bist wohl das Trumpfas hier, was? Nimm dich nur in acht, ich trag' immer eine Zeitbombe bei mir.«
»Mensch, Ina«, sagt Margit vorwurfsvoll, »du hast wieder bei Franz im Schreibtisch rumgeschnüffelt. Wenn sie dich mal erwischen.«
»Da müssen sie früher aufstehen. Schließlich muß man doch wissen, was vorgeht in dem Laden und was für Früchtchen sie uns hierherschicken.«
Wir schauen uns noch immer in die Augen, eigentlich aber nicht feindlich, eher mit gegenseitiger Hochachtung.
»Hast du wirklich ein Attentat verübt?« fragt die Dicke von der Tür her.
»Blech. Ich hab' die Mischung zu stark gemacht. Es sollte nur ein kleines Feuer werden, damit die Lateinarbeiten verbrennen. Ich hatte mindestens 'ne Fünf geschrieben.«
»Das ist pfundig. Mußt du uns mal zeigen, wie man so was macht.«
»Ja, damit wir hier in die Luft fliegen, fehlt gerade noch.«
»Feig' ist die nicht, wenn sie sich so was traut.«
»Feige können wir hier auch nicht gebrauchen. Und die werden wir uns schon hinbiegen.«
Ich störe sie weiter nicht in der Unterhaltung über mich, ziehe mich zu meinem Bett zurück und setze mich darauf. Aus meiner Tasche hole ich eine Zigarette und zünde sie an. Mit denen werd' ich schon fertig. Mich hinbiegen, lächerlich.
»An sich dürfen wir nicht rauchen«, sagte Margit.
»An sich darf man viel nicht«, erwidere ich und mache einen tiefen Lungenzug. Nur mit äußerster Anstrengung kann ich einen Hustenanfall vermeiden.
»Hast du noch nicht ausgepackt?«
»Nö. Eilt doch nicht. Oder?«

»Du kannst es auch nach dem Essen tun, ich helfe dir gern.«
Sie lächelt mir zu, im Kinn hat sie ein reizendes Grübchen. Sie ist nett.
»Kinder«, sagt sie zu den anderen, »wenn ihr euch noch die Hände waschen und euch umziehen wollt, wird es Zeit. Es wird bald gongen.«
Umziehen. Das könnte ich eigentlich auch. Gar nicht einzusehen, warum ich in dem neuen Kostüm zum Essen gehen soll. Ich mache nun doch meinen Koffer auf und ziehe die Kleider heraus. Die Mädchen sehen interessiert zu.
»Das ist süß«, ruft eine, als das blau-weiß gestreifte Baumwollkleid erscheint. Und dann bewundern sie alle gemeinsam das rosé Shantung-Kleid, zweiteilig, ein Kleid mit nur schmalen Trägern und einem weiten Rock, dazu ein kleines kurzes Jäckchen.
»Mensch, prima. Aber wann willst du hier so was anziehen?«
Ich genieße befriedigt die Bewunderung meiner Garderobe.
»Na, ist denn bei euch nie was los«, sage ich lässig. »Kleine Cocktail-Party oder so.«
Ina tippt sich an die Stirn. »Du spinnst. Cocktail-Party. Typisch Düsseldorf.«
Die Tür geht auf, ein schmales rassiges Mädchengesicht schaut herein. »Hier steckt ihr? Zieht ihr nicht um? Ach, die Neue.« Sie spricht langsam, mit Akzent.
»Das ist Patrice«, sagt Ina, »Engländerin. In englischen Arbeiten macht sie nie einen Fehler.«
Patrice lacht. »Dafür in die deutsche je mehr.«
»Um so mehr«, verbessert Ina.
»How do you do?« fragt mich Patrice.
»Oh«, sage ich, »danke, thanks. Fine.«
Die Mädchen lachen. Eigentlich sind sie alle ganz nett.
»Los, Kinder, trab«, ruft Margit. »In fünf Minuten gongt es.«
Alle verschwinden bis auf Margit und Feli, die in dieses Zimmer gehören.
»Was muß man denn anziehen, zum Essen?« frage ich.
»Och, nichts Besonderes. Nur in Hosen sollen wir nicht hinunterkommen.«

Ja, ich hab' gesehen, daß manche von den Mädchen Hosen tragen, das ist fein. So spießig scheinen sie hier nicht zu sein.
Ich ziehe mein Kostüm aus, die Bluse lasse ich an und nehme dazu den weiten rauchblauen Rock. So wird's wohl gehen.
In dem großen Terrassenzimmer sitzen wir an kleineren Tischen, immer fünf bis sechs zusammen. Serviert wird sehr hübsch, auf gutem Geschirr. Zwei Hausmädchen bedienen. Außerdem haben an jedem Tisch zwei Schülerinnen Tischdienst, die helfen, die Teller und Schüsseln herbeizutragen. Es gibt eine ziemlich dünne Suppe, dann Kartoffelbrei, eine Scheibe gebratenes Rindfleisch und gelbe Rüben. Hinterher Pudding. Ich hab' schon mal besser gegessen.
An zwei Extratischen sitzen die Lehrer, die kleine Französin, ein unscheinbares älteres Mädchen, ein alter Herr mit weißem Spitzbart, ein junger mit abstehenden Ohren.
Herr und Frau Direktor speisen nicht mit uns. Vermutlich essen sie was Besseres. Er ist nur gekommen und hat mich, ehe das Essen begann, den anderen vorgestellt.
Alle glotzen mich an, hier und da kichert eine. Ich mache ein blödes Gesicht. Was soll ich sonst schon machen? Einen Knicks vielleicht? An meinem Tisch sitzen Margit und Feli, dann ein stilles dunkelblondes Mädchen mit einem Haarknoten, sie heißt Gertrude und schaut ein wenig melancholisch drein. Außerdem diese Ina und Pat, die Engländerin.
Nach dem Essen ist eine Stunde Ruhe, erfahre ich. Aber mit Ruhe ist nichts. Zu acht erscheinen sie bei uns im Zimmer, mit Limonade und Zigaretten, und fragen mich aus. Na, ich gebe ordentlich an, erzähle ein bißchen, schwindle ein bißchen und packe dabei vollends meine Koffer aus, wobei mir mehrere helfen. Am Ende weiß ich nicht, wie alles eingeräumt wurde, keine Ahnung, wie ich etwas wiederfinden werde.
Dann erfahre ich Näheres über die Gesellschaft hier. Der Direktor, Franz, wie sie ihn nennen, soll ganz nett und umgänglich sein. Und einem hübschen Mädchen gegenüber immer bereit, ein Auge zuzudrücken. Man kann mit ihm reden. Er unterrichtet nur Deutsch, und da soll es sehr ge-

mütlich zugehen. Sie, die Fränze, ist unangenehmer. Sie ist eine geborene Von und hat einen Vogel. Der ganze Zinnober hier, das Haus und so, gehört ihr, er hat gewissermaßen eingeheiratet. Manchmal läßt sie es ihn merken. Die Mädchen mögen sie nicht besonders. Denn geizig ist sie obendrein.
Mademoiselle Moreau haben sie gern. Ihr Unterricht ist amüsant, auch sonst ist sie nett und hilfsbereit. Allerdings kann sie auch energisch werden, wie ich höre.
Fräulein Bayer, das ältliche Mädchen, kann das nun wieder gar nicht. Sie ist ein liebes gutes Herz, anscheinend tanzen ihr alle auf der Nase herum. Sie gibt Musikunterricht und Handarbeit. Der würdige alte Herr ist Professor Roß, Geschichte und Naturwissenschaften. Der junge mit den abstehenden Ohren ist der Lateinlehrer. Ulkig, Lateinlehrer sind sonst meist alt. Die anderen Lehrer wohnen außer Haus.

Der Vielgeliebte

Alle Mädchen schwärmen für Dr. Bork. Fast alle. Ina zum Beispiel tippt sich nur an die Stirn und sagt: »Wie die Wikkelkinder. Als ob sie noch nie einen gutaussehenden Mann gesehen hätten. Bork ist gerade eben mittlerer Durchschnitt.«
Aber Feli aus meinem Zimmer, die anscheinend ein etwas verworrenes Gefühlsleben hat, bekommt ganz verschleierte Augen und bebende Lippen, wenn sie von ihm spricht. Sie hat eine ganze Reihe Aufnahmen von diesem Bork, die haben die Mädchen teils heimlich, teils mit seinem Wissen gemacht.
Wir werden uns den Vogel mal ansehen. Er soll gar nicht wie ein Pauker sein, ein weitgereister Mann, der angeblich die halbe Welt kennt. Na ja, vielleicht war er mal in der Schweiz. Im Haus wohnt er nicht. Eigentlich gehört er gar nicht uns, sondern dem Internat Gleis. Dort sind nur Jungens, es liegt ein paar Kilometer entfernt. Zum Unterricht kommt er immer zu uns herüber.
Das erste Mal erlebte ich ihn im Erdkundeunterricht. Doch, er ist nicht übel. Genau wie die anderen Lehrer be-

trachtet er mich mit einem gewissen Mißtrauen, als wir uns das erste Mal sehen. Der Ruf, ein Sprengstoffattentäter zu sein, hat wohl einige Vorurteile gegen mich erzeugt.
Da man hier auf Formen hält, erhebt sich Ina zu Beginn der Stunde und sagt: »Wir haben eine neue Mitschülerin, Herr Doktor. Pony Cremer.« Dabei weist sie nonchalant auf mich.
Er schaut mich an und kommt näher. Soll ich nun aufstehen? Eigentlich finde ich die Aufhampelei in der Schule blödsinnig. Und seit wann steht eine Dame vor einem Herrn auf? Entweder man bringt uns hier gute Manieren bei oder nicht. Ich rutsche zweimal auf meinem Stuhl hin und her, aber da er nun vor mir steht und mich mit merkwürdig hellen, eindringlichen Augen ansieht, mache ich doch Anstalten, mich zu erheben.
»Bleiben Sie ruhig sitzen«, sagt er liebenswürdig. Aber da stehe ich schon.
»Also Sie sind Pony Cremer. Ich habe schon von Ihnen gehört.« Und dann lächelt er und streckt mir die Hand hin. Irgendwie befangen lege ich meine hinein, ganz sanft und damenhaft. Der Mann hat wirklich einen Blick, daß einem ganz weich in den Knien wird.
Aber jetzt muß ich auch was sagen. Ich erwidere sein Lächeln, nur so ein wenig aus dem Mundwinkel heraus, wie Marlise es immer macht, und sage artig: »Hoffentlich nicht zuviel Schlimmes.«
»Wie man's nimmt. Aber ich bin eine mutige Natur.«
Die anderen Mädchen lachen, und auch ich strahle ihn ganz begeistert an. Verflixt, er ist ganz mein Typ.
Übrigens falle ich im Unterricht gleich vorteilhaft auf. Erdkunde ist eines meiner Lieblingsfächer, denn es ist mein größter Wunsch, später einmal viel und weit zu reisen. Da interessiert man sich eben. Ich weiß eine ganze Menge, und als er dazwischen einmal sagt: »Eine Nebenfrage, die eigentlich nicht hierhergehört: Kann mir jemand einen berühmten Mann nennen, einen Schriftsteller, der auf Kuba seinen Wohnsitz hatte?«, und keiner weiß es, nur ich trompete stolz: »Hemingway!«, da sehen er und die ganze Klasse mich respektvoll an.
Es ist das erste Mal, daß ich mich in einer Stunde auszeichne, seit ich hier bin. In Latein bin ich eine Niete, in

Französisch sehr mangelhaft, und Mathematik kann ich schon gar nicht leiden. Bis jetzt hab' ich nicht sehr gut abgeschnitten. Nicht, daß ich dumm bin, ich bin soweit ganz intelligent und kapiere schnell. Nur hab' ich eben oft nicht aufgepaßt und wenig gearbeitet.
Ulkig ist es, die Mädels in Borks Stunde zu beobachten. Sie haben sich alle hübsch gemacht, keine läßt den Blick von ihm, und wenn er eine ansieht, lächelt sie ihm zu. Natürlich weiß er, daß alle in ihn verliebt sind, und vermutlich macht es ihm Spaß.
Nach der Stunde sind 15 Minuten Pause. Im Speisesaal stehen für jede von uns ein Fläschchen Milch und ein Butterbrot bereit. Damit verziehen wir uns in den Park, denn die Sonne scheint, und es ist heute schon ganz schön warm.
Feli holt mich an der Tür ein und fragt begeistert: »Ist er nicht fabelhaft?«
Mademoiselle Moreau, die mit einer Zigarette auf der Terrasse steht, hat es gehört. Mit einem leicht ironischen Lächeln streift sie uns. Na, die soll bloß nicht denken, ich bin genauso ein Schaf wie die anderen. Ich zucke die Schultern und sage pomadig: »Es geht. Muß erst mal abwarten, ehe ich mir ein Urteil bilde.«
Kurze Zeit darauf – ich gehe mit Margit, Ina und Pat unten auf und ab – erscheint Dr. Bork auch auf der Terrasse und stellt sich zu Mademoiselle Moreau. Siehe da, auch sie strahlt ihn an und zeigt ihre hübschen weißen Zähne. Beide unterhalten sich angeregt, er beugt sich immer wieder charmant nahe zu ihr hin, und sie blinkert recht munter mit ihren dunklen Augen. Wenn das kein ausgewachsener Flirt ist, dann weiß ich nicht.
Ina weist mit einer Kopfbewegung zur Terrasse. »Marcelle liebt ihn auch. Wenn er hier ist, findet man sie in den Pausen immer auf der Terrasse oder im Studio.« Studio ist der Aufenthaltsraum der Lehrer. In einer gewöhnlichen Schule heißt so was ganz schlicht und einfach Lehrerzimmer. Hier sind sie vornehmer und nennen es Studio.
»So. Und er?«
»Er? Das siehst du ja, er hat die gerissene Art, jede Frau glauben zu machen, er sähe gerade sie besonders gern. Das hat diese Art Männer so an sich.« Ina sagte es mit einer gewissen Verachtung. Sie macht sich nichts aus Männern,

das hat sie mir schon erklärt. Trotzdem schaut auch sie immer zur Terrasse hin. Die beiden unterhalten sich anscheinend ausgezeichnet. Ich merke, daß ich auch schon eifersüchtig bin. Übrigens sind sie ein hübsches Paar. Er groß und schlank, mit dem markanten gescheiten Kopf, dem liebenswürdigen, verbindlichen Wesen. Und sie kleiner, zierlicher, mit ihrer wirklich tadellosen Figur, dem aparten Gesichtchen und den anmutigen Bewegungen. Sie ist eine nette Person, ich mag sie gern. Ich könnte es verstehen, wenn sie ihm gefiele.

»Ist er denn nicht verheiratet?« frage ich.

»Nein, eben nicht.« Alle drei sagen es gleichzeitig.

»Komisch«, meine ich. »So jung ist er doch gar nicht mehr. Und meist heiraten Pauker doch ziemlich früh.«

»Er ist eben kein typischer Pauker. Können wir uns sowieso nicht erklären, wie er zu dem Beruf gekommen ist.«

»Er ist 42«, sagt Ina, die immer alles genau weiß. Keine Schublade, kein Dokument im Haus bleibt ihr verborgen.

»Dafür sieht er aber wirklich noch recht gut aus«, sage ich anerkennend. Im Geist vergleiche ich ihn mit Eugen, Marlises Mann. Der ist 41 und lange nicht so attraktiv, er hat schon einen kleinen Bauch und eine fortgeschrittene Glatze. Natürlich, wenn man soviel Geld hat wie er, kann man sich das leisten, man bekommt trotzdem eine bildschöne, zwanzigjährige Frau wie meine Schwester.

»Und Mademoiselle Moreau?« Wenn schon, ich will es genau wissen.

»35«, antwortet Ina prompt.

»Na, da passen sie doch gut zusammen«, erkläre ich großzügig.

»Ihm wird schwerfallen die Wahl«, meint Pat. »Er kann haben das Herz von jede junge Mädchen hier. Maybe one becomes hardboiled against love.«

»Wenn er schlau ist, sucht er sich die von uns aus, die den reichsten Vater hat, und heiratet sie. Dann hat er wenigstens was davon.«

»Pfui, Pony«, sagt Margit, »du bist so schrecklich prosaisch. Es wäre schrecklich, wenn ein Mann wie er nicht aus Liebe heiraten würde.«

»Pöh! Liebe!« sage ich. »Auch schon was. Liebe vergeht. Aber Geld behält seinen Wert.«

Margit liebt ihn natürlich auch, sie mit ihrem weichen, zärtlichen Herzen ist für so was am anfälligsten. Nach ihrer Mutter natürlich, denn die liebt sie am meisten, und von der spricht sie am liebsten.
Ich reibe meinen Rücken an dem Baumstamm, an dem ich lehne, und sauge mit dem Strohhalm die letzten Tropfen Milch aus der Flasche. Es ist wirklich schön heute, es riecht nach Frühling. Die Bäume und Büsche haben einen grünen Schimmer. Eigentlich gefällt es mir gut hier. In der Großstadt war ich jetzt lange genug. Früher, mit Vater, haben wir auch auf dem Land gelebt. Er mochte die Städte nicht. »Sie betrügen den Menschen um das Schönste, was es gibt«, sagte er immer, »um einen reinen, ungetrübten Himmel über sich und um die gute warme Erde unter den Füßen. Und die Luft, Pony, die Luft. In der Stadt atmest du nur Dreck und Ruß und Krankheit in dich hinein.«
Vater freute sich immer so, wenn der Frühling kam. Er konnte dann im Garten von Strauch zu Strauch gehen, jeden betrachtete er genau, er kannte jedes Blatt, das neu herausgekommen war. Er lehrte mich diese Dinge sehen und lieben. Er lehrte mich auch, Blumen zu behandeln und Gemüse zu ziehen. Unter seinen Händen gedieh alles prächtig. Und dann die Tiere! Sie liebten ihn abgöttisch. Wir hatten immer welche. Hunde und Katzen und Vögel, auch mal Kaninchen, die nie geschlachtet wurden, mal ein Meerschweinchen und mal eine Schildkröte. Thilde mochte das nicht. Sie hat auch später nie mehr erlaubt, daß ich mir einen Hund halte, obwohl es mein größter Wunsch war. Es würde Herrn Federmann stören, meinte sie.
Als ich noch klein war, habe ich mir immer ein Pony gewünscht. Daher habe ich auch meinen Namen. Vater strich mir das Haar aus der Stirn, das immer wild und unordentlich war, und sagte: »Du bist ja selber so ein kleines Pony, mit deiner dichten Mähne und deinem Ramsnäschen.«
Der Name blieb mir, auch alle anderen gewöhnten sich daran. Alle finden, daß er gut zu mir paßt. Überhaupt, alles, was gut und richtig an mir ist, habe ich von meinem Vater. Sicher wäre ich auch nicht so wild und ungezogen geworden, wenn er bei mir geblieben wäre. Er war so klug. Er wußte einfach alles. Und wenn er einen ansah mit seinen schönen blauen Augen, dann konnte man einfach nicht lü-

gen oder etwas Garstiges sagen. Schriftsteller war er. Ich glaube, die Bücher, die er schrieb, waren sehr klug und sehr tief. Aber sie waren nur etwas für wenige Menschen. Viel Geld hat er jedenfalls nie verdient. Das, was man heute Bestseller nennt, so was hat er nie geschrieben. Mama war oft unzufrieden, daß wir nicht mehr Geld hatten. Und das Leben auf dem Land gefiel ihr auch nicht besonders. Sie liebte die große Welt und träumte immer davon. Ein Auto wollte sie haben und elegante Kleider. Na, jetzt hat sie das ja alles. Wenn sie erst die Frau eines Abgeordneten sein wird, kann sie sich austoben. Vielleicht wird Herr Federmann noch mal Minister, kann man nicht wissen. Frau Minister, das wäre was für Mama. Genaugenommen paßt Herr Federmann viel besser zu ihr als Vater.
Damals als sie ihn, ich meine Federmann, glücklich so weit hatte, daß er sie heiraten wollte, verkauften wir das Haus auf dem Land. Ich war furchtbar wütend und heulte und schrie. Es schien mir unvorstellbar, das ich diesen Ort verlassen sollte, der für mich der schönste Ort auf der Welt war. Aber Thilde sagte, etwas müsse sie in die Ehe mitbringen. Wenn ein Mann schon eine Frau heiratet, die drei Kinder hat, so kann man nicht von ihm verlangen, daß er für alles allein aufkommt. Daran mag ja was sein. Männer sind so. Aber wenn Vater wüßte, daß wir das Haus nicht mehr haben, den Garten mit den Blumen und den Bäumen, die er gepflanzt hat, er wäre bestimmt sehr, sehr traurig.
»He«, Ina gibt mir einen Stoß. »Schläfst du mit offenen Augen?«
»Wie? Nein, ich habe nur nachgedacht.«
»Na ja, denken muß man halt gewohnt sein.«
»Ich übe mich gelegentlich«, sage ich freundlich.
»Da, schau dir das an, Feli kann das Tête-à-tête nicht länger mit ansehen, sie zerspringt vor Eifersucht.«
Feli, die überdrehte, war zu dem Paar auf der Terrasse getreten und redete jetzt auf Bork ein. Dabei legte sie den Kopf in den Nacken und himmelte ihn an. Blöde Kuh. Zu denken, daß einem Mann so was gefällt, da muß man schon sehr dämlich sein.
»Er ist erlöst«, sagt Margit, »es klingelt.«
Übernächste Stunde haben wir Bork noch mal, in Englisch. Da er nicht jeden Tag herkommt, unterrichtet er fortlau-

fend, wenn er hier ist. Vorher hatten die Kleinen Englisch, jetzt wir.
Diesmal glänzt natürlich Pat. Sie unterhält sich mit Bork auf das lebhafteste, mit geröteten Wangen und blitzenden Augen. Da hat sie uns allen etwas voraus.
Der Englischunterricht ist überhaupt rasant. Nicht so, wie ich es bisher gewohnt war. Nein, Bork redet einfach darauflos, er fragt kunterbunt durcheinander, und wir müssen antworten. Es geht erstaunlich gut, auch daran merkt man, wie gern ihn die Mädels haben. Sie sprechen alle gut englisch. Ich muß verdammt aufpassen. Eigentlich bin ich in Englisch nicht schlecht, aber so einen Unterricht habe ich noch nicht kennengelernt.
»Pony«, sagt Bork beispielsweise, »you could tell us something about Düsseldorf, couldn't you? We're kind of provincials here and it would be fun, to hear something about a real big town.«
Ich stottere einiges zusammen, was mir halt gerade so einfällt. Aber er ist nett, er hilft mir, wenn ich die Wörter nicht weiß, und er fragt so geschickt, daß mir immer mehr in den Sinn kommt.
Er steht zwei Schritte vor mir, die Hände auf dem Rücken und wippt ein wenig hin und her. Es ist nett, von ihm angesehen zu werden. Wirklich, er sieht einen an wie ein Mann, nicht wie ein Lehrer. Ich denke plötzlich daran, ob auch meine Nase nicht glänzt. Das tut sie gern.
»And is there any school still intact, down there in Düsseldorf?« fragt er am Schluß. »I heard lately a rumor, that they are in danger to become destroyed.«
Die anderen lachen, und ich werde rot. Ich schäme mich zum erstenmal richtig über meine dummen Streiche. Nein, wirklich, er muß denken, ich bin noch ein Gör.

> »Ehret die Frauen, sie flechten und weben
> himmlische Rosen ins irdische Leben«,

zitiert er plötzlich auf deutsch. Dann lächelt er mir zu und sagt: »Well, we'll forget that. You're becoming a charming young lady now. We're glad to have you among us. Aren't we?« fragt er die anderen.
»Yes«, rufen sie alle.

»And do you think, you can also like us a bit?« fragt er mich.
»Oh yes«, sage ich und bin hingerissen von ihm. Wirklich, ich liebe ihn auch.

Franz und Fränze

Der Chef der Firma, Herr Dr. Franzen, gibt nur Deutschunterricht. Sonst nichts. Und besonders viel ist damit nicht los. Ich habe nicht das Gefühl, daß er ein passionierter Lehrer ist. Hauptsächlich lesen wir Dramen mit verteilten Rollen, zur Zeit ist Maria Stuart dran. Er sagt nicht viel dazu, hat auch fast nie an unseren Darbietungen etwas auszusetzen. Manchmal fragen wir ihn etwas, nur um ein bißchen Abwechslung zu haben. So hat die dicke kleine Burgl neulich gesagt: »Und warum hat die Elisabeth den Leicester nicht geheiratet?«
Darauf erwiderte Franz: »Nun, vielleicht mochte sie nicht.«
Das ist eine erschöpfende Auskunft, dazu läßt sich nichts weiter sagen. Höchstens schwingt er sich mal auf, zu fragen: »Irgend etwas nicht verstanden? Alles klar? Schön. Gehen wir weiter.«
Wenn ich denke, wie wir an meiner vorigen Penne die Klassiker immer auseinandergenommen und zerpflückt haben, bis einem alles zum Hals heraushing, so gefällt mir diese Art von Unterricht viel besser. Und was soll man schließlich auch nicht verstehen? Ist ja alles deutlich genug.
Ab und zu lernen wir ein Gedicht, oder wir schreiben auch mal Aufsätze, an denen er fast nie etwas auszusetzen hat. Gefällt ihm immer, was wir schreiben. Und mit grammatikalischen Fehlern ist er sehr großzügig, meist streicht er sie gar nicht an. Das ist der ganze Deutschunterricht. Die Stunden bei ihm sind am bequemsten. So läßt sich Franz auch gern ablenken. Wenn wir anfangen, irgend etwas zu erzählen, von einem Spaziergang oder vom Tennisspielen oder sonst etwas, von zu Hause vielleicht, dann hört er interessiert zu und unterhält sich mit uns. Plötzlich ist dann die Stunde aus. Wir haben ihn alle ganz gern. Er ist nicht

streng, macht nie Krach, selbst wenn er im Haus oder in den Zimmern mal was entdeckt, was wir angestellt haben. Zu allen ist er höflich und rücksichtsvoll, auch zum Personal, das ihn auch gut leiden kann. Dazu kommt, er ist immer tadellos angezogen, für einen Lehrer geradezu elegant.

Offensichtlich hat er ein wenig Angst vor seiner Frau. Wie wir alle. Die Fränze ist keine Gute. Und ihr entgeht auch nichts. Sie hört und sieht alles, jeden zerbrochenen Teller, jedes Loch im Tischtuch. Na ja, ihr gehört wohl auch der ganze Klimbim, wie ich mir habe sagen lassen.

Das bißchen Unterricht, wie gesagt, erledigt der gute Franz so nebenher. Sein größtes Vergnügen ist, wenn er sich in seinen Wagen setzen und nach München fahren kann. Dann kommt es vor, daß er über Nacht nicht zurückkommt. Die Fränze hat dann ein noch spitzeres, blasseres Gesicht als sonst und kneift den Mund ganz fest zusammen. Wir machen einen großen Bogen um sie. Es ist natürlich nicht so einfach für sie, kann ich mir schon denken. Der Franz sieht gut aus und ist recht lebenslustig. Jünger als sie ist er, glaub' ich, auch. Wahrscheinlich hat er eine Freundin in München. Wir gönnen es ihm von Herzen.

Die anderen Lehrer haben ihn auch ganz gern. Er unterhält sich immer sehr nett mit ihnen und spielt sich nie als Chef auf. Mademoiselle Moreau macht er den Hof, mit Bork spricht er über Reisen und Theater, friedlich hört er sich an, wenn Fräulein Bayer von Bayreuth schwärmt. Mit Professor Roß ist er überhaupt ein Herz und eine Seele, manchmal bechern sie zusammen, und gelegentlich fährt Roß mit nach München.

Der alte Roß ist überhaupt eine komische Type. Sein Unterricht ist nicht schlecht, er gibt Geschichte und Naturwissenschaften. Aber er ist so sprunghaft, manchmal nett und freundlich, dann wieder abweisend und gar nicht richtig da. Oft hat er auch einen hinter die Binde gekippt. Ich glaube, er trinkt ziemlich viel. Das erzählt auch Elly, das Hausmädchen, die ja die Flaschen aus seinem Zimmer wegräumt.

Fränze selbst gibt keinen Unterricht, sie ist ja keine Lehrerin, obwohl sie es dem Typ nach am besten von allen sein könnte. Ulkig, nicht? Aber sie ist immer dabei, wenn uns Kugelchen unterrichtet. Das sind die nettesten Stunden von allen, die Koch- und Haushaltsstunden bei Kugelchen. In gewisser Weise ist Kugelchen, oder Frau Kugler, wie sie richtig heißt, der liebenswerteste Mensch im ganzen Haus. Sie herrscht im Souterrain, sie kocht und bäckt für uns und kümmert sich noch um alle anderen Dinge, die in so einer großen Wirtschaft vorkommen. Sie fürchtet sich auch nicht vor Fränze und vertritt immer energisch ihren Standpunkt. Sie ist eine kleine, rundliche Frau mit einem lieben, fröhlichen Gesicht, nichts kann sie aus der Ruhe bringen. Ihr Mann, der Kugler, sorgt für den Park, für die Heizung und für alles, was im Haus kaputt ist.

Dann ist noch Mirka da, das zweite Hausmädchen, sie stammt aus Jugoslawien. Sie ist ein großes, kräftiges Mädchen, immer sehr fleißig, doch meist ein wenig traurig. Vor Fränze hat sie eine Heidenangst. Wenn die nur auftaucht, fängt sie schon an zu zittern und macht bestimmt etwas falsch. Und natürlich bekommt sie dann Krach. Ist Fränze dann weg, kommt vielleicht Franz vorbei, tätschelt die verdatterte Mirka auf den Rücken oder auf den Arm und sagt: »No, no, mach kein Gesicht. Komm, lach mal.«

Und dann lacht Mirka. Sie zieht ihren Mund breit, und ihre großen dunklen Augen strahlen ihn an, so voller Liebe und Hingabe, daß es einen direkt rührt. Für sie ist der Herr Dr. Franzen nach dem lieben Gott das herrlichste Wesen.

Tag- und Nachtgespräche

Der Jüngling glotzt mich immerzu an. Das ist vielleicht ein blöder Affe. Ob der denkt, daß so etwas Eindruck auf mich macht?

Wir sitzen in einem Café in Starnberg. Heute hatten wir Ausgehnachmittag, und meist gehen wir zum Einkaufen und Bummeln nach Starnberg. Ist ja nur ein kleiner Ort, aber es kommen immer viele Münchner her, und soweit ist es ganz unterhaltend. Margit hatte sich mit einem Jungen vom Internat Gleis verabredet und mich gebeten, mitzukommen. Sie machen da Vorbesprechung für das alljährliche Sommerfest, das beide Schulen immer gemeinsam

feiern, einmal drüben und einmal bei uns. Diesmal ist es bei uns. Wir wollen ein Stück aufführen, und natürlich brauchen wir auch ein paar von den Jungens zum Mitspielen.
Jetzt sitzen wir also mit den beiden Jungen hier, aber viel kommt nicht 'raus bei der Besprechung. Wir wissen nicht recht, was wir mit dem Grünzeug anfangen sollen. Ich hab' für junge Leute überhaupt nichts übrig. Männliche Wesen müssen viel älter sein, wenn sie mich interessieren sollen. Wir haben Kaffee getrunken und Torte gegessen, und die Jungs haben von ihren Streichen in der Schule erzählt. Wen das schon interessiert! Margit hat ihnen dafür von meiner Heldentat in Düsseldorf berichtet, da waren sie baff. Ich hab' die Schultern gezuckt und wegwerfend gesagt: »Jugendstreiche. Über das Alter bin ich hinaus.«
Der kleine Blonde, Dieter heißt er, sagte daraufhin zu mir: »Du bist ja eine tolle Nummer.«
Jetzt machen sie auf erwachsen, rauchen und sprechen von ihren Zukunftsplänen. Der von Margit streichelt immer ihre Hand und macht ihr Komplimente. Da versucht dieser Dieter das auch bei mir. Ich ziehe meine Hand weg und sage: »Laß doch den Quatsch.« Er wird rot und ist beleidigt. Von mir aus. Nach einer Weile kommen Ina und Pat. Pat hat sich eine Bluse gekauft. Sie packt aus, und wir bewundern das neue Stück. Dann berichtet Ina das Neueste. Wir bekommen endlich eine neue Sportlehrerin.
Seit einiger Zeit haben wir nämlich keine. Ganz am Anfang, als ich kam, war Frau Jennewein noch da. Die war sehr nett, und wir hatten sie alle sehr gern. Aber dann mußte sie aufhören mit dem Unterricht, sie bekommt schon wieder ein Kind. Dabei hat sie schon drei. Manche Leute sind wirklich vergnügungssüchtig.
Ina erzählt, daß die Neue nächste Woche kommt. Sie hat wieder bei Franz in der Korrespondenz herumgestöbert. Irgend jemand in München hat sie empfohlen, und da sie gerade frei ist, hat er sie kurz entschlossen engagiert. Anscheinend hat er sie selbst noch nicht gesehen.
»Ab nächste Woche sind die Tennisplätze wieder in Betrieb«, sagt Ina. »Darauf freuen wir uns schon, nicht wahr, Pat? Spielst du gut, Pony?«
Es war mir zwar sehr peinlich, aber ich muß gestehen, daß

ich überhaupt nicht Tennis spielen kann. Daraufhin gukken mich die beiden an, als hätte ich zugegeben, Analphabet zu sein. Ich wollte in Düsseldorf schon mal damit anfangen, aber Thilde meinte, ich müsse ja nicht alles machen, und man könne Herrn Federmann auch nicht zuviel zumuten. Mitglied bei einem Tennisklub zu sein, sei ziemlich teuer.
»Das ist kaum der Rede wert«, sagt Ina großzügig. Die hat leicht reden, ihr Vater hat eine Menge Geld. Er ist ein ganz berühmter Arzt, hat ein eigenes Krankenhaus oder ein Sanatorium, irgend so was. »Du mußt es unbedingt lernen. Wir spielen alle. Ihr kommt doch sicher auch wieder mal«, wendet sie sich herablassend zu den zwei Jungens, die sie bisher kaum beachtet hat.
Beide versichern eilig, daß sie ganz bestimmt wieder dabei sind.
»Aber Pony hat doch keinen Schläger«, meint Margit.
»Sie kann haben eines von mich«, sagt Pat. »Ich habe drei.«
»Von mir«, verbessert Ina.
Mir oder mich, jedenfalls wäre dieser Fall geklärt. Sicher werde ich es schnell gelernt haben.
»Franz hat uns immer versprochen, er würde einen eigenen Platz anlegen lassen. Im Park ginge es prima. Dann brauchten wir nicht immer hinunter und könnten viel mehr trainieren.«
Wir beschließen, ihn daran zu erinnern.
Dann gehen wir ins Kino. Und wen treffen wir da? Es ist kaum zu glauben, Bork mit Mademoiselle Moreau. Sieh da, die beiden treffen sich also außerhalb der Schule. Sie haben ganz schlicht und einfach ein Rendezvous. Wir fühlen uns ins Herz getroffen. Bork gehört uns. Sollte er mit der Moreau etwas haben? Diese scheinheilige Schlange. Übrigens sieht sie reizend aus. Beim Friseur war sie auch. Zugegeben, sie sieht sehr attraktiv aus. Wir haben auch nichts dagegen, daß sie einen Freund hat. Aber ausgerechnet Bork! Ihn gönnen wir keiner anderen.
Wir grüßen sehr gemessen und genieren uns mit unseren albernen jugendlichen Kavalieren. Die Jungens werden verlegen. Bork ist auch ihr Lehrer.
Was uns interessiert, ist die Frage, ob die Moreau mit uns zusammen nach Hause geht oder ob sie noch mit Bork zu-

sammenbleibt. Kann sie eigentlich nicht, nachdem wir die beiden jetzt in flagranti ertappt haben.
Sie kann doch. Nach dem Kino sind die zwei gleich verschwunden, und zu Hause beim Abendessen fehlt die gute Marcelle. Das scheint ernster zu sein, als wir dachten.
Abends sind wir in unserem Zimmer. Feli liegt in tragischer Attitüde auf dem Bett und starrt vor sich hin. Sie leidet. Sie liebt Bork bis zum Wahnsinn, sagt sie. Der Gedanke, daß ihn jetzt eine andere Frau küßt, ist ihr unerträglich.
»Ich versteh' es nicht«, sagt sie, »Marcelle ist schon so alt. Was kann er an ihr finden?«
»Du spinnst ja«, sagt Ina. »Sie ist eine Frau in den besten Jahren. Ich habe gelesen, daß Frauen in den Dreißigern die besten Liebhaberinnen sind. Dumm ist sie ja auch nicht. Ich kann es verstehen, wenn ein Mann lieber mit einer reifen Frau zusammen ist als mit einem jungen Mädchen.«
»Ich nicht«, sagt Feli. »Jugend ist der größte Reiz bei einer Frau.«
Pat lacht. »Du wirst nicht immer sein 17 Jahre, Feli. In zwanzig Jahren du wirst nicht wissen wollen mehr, was du gesagt heute.«
»In zwanzig Jahren.« Feli seufzt. »Bis dahin habe ich alles hinter mir. Wahrscheinlich lebe ich gar nicht mehr.«
»Kann sein, daß wir dann alle nicht mehr leben«, sage ich, »wenn die wirklich eines Tages Atombomben schmeißen.«
»Zwanzig Jahre gehen schnell vorbei«, meint Margit, »das sagt Mutti immer. Überhaupt, wenn man viel erlebt.«
»Das werde ich«, behauptet Feli.
»Was du so unter Erlebnissen verstehst. Margit meint etwas anderes«, sagt Ina.
Wir wissen, daß es Margits Mutter nicht leicht hat. Ihr Mann, Margits Vater, hat sie verlassen. Wegen einer anderen Frau. Sie hat ihn sehr geliebt und hat es nie ganz überwunden. Geld hat sie übrigens von ihm auch nicht bekommen, das hat er alles für die andere gebraucht. Und sie muß arbeiten, um für sich und Margit zu sorgen. Margit hängt sehr an ihrer Mutter und freut sich schon auf den Tag, wenn sie wieder ganz mit ihr zusammen sein wird und dann auch Geld verdienen kann.
»Ich werde an zwei Enden verbrennen«, verkündet Feli pa-

thetisch, »Ruhm und Liebe, beides werde ich in vollen Zügen genießen, dann wird es vorbei sein.«
»So was Blödes wie dich gibt es nicht so schnell zum zweitenmal«, sagt Ina geradezu. »Man könnte denken, du seist aus dem vorigen Jahrhundert übriggeblieben.«
Feli will Schauspielerin werden, sie sieht sich schon als großen Star, dem alle Männer zu Füßen liegen. Ich halte sie für ganz unbegabt, trotz ihrer überspannten Posen. So hat sie nicht eher geruht, bis Franz sie die Maria Stuart lesen ließ. Und wenn das gut sein soll, was sie da von sich gegeben hat, das Gewimmer und Gewinsel, wenn das Kunst ist, dann versteh' ich nichts davon. »Was willst du eigentlich mal werden, Pony?« fragt mich Margit.
Hm, das ist nicht so leicht zu sagen. Eigentlich habe ich ja auch schon mal daran gedacht, Schauspielerin zu werden. Sicher bin ich viel begabter als Feli. Aber das kann ich ja jetzt nicht sagen, sonst denken die anderen, ich bin genauso ein Kalb.
»Vielleicht werde ich Jura studieren«, sage ich daher mit Nachdruck. Das fiel mir eben gerade ein. »Ich finde, in der Justiz fehlt der Einfluß von Frauen. Unser Recht ist doch vollkommen veraltet, viel zu umständlich. Heutzutage sollte man viel mehr mit dem gesunden Menschenverstand Recht sprechen, nicht nur nach Paragraphen.«
Die anderen sind sichtlich beeindruckt.
»Daran ist etwas Wahres«, sagt Ina. »Ich zweifle nur daran, daß du so ein Studium durchhalten würdest.«
»Warum denn nicht?«
»Es ist eine ziemlich trockene Angelegenheit. Denn lernen muß du die ganzen Paragraphen zunächst auf alle Fälle mal.«
Das ist wahr. Ich werde es mir noch mal überlegen.
Ina will Medizin studieren, das steht schon fest. Ich glaube, daß sie gut dazu geeignet ist. Sie ist klug, energisch, überlegen, trotz ihrer Jugend, aber sie hat auch Herz, wenn sie es auch nicht gern zeigt.
Pat will Stewardeß werden. Sie hat gute Beziehungen zur BEA. Sobald sie mit der Schule fertig ist, geht sie auf die Stewardessen-Schule. Das wäre eigentlich auch was für mich. Reisen, unterwegs sein, viele Menschen kennenlernen. Das könnte man im Auge behalten.

Und Margit?
»Margit wird sicher bald heiraten«, meint Ina. »Sie ist ganz der Typ dazu, liebevoll, anschmiegsam und süß.«
»Unsinn«, sagt Margit und wird rot. »Ich will überhaupt nicht heiraten. Ich habe es bei Mutti gesehen, wie man dabei unglücklich werden kann. In die Gefahr begebe ich mich erst gar nicht. Ich möchte am liebsten Modezeichnerin werden.«
Wir erörterten die Aussichten für Modezeichnerinnen. Das wäre übrigens auch was für mich. Zeichnen kann ich ganz gut. Ich muß mir wirklich mal ernsthaft überlegen, was aus mir werden soll. Vielleicht gehe ich in die Politik. Da werden Frauen auch gebraucht. Im Hinblick auf mehr Anwendung von gesundem Menschenverstand. Und soviel Talent dazu wie Herr Federmann habe ich schon dreimal.
Rita steckt den Kopf zur Tür herein. »Hat jemand von euch eine Zigarette?«
Rita können wir alle nicht so recht leiden. Vielleicht weil sie immer so hochnäsig ist und ein wenig auf uns heruntersieht. Sie ist schon achtzehn, geht aber noch in unsere Klasse. Na ja. Vielleicht mögen wir sie auch nicht, weil sie so schön ist. Doch, das ist sie, alles, was recht ist. Sie ist die Schönheit unter uns. Ein wenig erinnert sie mich an meine Schwester, obwohl sie bestimmt viel raffinierter ist als die harmlose Marlise. Rita hat ein Gesicht wie ein Titelblatt, hellbondes Haar und eine Figur wie ein Mannequin. Sie weiß es aber auch. Kein Mensch würde glauben, daß sie erst achtzehn ist. Sie sieht aus wie mindestens zweiundzwanzig. Und sie benimmt sich auch so. Sie ist stets außerordentlich elegant gekleidet, sie macht keinen Unsinn mit und redet nie so viel dummes Zeug wie wir. Sie ist einfach schon erwachsen. In der Schule ist es nicht weit her mit ihr. Das interessiert sie aber nicht sonderlich. Sie tut nur das Notwendigste. Keiner der Lehrer traut sich recht, ihr etwas zu sagen. Sie zieht dann die Brauen hoch und sieht ihn so hochmütig und überlegen an, daß keiner weiß, was er dieser vollendeten Schönheit eigentlich zum Vorwurf machen soll. Eine richtige Freundin hat sie nicht unter uns. Dafür hat sie bereits einen festen Verehrer, einen Fabrikbesitzer aus München, der sie gelegentlich besuchen kommt. Er will sie heiraten, sobald sie mit der Schule fertig

ist. Rita ist sich nur noch nicht klar darüber, ob sie seinen Antrag annehmen wird.
»Was ist das schon?« sagte sie einmal. »So ein kleiner Fabrikbesitzer. Er hat nur 200 Arbeiter. Es wäre höchstens für den Anfang gut.« Vermutlich spekuliert sie auf einen amerikanischen Multimillionär.
Immerhin läßt sie sich die Zuneigung des Mannes gefallen. Wenn er mit seinem roten Porsche kommt, gehen sie zusammen aus. Er bringt ihr jedesmal etwas mit, Blumen oder Pralinen oder Parfüm. Sie fahren dann nach Feldafing ins ›Kaiserin Elisabeth‹, zum Dinner, wie Rita betont lässig sagt.
Er holt jedesmal sehr formvoll die Erlaubnis von Fränze dazu ein. Franz fragt er nicht. Der hat es nämlich rundheraus abgeschlagen. Komischerweise. Sonst ist er gar nicht so. Er erlaubt eigentlich immer alles. Aber Ritas Freund kann er nicht leiden. Als wir Rita einmal fragten, woher das käme, lächelte sie wie eine Sphinx und sagte geheimnisvoll: »Es hat alles seine Gründe.«
Wir wissen schon, was sie meint. Franz ist eifersüchtig. Er hat für die schöne Rita eine gewisse Schwäche. Ina behauptet sogar, er hätte was mit ihr. Ich glaube das ja nicht, Fränze würde es ihm schön besorgen. Und außerdem – so was geht doch nicht. Schließlich ist sie seine Schülerin. Aber immerhin habe ich mal eine komische Szene belauscht.
Rita war mit ihrem Freund abends weg und kam erst ziemlich spät nach Hause. Franz war den ganzen Abend über nervös gewesen. Wir sahen ihn im Park spazierengehen, dann verschwand er in seinem Arbeitszimmer. Viel später dann war ich im Schlafanzug hinuntergeschlichen zu Kugelchen ins Souterrain. Denn wir saßen noch bei einem Speech zusammen und hatten Hunger. Kugelchen hat meist was, Kuchen oder Plätzchen oder wenigstens Zwieback mit Butter.
Wie ich zurückkomme und eben mit meiner Beute hinten durch die Diele gehe, kommt Rita nach Hause. Ich will ihr gerade etwas zurufen, da taucht ganz überraschend Franz auf. Er muß irgendwo in der Nähe auf ihre Rückkehr gewartet haben. »Oh, Herr Doktor«, sagt Rita. »Sie haben doch nicht etwa auf mich gewartet?«

»Du kommst reichlich spät, mein liebes Kind«, sagt Franz mit ganz kalter, ärgerlicher Stimme, »ich glaube nicht, daß das den Hausregeln entspricht.«

Rita lacht. »Es entspricht manches nicht den Hausregeln hier, lieber Herr Doktor. Haben Sie nicht auch den Eindruck?«

Eine Weile ist Schweigen zwischen ihnen, ein gefährliches, lauerndes Schweigen. Ich stehe atemlos mit meinem Kuchenteller an die Wand gepreßt.

Franz ist ganz nahe an sie herangetreten. »Du gehst zu weit, Rita. Ich verbiete dir . . .«

»Sie haben mir nichts zu verbieten, Herr Doktor«, unterbricht ihn Rita kalt. »Das wissen Sie ganz genau. Ich bin mit Herrn Beck verlobt, und ich glaube, die Tatsache, daß ich einen ernsthaften und heiratswilligen Bewerber an der Hand habe, dürfte Ihnen doch nicht so unwillkommen sein. Ganz im Gegenteil. Ich meine, Sie als mein Erzieher und väterlicher Freund müßten die Legalität meiner Beziehung zu Herrn Beck doch nur begrüßen.«

So affig und geziert spricht Rita immer. Aber überdies ist ihre Stimme voll Hohn. Was hat sie nur gegen Franz?

Er ist auch sofort furchtbar wütend, tritt noch näher an sie heran, es sieht aus, als wolle er sie anfassen. »Rita, ich warne dich . . .«, da geht plötzlich eine Tür auf, eine Tür von den Schulzimmern, in denen jetzt doch kein Mensch ist, und wer taucht auf? Die Fränze. Es ist direkt unheimlich.

»Was gibt es?« fragt sie, und ihre Stimme klirrt wie Eis.

Franz hat es anscheinend die Rede verschlagen. Doch Rita sagt ganz frech: »Oh, guten Abend, Frau Doktor. Herr Doktor machte mir Vorhaltungen, weil ich so spät komme. Aber Sie hatten mir ja bis 10 Uhr freigegeben, nicht wahr?« Dabei ist es schon fast elf.

»Allerdings«, sagt die Fränze. »Das ist in Ordnung. Hatte ich dir das nicht gesagt?«

Franz murmelt etwas Unverständliches von den Hausregeln und verschwindet nach oben, ohne die beiden noch anzusehen.

Rita in ihrem hellen seidenschimmernden Kleid steht direkt unter der einzigen Lampe, die brennt. Sie sieht wirklich wundervoll aus.

Fränze fragt: »Haben Sie sich gut amüsiert?«
»O ja, danke. Es tut mir leid, wenn ich zu spät bin. Aber der Herr Doktor sollte sich keine Sorgen machen, ich bin in besten Händen. Herr Beck ist sehr korrekt. Was man nicht von allen Männern sagen kann. Aber in diesem Falle können Sie ganz beruhigt sein.«
Die beiden Frauen sehen sich einen Augenblick an. Schön, groß und schlank, lächelnd die eine, und so jung. Alt, kummervoll, bitter und kein bißchen schön die andere. Es ist eine Szene wie auf der Bühne. Und genauso aufregend. Im letzten Moment halte ich noch den Kuchenteller fest, beinahe wäre er runtergefallen, das wäre vielleicht peinlich gewesen.
»Um so besser«, sagt die Fränze. »Und nun gehen Sie schlafen.«
»Gute Nacht, Frau Doktor«, sagt Rita sehr höflich und steigt ohne Eile die Treppe hinauf.
Fränze bleibt noch einen Moment in der leeren Diele stehen, ganz schmal und zusammengesunken steht sie da, mit hängenden Armen. Fast tut sie mir leid.
Dann geht sie zum Schalter und knipst das Licht aus. Himmel, sie wird doch nicht auf die Idee kommen und ins Souterrain gehen? Dann würde sie mich sehen. Ich halte den Atem an. Doch auch sie steigt langsam die Treppe hinauf.
Diese komische Geschichte erlebte ich vor wenigen Tagen. Als ich raufkam, wunderten sich die anderen, wo ich so lange geblieben war. Ich erzählte ihnen das Ganze. Margit meinte, Rita gehe ein wenig zu weit. So spät brauche sie nicht nach Hause zu kommen. Und es sei zu verwundern, daß sie immer die Erlaubnis für die abendlichen Ausgänge bekäme.
»Wir haben ja auch keinen reichen Verlobten mit Auto, der uns abholt und heimbringt«, sagte ich.
»Da schau, da schau«, meinte Ina nachdenklich. »Das ist gut. So was hab' ich mir doch schon immer gedacht.«
Aber sie rückte dann nicht weiter damit heraus, was sie sich gedacht hatte.
Diesen Abend also nun kam Rita zu uns. Das tut sie sonst nie. Sie hat ein Zimmer zusammen mit der kleinen dicken Burgl, von der sie hemmungslos bewundert wird.

»Die Kleine schläft schon«, sagte Rita, »ich möchte aber noch eine Zigarette rauchen.«
»Die Kleine hat wohl überhaupt einen festen Schlaf, wie?« fragt Ina.
Rita wirft ihr den für sie typischen hochmütigen Blick zu.
»Ich denke schon. Sie hat sich jedenfalls noch nie über das Gegenteil beklagt.«
Sie sieht auch jetzt wunderbar aus. Über einem weißen Seidennachthemd trägt sie einen pfirsichfarbenen Morgenrock aus Samt. Wie im Film. Dabei soll sie, wie mir mal jemand erzählt hat, gar nicht aus besonders großartigen Verhältnissen stammen. Irgendein Vormund bezahlt den Aufenthalt hier für sie. Er wird doch kaum diese luxuriöse Garderobe auch bezahlen.
»Rauchst du die Zigarette in unserer Gesellschaft?« fragt Ina anzüglich. »Oder hast du was Besseres vor?«
»Ich will euch nicht stören. Sicher sind eure nächtlichen Diskussionen sehr anregend, aber nicht für jeden bestimmt.«
»Auf jeden Fall sind sie gegen die Hausregeln«, sage ich und kichere.
Rita hat sich in unseren bequemsten Sessel niedergelassen und zündet sich die Zigarette an. Wir liegen oder sitzen ja alle schon im Bett. Ina und Pat, die hier zu Besuch sind, sitzen bei Margit und mir am Fußende und haben die Beine unter die Decke gesteckt.
»Willst du ein Glas Wermut?« fragt Margit.
»Wermut?« fragt Rita zurück. »Um diese Zeit? Ist das nicht etwas ungewöhnlich?«
»Sekt haben wir leider heute nicht«, sagt Ina spöttisch, »unser Sektkühler ist gerade in Reparatur. Den Wermut trinken wir mit Zitrone und Selter, da geht er auch als Nachtgetränk.«
»Na, ich glaube, ihr seid ein ganz ulkiger Verein hier«, sagt Rita. »Was wälzt ihr denn für Probleme zu so später Stunde? Sehnsucht nach Herrn Bork? Genaue Einzelheiten über den Mann aller Träume?«
»Du wirst lachen, es gibt Mädchen, die sich auch mit anderen Dingen beschäftigen als mit Männern.«
»Das lohnt sich meistens nicht«, erwidert Rita.
»Kommt darauf an, was man als lohnend betrachtet.«

»Eben.«
Rita bläst den Rauch vor sich hin und nippt an ihrem Glas. Zwischen ihr und Ina besteht geradezu eine Art Feindschaft. Kommt das daher, weil sie so verschieden sind? Oder hat es bestimmte Gründe?
Margit, mit ihrem guten Herzen, will vermitteln. »Wir haben uns gerade darüber unterhalten, was wir einmal werden wollen. Hast du eigentlich schon Berufspläne, Rita?«
»Berufspläne? Ich?« fragt Rita erstaunt zurück. »Da sei Gott vor. Ich habe nicht die Absicht, jemals im Leben zu arbeiten. Dafür sind die Männer da. Ich werde mich so günstig wie möglich verheiraten.«
»Niemand zweifelt daran«, entgegnet Ina. »Denn daß reiche Männer meist arm an Geist sind, ist ja bekannt. Auf diese Weise kriegen sie immer das, was ihnen zukommt.«
»Wie mein Schwager«, sage ich.
»Ist dein Schwager ein reicher Mann?« fragt Rita interessiert und ist nicht im mindesten gekränkt durch Inas Angriffe.
»Klotzig reich«, prahle ich. »Meine Schwester wohnt in einer Mordsvilla, sie haben einen richtigen Diener, so 'ne Art Butler, und 'ne Köchin und ein Stubenmädchen und drei Autos und 'nen Chauffeur, und was weiß ich noch. Meine Schwester ist auch so hübsch wie du. Aber abgesehen davon, ich hätte einen Mann wie meinen Schwager nie geheiratet. Da könnte er von mir aus ein Schloß haben.«
»Du brauchst ja nicht«, sagt das schöne Mädchen freundlich, »es finden sich genug Frauen, die ein gutes Angebot zu schätzen wissen.«
Plötzlich wird an unsere Tür geklopft, und gleich darauf steckt Mademoiselle Moreau den Kopf ins Zimmer. Kommt sie jetzt erst nach Hause?
»Kinder, warum schlaft ihr denn noch nicht? Das geht doch aber wirklich nicht. Es ist schon so spät. Und das ganze Zimmer ist voller Rauch.« Temperamentvoll geht sie zum Fenster und reißt es auf. Dann dreht sie sich um und sieht uns der Reihe nach an. Sie merkt sicher die stumme Feindschaft, die ihr entgegenschlägt. Und sie weiß ebenso sicher, warum. Doch sie lächelt. Sie sieht hübsch aus, wie sie da steht, zierlich und anmutig. Ihr dunkles Haar ist ein wenig zerzaust. So wie es aussieht, wenn man

kurz zuvor zärtlich von einem Mann Abschied genommen hat. Und sie sieht glücklich aus, das sehen wir auch. Eigentlich sind wir ihr doch nicht richtig böse. Wir träumen ja nur. Aber was sie erlebt, scheint Wirklichkeit zu sein. Wir neiden es ihr ein wenig, nicht nur wegen Bork, sondern überhaupt. Sie hat schon etwas, was wir noch nicht kennen. Aber irgendwie sind wir auch freier als sie. Wir fühlen uns auf einmal wieder als Kinder, für uns ist alles noch Zukunft, wir sind noch Zuschauer. Aber sie, sie muß alles schon selbst erleben.

Rita erhebt sich lässig. »Dann gehe ich schlafen. Schönen Dank für die Zigarette. Gute Nacht.«

Wir sagen auch gute Nacht und schweigen dann wieder. Marcelle Moreau geht langsam, wie zögernd, auch zur Tür. Es sieht aus, als wolle sie noch etwas sagen. Aber sie sagt dann nur: »Schlaft jetzt. Gute Nacht«, und geht.

»Ich hasse sie«, stößt Feli wütend hervor, als sie draußen ist.

»Du dumme Pute«, sagt Ina. »Marcelle ist in Ordnung. Und wenn Bork sie mag, kann ich es verstehen. Ihr nicht?«

»Doch«, sagen wir beide, Margit und ich, und meinen es ehrlich. Feli schweigt.

Die Neue

Die neue Turnlehrerin ist eine Wucht. Ich glaube, wir haben alle dumme Gesichter gemacht, als Franz sie beim Mittagessen vorstellte. So was soll eine Lehrerin sein? Sie ist einfach rasant.

Das Gesicht ein wenig slawisch geschnitten, mit hohen Backenknochen, große dunkle Augen unter langen Wimpern, ein großer ausdrucksvoller Mund. Das Haar ist rotbraun, sicher gefärbt. Sie hat ein todschickes Kleid an und Schuhe mit ganz hohen Absätzen. Wenn einer käme und sagte, sie sei ein Filmstar oder eine russische Fürstin, dann glaubte ich es unbesehen. Und so was mimt die Lehrerin. Man muß bloß mal in ein Pensionat kommen, um zu sehen, was so alles den Lehrberuf ergriffen hat. An den normalen Schulen sieht man solche Typen nicht.

Übrigens hat sie auch eine tolle Figur, das sehen wir, als sie

zum erstenmal im Turndreß erscheint. Sie hat hohe feste Beine, eine schmale Taille und eine formvollendete Büste. Ich kann schon verstehen, daß es Bork gerissen hat, als er sie sah. Wir machten unsere Gymnastik im Freien, da es sehr schönes Wetter war. Unten auf dem Rasen vor dem Haus, die Neue stand auf den Terrassenstufen.
Bork hatte seinen kleinen Wagen hinter dem Haus geparkt und kam nun um das Haus herum, eine Zigarette rauchend. Ziemlich ungeniert sah er dabei unserem Gehopse zu. Und plötzlich, wie er zur Terrasse hinaufgehen will, sieht er sie. Er bleibt stehen, wie vom Blitz getroffen. Sie läßt sich nicht dabei stören, auf das Tamburin zu schlagen, nickt nur ein wenig mit dem Kopf und beachtet ihn nicht weiter.
Und er, der sonst so gute Manieren hat, bleibt nicht etwa bei ihr stehen und stellt sich vor, er geht an ihr vorbei ins Haus. Aber so sind die Männer. Wenn eine Frau gut aussieht, sind sie immer gleich ganz durchgedreht.
Ich gebe zu, daß Frau Loring – so heißt sie, Valeska Loring – schon Eindruck auf einen Mann machen kann. Wenn ich zum Beispiel ein Mann wäre, mir würde so ein Typ wie sie weit besser gefallen als beispielsweise Rita oder Marlise, diese langweiligen Ziegen. Diese Valeska ist kein kühles Bild, sie ist voller Blut und Leben. Und ein Biest ist sie ganz bestimmt. Die Fränze natürlich betrachtet sie voller Argwohn. Sie hatte sie ja vorher genausowenig gesehen wie Franz. Man war im Druck und hatte sie unbesehen auf Empfehlung engagiert. Franz gefällt sie natürlich außerordentlich. Wo Frau Loring ist, ist Franz nicht weit. Die ersten Tage hat er ihr mit übertriebenem Eifer alles im Hause gezeigt und erklärt, dann mit der Zeit ergibt es sich immer öfter, daß er bei den Gymnastikstunden mal vorbeikommt. Oder immer wenn Valeska fortgehen will, taucht er plötzlich auf und fährt gerade nach Starnberg und nimmt sie im Wagen mit. Arme Fränze! Ohne Zweifel, der gute Franz hat sich verknallt. Schon wieder mal.
Was Valeska denkt, weiß man nicht. Sie ist zu allen gleichmäßig freundlich, doch sie hat natürlich die Frauen gegen sich. Sogar das alte harmlose Fräulein Bayer betrachtet sie mit einer gewissen Abneigung. Und Marcelle Moreau ist bedrückt, seit Valeska da ist. Neben ihr wirkt die kleine

Französin auf einmal unscheinbar. Natürlich ist es Marcelle auch nicht entgangen, daß Bork seltsam verändert ist. Er ist nicht mehr so heiter wie früher, so charmant vergnügt. Er ist sehr ernst und geht immer gleich, wenn der Unterricht zu Ende ist.
Natürlich haben wir gedacht, er würde der neuen Kollegin den Hof machen, und haben uns schon auf die eventuellen Eifersuchtsszenen zwischen ihr und Marcelle gefreut. Aber Bork geht Valeska eher aus dem Weg. Sie hingegen scheint ihn ganz gern zu sehen. Sie spricht ihn manchmal an in der Pause, bittet um Feuer für ihre Zigarette, plaudert ein wenig. Er steht dann steif neben ihr und gibt einsilbige Antworten, während er ja früher mit Marcelle ganz schön gezwitschert hat. Ob er schüchtern ist?
»Irgend etwas stimmt da nicht«, meint Ina. Aber einen genauen Vers kann sie sich auch nicht darauf machen.
Der junge Assessor Kellermann, unser Lateinlehrer, bekommt jedesmal rote Ohren, wenn Valeska ihn anspricht. Der einzige, der ganz unberührt erscheint, ist natürlich wieder der alte Roß. Er raucht seine Zigarre, verlötet einen und kümmert sich um nichts. Er ist über das Alter hinaus, wo ihn eine schöne Frau in Unruhe versetzen kann. Hat vielleicht auch sein Gutes.

Auf dem Tennisplatz

Natürlich spielt Valeska phantastisch Tennis. Unsere Beste ist Pat. Wenn die beiden zusammen spielen, ist es das reinste Turnier. Heute spielen sie ein Doppel, Valeska, Pat, Ina und einer der Jungens vom Gleis. Ich sitze mit Feli, Burgl und Gertrude auf einer Bank und schaue zu. Leider bin ich noch ein kümmerlicher Anfänger. Aber Valeska trainiert selber mit mir, sie meint, ich wäre begabt und würde es bald besser können. Sie ist wirklich furchtbar nett.
Es ist wunderschön warm, fast schon ein Sommertag, obwohl es erst Ende Mai ist. In den letzten Wochen war es noch oft kalt, und es hat viel geregnet. Wenn es jetzt warm wird, können wir bald baden. Darauf freue ich mich. Im Starnberger See muß es herrlich sein. Und im Schwimmen bin ich kein Anfänger, da bin ich Meisterin.

Ich habe die Beine in den weißen Shorts auf die Bank heraufgezogen und nuckele an einer Cocaflasche. Das Spielfeld lasse ich dabei nicht aus den Augen, auch vom Zusehen kann man viel lernen.
Burgl rekelt sich faul in der Sonne und schließt die Augen. »Ich möchte jetzt schlafen«, sagt sie.
Ich gebe ihr einen Schubs. »Sei nicht so faul. Paß lieber auf, damit du dich nicht immer so dumm anstellst.«
»Ich lerne es doch nie«, sagt sie.
Sie ist Anfängerin wie ich, aber sie hat gar kein Talent. Sie ist zu pomadig.
Auf dem Feld wechseln sie die Plätze. Ina und der Junge haben einen Satz verloren. Sie haben kaum Aussichten gegen Valeska und Pat. Valeskas feste schlanke Beine unter dem ganz kurzen weißen Röckchen sind tiefbraun. Das kann nicht von diesem Jahr sein. Ob sie in Italien war?
»Zigarette?« fragt eine rauhe Stimme neben mir. Ich gucke hoch. Es ist der Junge, der Dieter, der damals mit uns in der Konditorei war. Immer wenn er mich sieht, beehrt er mich mit seiner Aufmerksamkeit. Ich nehme eine Zigarette von ihm und schaue weiter den Spielern zu.
»Du trainierst ja auch fleißig, Pony«, sagt er.
Das habe ich gerade gern, wenn die Leute mir bei was zusehen, was ich noch nicht richtig kann.
»Ich fange erst an«, knurre ich. »Kannst du's vielleicht besser?«
»Eigentlich nicht«, sagt er. »Ich bin mehr fürs Segeln. Das ist mein Sport. Unsere Jolle wird jetzt überholt. Wenn sie in Ordnung ist, mußt du mal mitfahren. Das ist das Schönste, was es gibt.«
»Mal sehen«, sage ich gnädig.
Dieter erzählt weiter von ihrem Segelboot und allen möglichen Abenteuern, die sie damit erlebt haben. Ich sage manchmal ›hm‹ und ›Donnerwetter‹ und ›nein, so was‹, höre aber nicht weiter zu. Auf dem Platz nimmt Valeska im Sprung einen raketenscharfen Ball und gibt ihn ebenso scharf zurück. Es sieht großartig aus.
»Bravo«, ruft jemand dicht hinter mir. Ich drehe mich um. Da steht ein Mann, ein großer schlanker Mann in langen weißen Hosen. Er lacht mich an.

»Das ist ja eine fabelhafte Spielerin. Und eine phantastische Frau«, sagt er ungeniert. »Wer ist das denn?«
»Unsere Turnlehrerin«, sage ich und schaue mir den Knülch genau an.
Er ist erstaunt. »Turnlehrerin?« fragt er ungläubig.
»Wieso denn nicht?«
»Die Dame kommt mir bekannt vor. Sind Sie sicher, daß sie keine Turnierspielerin ist?«
»Gott, vielleicht hat sie mal Turniere gespielt, kann ja sein. So was kann ja wohl eine Lehrerin auch. Oder muß man dazu eine Dollarprinzessin sein?«
Er schaut mich lächelnd von der Seite an. »Meist sind es welche, kleines Fräulein. Man braucht nämlich Zeit und Geld dazu.«
Das hab' ich gern, wenn mich jemand kleines Fräulein tituliert. Er setzt sich auf die Bank nebenan, an die Ecke, so daß er nur einen Schritt von mir entfernt ist. »Ich kann mir nicht helfen, sie kommt mir bekannt vor.«
Ich gebe keine Antwort. Dieter ist verstummt. Burgl lehnt sich neugierig vor und betrachtet den Fremden.
Der Mann beginnt auf einmal von einem Turnier zu erzählen, das er in Nizza gespielt hat. Er wirft nur so mit Fachausdrücken um sich. Nizza! Wahrscheinlich auch so ein reicher Nichtstuer, der nicht weiß, wie er die Zeit totschlagen soll. Wäre was für Rita, die springt auf so was an.
»Ob die Dame wohl mal einen Satz mit mir spielt?« fragt er plötzlich.
»Das glaube ich nicht«, sage ich. »Sie hat Spielpartner genug. Sie sehen es ja. Sie spielt mit uns allen hier.«
»Ach ja, richtig, sie ist ja Ihre Lehrerin. Sind Sie von der Schule hier?«
»Wir sind ein Internat«, erwidere ich hoheitsvoll. Pensionat klingt so albern. »Wissen Sie das denn nicht? Hier auf dem Platz kennen uns doch alle.«
Er lacht mich wieder an. Er sieht gut aus, braungebrannt mit ganz weißen, regelmäßigen Zähnen. So ein richtiger Boy. »Ich bin lange nicht mehr hier gewesen«, sagt er. »Jetzt bin ich mit Freunden hier, wir wollten eine Stunde spielen. Aber es ist ja nichts frei.«
»In einer halben Stunde ziehen wir ab«, sage ich. »Nachmittags müssen wir den Platz sowieso immer für die Gro-

ßen frei machen.« Zu blöd, für die Großen, sage ich, als wenn wir Kinder wären.
»Das ist aber schade«, sagt er. »Sonst hätten wir beide doch einmal zusammen spielen können.«
Da schau her. »Da würden Sie nicht viel Freude daran haben. Ich bin noch Anfängerin.«
»Sie werden es bald großartig können. Bei so einer Lehrerin.«
Das Spiel ist zu Ende. Sie schütteln sich die Hände, dann kommen sie herüber. Valeska hat sich eine gelbe Jacke um die Schultern gehängt. Wie sie auf uns zukommen, springt der Heini plötzlich auf und ruft: »Leska! Ich wußte doch, daß ich diese Backhand kenne.«
Sie zieht die Brauen zusammen, nur ein wenig, und fragt dann kühl: »Wir kennen uns?«
»Erinnern Sie sich nicht? Nizza? Die Gesellschaft vom Blauen Haus?«
Valeskas schönes Gesicht bleibt unbewegt. »Ich habe einmal meinen Urlaub in Nizza verbracht, das ist wahr. Möglicherweise haben wir uns da kennengelernt.«
Er besteht nicht länger darauf, nähere Beziehungen aufzudecken. Er fragt nur: »Werden Sie mir die Freude machen, einmal mit mir zu spielen?«
»Bedauere, das wird nicht gehen. Ich spiele hier nicht zu meinem Vergnügen. Ich bin im Dienst.« Dann lächelt sie ein wenig und nickt uns zu. »Ziehen wir uns an?«
Die anderen Mädchen, die dem Gespräch neugierig gefolgt sind, gehen mit ihr hinüber zu den Garderoben. Ich gucke meinen Nachbarn von der Seite an, wie er Valeska nachschaut.
»Na?« frage ich dann.
Er verzieht das Gesicht. »So ist das mit den Frauen. Besonders wenn sie hübsch sind. Sie vergessen so schnell.«
»Man kann nicht alles im Gedächtnis behalten«, sage ich mit der Miene einer erfahrenen Frau, »nur die hübschen Erinnerungen hebt man sich auf.«
Er lacht hellauf. »Du weißt ja schon recht gut Bescheid«, sagt er. Jetzt duzt mich dieser freche Mensch auch noch. »Wie wär's, gehen wir zusammen Kaffee trinken?«
»Ich glaube, bei Ihnen piept's«, sage ich und mache, daß ich fortkomme.

Vor dem Klubhaus trennen wir uns. Valeska geht gleich fort. Sie hat noch was zu besorgen, sagt sie. Vielleicht geht sie auf den Tennisplatz zurück, wenn wir weg sind.
Ina hakt mich und Pat unter und fragt: »Gehen wir Eis essen? Ich lade euch ein.«
Das ist ein Wort. Ina will sogar ins Undosa gehen.
»Das ist aber teuer«, meine ich.
»Macht nichts«, sagt sie. »Wir haben ja wenig Gelegenheit, Geld auszugeben.« Einen reichen Vater müßte man halt haben.
Die beiden Jungs sind bei uns stehengeblieben. Sicher wollen sie gern mitgehen. Aber Ina lächelt liebenswürdig und sagt: »Geht heute leider nicht. Wir haben was zu besprechen.« Da verziehen sie sich.
Wir sitzen auf der Terrasse über dem See. Es ist ein herrlicher Anblick. Segel- und Motorboote sind draußen, nur baden tut natürlich noch keiner. Es ist zu kalt.
Ina bestellt drei klotzige Eisbecher, die uns einige Zeit beschäftigen.
»Ich glaube, daß die gute Valeska schon allerhand erlebt hat«, sagt Ina. »Sie ist der Typ Frau, an der das Leben und die Männer nicht vorübergehen.«
»Meinst du, daß das ein früherer Freund von ihr war?«
»Bestimmt. Sie hat ihn sehr wohl erkannt.«
»Da ist doch nichts dabei. Sie braucht sich doch vor uns nicht zu genieren. Warum soll sie denn keine Freunde haben?«
»Es kommt darauf an«, sagt Ina geheimnisvoll. Immer denkt sie sich bei allem so viel.
»Eine Ärztin sollte nicht zuviel Phantasie haben«, sage ich.
»Da hast du auch wieder recht.«
Dann rätseln wir über Valeskas Alter herum. Von ihr haben wir nämlich keine Papiere gesehen.
»Achtundzwanzig oder neunundzwanzig«, sage ich.
»Mehr«, meint Ina.
Ist ja auch Wurscht.
Ina hat aber noch etwas zu erzählen. »Gestern habe ich einen Streit zwischen Valeska und Marcelle gehört.«
»Ach nee? Wirklich? Warum denn?«

Es ging los wegen der kleinen Ivy – das ist eine von den Kleineren. Valeska hatte Handstand und Überschlag mit den Kleinen geübt. Und Ivy muß dabei wohl ziemlich böse umgehauen sein. Jedenfalls wurde ihr schlecht. Sie war ganz weiß und mußte sich übergeben. Dann hatten sie Marcelle gerufen, die auch in Krankenpflege ausgebildet ist. Und Marcelle machte Valeska ziemlich heftige Vorwürfe.

»Sie hatten Ivy ins Krankenzimmer gebracht, und ich war zufällig in dem kleinen Nebenraum, weil ich mir ein Aspirin holen wollte, ich hatte Kopfschmerzen.«

»Und was hat Marcelle gesagt?«

»Sie sagte, es sei unverantwortlich, und Valeska übertreibe den Unterricht. ›Es hat nicht jeder eine so robuste Konstitution wie Sie‹, sagte sie, ›für ein zartes Kind sind diese Übungen zu anstrengend.‹ – ›Das müssen Sie schon mir überlassen‹, sagte Valeska, ›es ist mein Fach.‹ – ›Wir sind hier alle für die Kinder verantwortlich‹ darauf Marcelle, ›ich halte es für meine Pflicht, Sie darauf hinzuweisen. Ich habe schon ein paarmal beobachtet, daß Sie zuviel von den Kindern verlangen.‹ – Jetzt wurde Valeska böse. ›Sieh an‹, sagte sie, ›Sie spionieren bei meinen Stunden? Interessant. Was bezwecken Sie damit?‹ – ›Spionieren ist nicht ganz der richtige Ausdruck‹, erwiderte Marcelle. ›An sich sehe ich es gern, wenn die Mädels turnen, ich habe auch früher bei Frau Jennewein zugesehen. Am liebsten würde ich selbst mitmachen.‹ – ›Nun, wenn die teure Frau Jennewein ihr Baby hat, kehrt sie ja zurück‹, sagte Valeska spitz, ›dann sind Sie mich wieder los. Ich nehme an, daß Ihnen das auch in anderer Beziehung ganz lieb sein wird.‹ – ›Wie meinen Sie das?‹ fragte Marcelle scharf. – ›Sie wissen sehr gut, wie ich das meine‹, sagte Valeska darauf, ›aber Sie können ganz beruhigt sein. Mir ist das Interesse der Männer eher lästig als angenehm. Ich rühre keinen Finger, um jemand anzulocken. Ich stehe Ihrem Glück bestimmt nicht im Wege. Wenn ein Mann natürlich seine Meinung ändert – da werden Sie auch nichts daran machen können.‹ – Marcelle schien vor Schreck versteinert. Sie gab keine Antwort. Dann wurde es Ivy wieder schlecht, und die Damen mußten sich um sie kümmern. Später hat man sogar Dr. Bergmeier geholt, ihr habt es ja gesehen.«

Das ist eine hübsche Geschichte. Also kommt es doch zu Eifersüchteleien zwischen den beiden Frauen. Das war zu erwarten. Und Bork? Wie verhält er sich? Er ist so merkwürdig seit einiger Zeit. Eigentlich spricht er mit beiden nicht, mit Valeska nicht, obwohl sie ja bei uns im Haus wohnt und er sie fast jeden Tag sieht, und mit Marcelle auch nicht mehr.
Aber das Tollste kommt erst, als wir später nach Hause gehen. Wir schlendern langsam den Weg hinauf, es geht ein bißchen bergan; erst ist es eine Villenstraße, dann geht es ein Stück durch den Wald. Ungefähr dreiviertel Stunden haben wir nach Franzenshöh. Plötzlich fällt mir ein, daß ich neulich eine Abkürzung entdeckt habe. Man muß allerdings über einen Zaun klettern und durch einen Privatgarten gehen. Aber der Garten ist groß, und an diesem Ende war kein Mensch zu sehen.
Pat zögert vor dem Zaun. »Wenn sie haben einen Hund«, sagt sie.
»Ich hab' mich in meinem Leben noch vor keinem Hund gefürchtet«, gebe ich an. »Mit Hunden versteh' ich mich prima.«
Wir schleichen also, ein wenig geduckt, durch den Garten, klettern drüben wieder über den Zaun, dann geht es über eine Wiese, und dann kommt noch einmal ein Haus, ein hübsches Landhaus, das etwas abseits im Grünen liegt. Der Zaun ist dicht mit einer Hecke bewachsen, aber an einer Stelle ist ein Durchguck, und, neugierig wie ich bin, guck' ich auch durch.
Aber dann hätte ich beinahe vor Erstaunen aufgeschrien. Wer sitzt dort auf der Veranda, offensichtlich beim Kaffee und in ein eifriges Gespräch vertieft? Valeska und Bork. Ich stoße die beiden anderen an und lasse sie auch durchgucken. Sprachlos schauen wir uns an. Die beiden treffen sich, und zwar ganz heimlich. Und was ist das für ein Haus? Wem gehört es? Hier verstecken sich die beiden also? Arme Marcelle.

Wir sind restlos erschlagen. Der seltene Fall ist eingetroffen, daß wir nicht wissen, was wir sagen sollen. So gehen wir schweigend ein Stück weiter, bis mir etwas einfällt.
»Moment«, sage ich und kehre noch mal um. Irgendwo muß ja zu diesem Haus ein Eingang sein. Ich finde die Gartentür, aber ein Namensschild, wie ich erwartet habe, ist dort nicht angebracht. Müssen mächtig feine Leute sein, wenn sie es nicht mal nötig haben, ihren Namen an die Tür zu schreiben. Aber das wäre ja gelacht, ich werde schon herausbringen, wer hier wohnt.
Den ganzen restlichen Heimweg sind wir natürlich mit diesem Problem beschäftigt.
»Sie ist ein raffiniertes Luder«, sagt Ina. »Hab' ich mir gleich gedacht. Sie hat sich Bork ganz heimlich, still und leise geangelt. Und er natürlich fällt prompt darauf rein. Männer sind zu dumm.«
Dagegen läßt sich nicht viel sagen.
»Und weil es ihm peinlich ist wegen Marcelle«, ergänze ich, »trifft er sich heimlich mit ihr. Vielleicht gehört das Haus einem Freund von ihm.«
»Sie waren aber allein.«
»Der kann ja verreist sein. Oder tagsüber in München.«
Es ist die Höhe. Dann wären die beiden also allein dort in dem Haus. Und da kann man sich ungefähr ausmalen, was so passiert.
»Er war ja auch ganz hin von ihr, als er sie das erste Mal gesehen hat. Erinnert ihr euch?«
Ja, wir erinnern uns gut. Und dieser Bork ist ein ganz verlogenes, scheinheiliges Subjekt. Treulos und unzuverlässig wie nur einer. Unsere ganzen Sympathien gehören auf einmal Marcelle. »Und ich glaube, sie ist ein viel wertvollerer Mensch als Valeska«, meint Ina.
»Valeska ist eine von den Frauen, die das Verhängnis der Männer sind«, sage ich mit bedeutungsschwerer Stimme. »Aber das gefällt ihnen gerade. Sie werden davon angezogen wie die Motten vom Licht.« Muß eigentlich schön sein, so eine Frau zu sein.
Die beiden anderen sind von meinen Worten sehr beeindruckt. Obwohl . . .

»Sich Bork als Motte vorzustellen, ist auch nicht ganz überzeugend«, sagt Ina. »Ich glaube, er hat es selber ganz schön hinter den Ohren.«
Pat läßt so leicht nichts auf Bork kommen. »Bork ist eine gute Mann«, sagt sie. »Aber sie ist Verführerin. Wir müssen ihn retten.«
Ja, das müßte man wohl. Aber wie?
Wir beschließen zunächst, diese Entdeckung für uns zu behalten. Nur Margit werden wir einweihen. Feli nicht, die ist zu blöd.
Beim Abendessen machen wir gelegentlich dunkle Andeutungen. Ich sage einmal: »Dinge gehen vor in diesen friedlichen Wäldern, von denen sich unsere Schulweisheit nichts träumen läßt.«
Wer es gehört hat, guckt mich neugierig an. Aber ich schüttle nur noch seufzend meinen Kopf. Übrigens ist Valeska zum Abendessen nicht erschienen. Marcelle ist da. Wir beobachten sie verstohlen und stellen fest, daß sie sehr traurig aussieht.
»Als wenn sie hat geweint«, flüstert Pat.
Nach dem Essen packen wir Margit und verschwinden mit ihr im Park.
»Was ist denn eigentlich los?« fragt Margit. »Ihr tut so geheimnisvoll.«
»Hier nicht«, sage ich wichtig. »Komm weiter weg vom Haus.«
Zehn Minuten vom Haus entfernt liegt ein kleiner Weiher. Ein sehr romantischer Platz. Die Bäume sind hier sehr dicht, es ist ein wenig düster. Gerade der richtige Ort, um Geheimnisse zu besprechen. Der Weiher wirkt unheimlich, sein Wasser ist dunkelgrün und immer ganz unbewegt. Eine kleine Holzbank steht dort, darauf lassen wir uns nieder, und Margit erfährt die Geschichte.
Sie ist auch sehr erschüttert. »Es ist gemein«, sagt sie. »Marcelle liebt ihn bestimmt sehr. Sie sah neulich so glücklich aus, als wir sie zusammen trafen. Ob sie weiß, daß die beiden sich treffen?«
»Zumindest vermutet sie es. Sicher vernachlässigt er sie jetzt, und da kann sie sich ja leicht zusammenreimen, was los ist. Sie liebt ihn bestimmt sehr.«
Ja, daran ist kein Zweifel. Denn so empört wir über sein

Verhalten sind, daß man ihn einfach lieben muß, davon sind wir nach wie vor überzeugt.
»Man muß ihm die Augen öffnen«, sagt Margit. Denn daß Valeska ein ganz schlechtes Frauenzimmer ist, daran ist nicht mehr zu rütteln. Aber wie fängt man es an, mit dem Augen öffnen? Wir wissen nichts über Valeska, worüber man ihn aufklären könnte. Der Mann nachmittags vom Tennisplatz fällt mir wieder ein. Das weiß Margit auch noch nicht, sie war ja nicht dabei. Wir erzählen es ihr.
»Sicher ein verflossener Liebhaber von ihr«, sage ich. »Nizza. Man weiß ja, wie es da zugeht.« Ich habe zwar keine Ahnung, wie es da zugeht, aber ich bin sicher, es ist ein ganz verruchter Ort.
Wir reden hin und her, kommen aber zu keinem Ergebnis. In unserem Eifer bemerken wir erst zu spät die Gestalt, die drüben auf der anderen Seite des Weihers aus den Bäumen tritt. Und wir haben zuletzt in aller Erregung ziemlich laut gesprochen. Wir verstummen alle auf einmal und schauen, wer da kommt. Es ist schon fast dunkel, und wir können nicht erkennen, wer es ist. Aber es scheint ein Mann zu sein.
Die Gestalt bleibt am Wasser stehen und blickt zu uns herüber. Wir sind ja auch viel besser zu sehen mit unseren hellen Kleidern.
»Wer ist denn da?« ruft Ina couragiert.
Die Gestalt setzt sich in Bewegung. »Keine Angst«, ruft sie, »ich bin es.«
Assessor Kellermann, der Lateinfritze. Hat der vielleicht auch Liebeskummer, daß er so einsame Waldspaziergänge unternimmt?
Er kommt zu uns herüber. »Wer redet denn hier von Angst«, ruft Ina ihm entgegen. »Wir wollten bloß wissen, wer hier nächtlich durchs Gelände pirscht.«
Wir mögen ihn ganz gern, wenn wir ihn auch nicht ganz ernst nehmen. Er ist noch schrecklich jung, erst 28 Jahre, und ist immer froh, wenn wir ihn möglichst ungeschoren lassen. Ist bestimmt kein leichter Job, so eine Horde übermütiger Mädchen um sich zu haben. Er tut sein möglichstes, Würde und Überlegenheit vorzutäuschen, aber wir wissen, daß es damit nicht weit her ist. Aber er ist trotzdem ganz nett. Er wird sich schon noch auswachsen.

»Erkälten Sie sich nicht, meine Damen«, sagt er, wie er bei uns ist. »Am Abend ist es noch sehr kühl.«
»Wir wärmen uns gegenseitig«, sage ich. Das ist wahr, wir sitzen eng aneinandergedrängt auf der Bank, es ist kein Millimeter Platz mehr zwischen uns.
»Leider können wir Ihnen keinen Platz mehr anbieten«, sagt Ina keck. »Es sei denn, sie nehmen eine von uns auf den Schoß.« Darauf gackern wir alle vier ziemlich albern. Wir wissen genau, jetzt wird er rot, man kann es nur nicht sehen, weil es schon zu dunkel ist. Und eine schlagfertige Antwort wird ihm natürlich wieder nicht einfallen.
Oder doch? O ja, er antwortet, die Dunkelheit macht ihn mutig. »Das wäre sicher sehr reizvoll«, sagt er. »Ich weiß nur nicht, ob die Hausregeln so etwas vorgesehen haben.«
Sieh mal an, der Kleine ist heute ganz munter.
»Alles kann ja nicht drinstehen«, kichere ich.
»Man müßte sie gelegentlich erweitern«, fügt Ina hinzu.
Er räuspert sich und hat anscheinend nicht die Absicht, näher auf die Hausregeln einzugehen. Margit will ihm zu Hilfe kommen. »Haben Sie einen längeren Spaziergang gemacht, Herr Kellermann?«
»O ja, doch«, sagt er. »Es ist ein schöner Abend. Ein Frühlingsabend. Nur, wie gesagt, noch ein wenig kühl.«
Ein Frühlingsabend. Wir haben gar nicht darauf geachtet, was es für ein Abend ist. Aber natürlich kann Ina es nicht lassen, ihn noch ein wenig zu hänseln. »An einem Frühlingsabend sollte man aber nicht allein spazierengehen.«
Er nimmt es mit Humor. »Nun, da haben Sie nicht ganz unrecht. Immer sollte man das nicht tun.«
»Haben Sie ein Rendezvous?« platze ich heraus. Die andern lachen, und Margit gibt mir einen Schubs.
Er gibt natürlich keine Antwort, aber Ina nimmt bereitwillig den Faden auf. »Diese Bank hier an dem Weiher wäre sehr gut dazu geeignet. Sollen wir lieber gehen?«
Nun ist er wirklich verlegen. »Aber ich bitte Sie, meine Damen . . .«
»Wir gönnen es Ihnen von Herzen«, erkläre ich großmütig. Margit will ablenken. »Wir nennen diesen Weiher den ›See der Lilofee‹«, sagt sie. »Es sieht so verträumt und geheimnisvoll hier aus, daß man wirklich glauben könnte, eine kleine Seejungfrau würde hier hausen.«

Nun, da das Wort Jungfrau gefallen ist, können wir uns nicht mehr halten. Wir brechen in ein albernes Gelächter aus, nur Margit ist es offensichtlich peinlich.
»Seid doch nicht so kindisch«, sagt sie böse. Und Ina sagt lachend: »Da hätten wir ja gleich eine Partnerin für das Rendezvous. Eine richtige Jungfrau, wem wird denn heutzutage noch so was geboten.«
»Aber meine Damen . . .«, sagt Herr Kellermann wieder, aber dann lacht er sogar selber. So spießig ist er gar nicht.
Margit steht auf. »Ihr seid richtige Gänse«, sagt sie, »und außerdem ist mir wirklich kalt, ich gehe zurück.«
Der Herr Assessor schließt sich uns an, und so gehen wir zu fünft den Weg zurück. Als wir ans Haus kommen, hören wir, wie vorn am Tor eine Autotür zugeworfen wird, dann startet ein Wagen und fährt davon. Diesen Motor kennen wir, es ist Borks Wagen. Und da kommt auch schon Valeska den Weg zum Tor herauf. Ihre weiße Gestalt hebt sich trotz der Dunkelheit deutlich ab. Sie trägt noch den weißen Dreß vom Nachmittag, nur hat sie statt des kurzen Spielröckchens einen weißen Faltenrock an.
Wir sind unwillkürlich stehengeblieben und sehen ihr entgegen. Als sie ins Licht kommt, sehen wir wieder, wie schön sie ist, ihr braungebranntes, großflächiges Gesicht strahlt Leben und Gesundheit aus, ihre Augen blitzen angeregt. Wir schauen ihr alle auf den Mund. Nein, Lippenrouge hat sie kaum mehr darauf. Sicher haben sie sich leidenschaftlich geküßt.
Sie schaut uns etwas erstaunt an, weil wir ihr so schweigend entgegensehen, nur Kellermann sagt: »Guten Abend.«
»Nanu, Herr Kellermann«, sagt sie, »machen Sie gleich mit vier Damen einen Abendspaziergang?«
Kellermann erwidert steif: »Wir haben uns zufällig unterwegs getroffen.«
»Aha«, sagt Valeska uninteressiert und will ins Haus. Da kommt seitlich aus den Büschen, aus der Richtung vom Tor her, Marcelle. Auch das noch. Und wenn sie da vorn war, hat sie natürlich auch gehört, daß Borks Wagen eben vorgefahren war. Nun weiß sie wirklich, wie sie dran ist. Sie sagt ruhig: »Guten Abend«, als sie heran ist, aber Valeska dreht sich zu ihr um und sagt spöttisch: »Es scheint,

die ganze Belegschaft lustwandelt heute durch den Park. Macht das der Frühling? Aber so allein, Mademoiselle?«
Das ist eine Gemeinheit. Wir halten den Atem an. Marcelle müßte ihr eigentlich eine herunterhauen.
Die beiden Frauen stehen jetzt dicht voreinander, und Marcelle sieht der anderen gerade ins Gesicht. »Ja, Madame«, sagt sie, »allein. Ich gehe gern allein spazieren.«
»Oh, wirklich?« fragt Valeska in dem gleichen spöttischen Ton. »Nun, ich nicht. Wenn schon ein Abendspaziergang, dann ziehe ich Begleitung vor.«
»Ich zweifle nicht daran, daß Sie zu jeder Zeit eine finden«, erwidert Marcelle.
Valeskas Lächeln erlischt. »Wie meinen Sie das?« fragt sie scharf.
»Wie soll ich das meinen?« fragt Marcelle harmlos zurück. »Natürlich so, daß eine hübsche Frau nie lange allein spazierengehen muß.«
Valeska streift uns mit einem Blick. Wahrscheinlich sieht sie, daß wir Augen, Mund und Ohren aufsperren, und beendet daher kurz das Gespräch. »Gewiß«, sagt sie, »so mag es sein.« Damit geht sie an uns allen vorbei ins Haus, ohne sich noch einmal umzusehen.
Auch Marcelle geht hinein, dann wir und als letzter Herr Kellermann. Im Licht der Diele sehen wir, wie blaß Marcelle ist und wie unglücklich ihre Augen blicken. Sie tut uns unbeschreiblich leid, und wir verwickeln sie sofort in ein Gespräch. Sie gibt uns bereitwillig Antwort, aber ihre Augen folgen Valeska, die die Treppe hinaufgeht, wobei der Faltenrock kokett um ihre bildschönen Beine wippt. Marcelles Blick, der ihr nachgeht, ist nicht mehr unglücklich und nicht mehr traurig. Er ist voller Haß.

Sonntag

Dieser Sonntag hat es in sich. Von Ruhe und Beschaulichkeit keine Spur. Dabei wäre er gerade dazu so gut geeignet. Es regnet vom frühen Morgen an, was vom Himmel runter will. Alles ist grau in grau. Und so scheint es auch mit der Stimmung der meisten Leute zu stehen, alle sind heute irgendwie mürrisch und unausstehlich. Man hat den

Eindruck, jeder sei sich selbst im Wege. Und den anderen natürlich erst recht. In der Kirche ist vormittags keiner gewesen. Der Weg durch den Wald in dieser Patschnässe ist kaum zu bewältigen. Ina meinte trocken: »Sicher wäre es dem lieben Gott auch nicht recht, daß wir uns nasse Füße und einen Schnupfen holen.«
Sie sagte das beim Frühstück. Franz, der gerade durch das Zimmer ging, lachte amüsiert. Er geht sowieso nie in die Kirche. Die Fränze auch nur selten, ich glaube, sie tut es nur, um uns ein Beispiel zu geben. Aber Marcelle, die wohl ein bißchen fromm ist, schüttelte den Kopf und sagte: »Mais, ma chérie!« Aber gegangen ist sie dann auch nicht.
Da man auch nicht spazierengehen kann, trödeln wir vormittags so im Haus herum, ein paar sind immer im Sportraum unten im Souterrain und spielen Tischtennis. Ich habe auch eine Stunde mit Pat gespielt. Aber die anderen wollten auch mal spielen.
Wir machen Schularbeiten und sitzen in der sogenannten Bibliothek und lesen. Das Mittagessen ist mäßig. Abermals glänzt Ina durch eine geistreiche Bemerkung. Sie sagt: »Anscheinend hat es sogar in die Suppe geregnet.«
Diesmal kommt kein Protest. Von der Direktion ist niemand anwesend, um es zu hören, was ja eigentlich schade ist.
Die einzige, die von der allgemeinen schlechten Laune nicht angesteckt wurde, ist Fräulein Bayer. Sie freut sich den ganzen Tag, weil nachmittags im Rundfunk ein großes Wagner-Konzert übertragen wird. Sie hat es schon am Abend zuvor verkündet, dann beim Frühstück wieder und des längeren und breiteren beim Mittagessen. Sie will damit allen zu verstehen geben, daß sie das Konzert gern ungestört hören möchte. Sie macht das immer so durch die Blume. Denn wenn das Konzert läuft und jemand würde Krach machen, so sagt sie dann nicht etwa: »Nun haltet mal die Klappe, ich will hier zuhören.« Nein, so energisch ist sie nicht. Aber meist stören wir sie gar nicht. Warum soll man der guten alten Seele das Vergnügen nicht gönnen. Sie hat ja kein anderes. Wenn wir bei so einer Gelegenheit mal laut sind, nur weil es eben zum guten Ton gehört, einen Lehrer zu ärgern, tut es uns hinterher immer leid. Sie macht dann ein so unglückliches Gesicht und geht, wenn

es gar zu schlimm wird, ganz still und leise auf ihr Zimmer. Es macht wirklich keinen Spaß, jemandem wie ihr die Freude zu verderben.
Ich habe übrigens bei ihr einen ganz großen Stein im Brett und gelte als hochmusikalisches Kind. Schuld daran ist der Trick, mit dem ich mich eingeführt habe. Ich habe früher schon Klavierstunden gehabt, viel ist allerdings nicht dabei herausgekommen. Nicht daß ich unmusikalisch bin, bestimmt nicht, aber eben zu faul, ich habe nie geübt. Das einzige, was ich so einigermaßen kann, sind ein paar Haydn- und Mozartsonaten, und am besten davon die Mozart a-Moll, Köchelverzeichnis 310 (ich schreibe das hin, damit jeder gleich sieht, daß ich es weiß). Also die gefällt mir, weil sie so schwungvoll anfängt, da kann man gleich richtig aufs Ganze gehen. Die kann ich ganz gut, natürlich mit diversen Fehlern, aber immerhin. Leicht ist sie übrigens nicht.
Da wir möglichst alle ein Instrument spielen sollen – wir müssen nicht, es wird aber gewünscht –, bin ich beim Klavier geblieben. In der ersten Klavierstunde sagte ich, daß ich gern die a-Moll-Sonate studieren würde. Ich hätte sie mal im Konzert gehört, und sie hätte mir so gut gefallen. Damit machte ich auf Fräulein Bayer unerhörten Eindruck, sie hält mich nun für außerordentlich musikverständig. Ich tat am Anfang so, als ob ich keine Note davon kenne, und brachte es dann durch scheinbar fleißiges Üben dahin, daß ich die Sonate ziemlich rasant darbieten kann. So wie ich sie vorher auch schon konnte. Bloß der dritte Satz klappt noch nicht ganz. Aber Fräulein Bayer ist furchtbar stolz auf meine Fortschritte und erzählt immer wieder, wie begabt ich bin. Beinahe glaube ich es jetzt selber schon. Es ist ja eine alte Weisheit, die ich schon in meinem früheren Schuldasein entdeckt habe: Wie man sich bei einem Pauker einführt, so ist man abgestempelt. Wenn man gleich das erste Mal unangenehm auffällt, ist man für alle Zeiten ein böses Kind. Macht man jedoch durch irgendeinen lächerlichen Zufall oder aber auch listig herbeigeführt einen guten Eindruck, dann bleibt er haften und hilft einem später über manche Klippe. So ist auch Fräulein Bayer durchaus geneigt, meine sehr mäßigen Leistungen in der Handarbeitsstunde schweigend zu übersehen. Vermut-

lich sagt sie sich, alle Talente könne man bei einem Menschen nicht vereint finden.
Natürlich muß ich mir auch immer ihre Erzählungen von Wagner und Bayreuth anhören. Sie war einmal als junges Mädchen bei den Bayreuther Festspielen, und davon träumt sie heute noch. Sie spart leidenschaftlich, bloß um sich wieder einmal eine Reise dorthin leisten zu können. Ich sagte ihr, daß ich auch einmal den Lohengrin und den Fliegenden Holländer gehört hätte und daß ich es ganz prima gefunden hätte. Das rührte sie zu Tränen. Sie sagte: »Ja, das ist noch der junge, ganz romantische Wagner. Später hat er mehr Gewicht. Warte nur, Kind, wenn du einmal etwas älter und verständiger sein wirst und den Ring oder gar den Tristan hören wirst. Es gibt nichts Schöneres auf der Welt.« Und dann kann sie eine halbe Stunde, ohne Komma und ohne Punkt, davon reden. Obwohl sie sonst so ein schweigsames, stilles Mädchen ist. Damit füllen wir die Klavierstunden auch immer schön aus, ich kann mich daher noch lange mit der a-Moll-Sonate amüsieren. Übrigens habe ich mir vorgenommen, später, wenn ich mal Geld habe, Fräulein Bayer eine Bayreuther Reise mit dem besten Platz im Festspielhaus zu schenken. O ja, ich bin gar nicht so, im Grunde bin ich ein guter Mensch. Man merkt es nur nicht immer gleich.
Aber davon wollte ich eigentlich gar nicht reden. Sondern darüber, was an diesem verregneten Sonntag passierte. Vormittags kommt plötzlich Bork angefahren. Das ist noch nie passiert, daß er sonntags hier aufkreuzt. Wir bringen es natürlich sofort mit Valeska in Verbindung. Ist er so verliebt, daß er es nicht erträgt, sie einen Tag nicht zu sehen?
Wir sind gerade in der Diele, Ina, Pat, Margit und ich, und überlegen, ob man vielleicht doch einen kleinen Spaziergang riskiert, da kommt er herein. In einem bejahrten Trenchcoat, den wir noch nie an ihm gesehen haben, und einem weichen Hut, der ihm sehr gut steht. Wenn wir mit seinem Verhalten auch nicht einverstanden sind, müssen wir doch wieder feststellen, *wie* gut er aussieht. Ein wirklich interessanter, sympathischer Mann. Wann sieht man so was schon mal?
Er nimmt den Hut ab, schüttelt ihn, daß die Tropfen flie-

gen, und sagt, wie uns scheint, etwas unsicher: »Guten Morgen, meine Damen. Wollen Sie etwa hinaus bei dem Wetter?«
»Wir überlegen gerade«, sage ich. »Ist der Regen sehr naß?«
»Ziemlich«, erwidert er ernsthaft. »Mir ist er noch nie so naß vorgekommen.«
Wir lachen dankbar, und Ina sagt: »Sie wollen uns doch nicht etwa heute Unterricht geben, Herr Doktor? Oder was verschafft uns die Ehre Ihres Besuches?«
Wie kann man nur so geradezu fragen. Ich werfe Ina einen tadelnden Blick zu. Er wird auch wirklich ein wenig verlegen.
»Eh, ich habe – ich habe – ich vermisse zwei Bücher. Ich glaube, ich habe sie hier vergessen.«
Margit, hilfsbereit wie immer, ruft: »Ich werde nachsehen, Herr Doktor.«
Aber er sagt eilig: »Nicht nötig, Margit, danke. Ich gehe schon selbst.« Und damit verschwindet er in einem der Klassenzimmer, wo natürlich keine Bücher sind. Die Ausrede ist auch zu fadenscheinig.
Er kommt gleich wieder heraus, sagt: »Ich habe mich wohl getäuscht«, und will die Suche aufgeben. Natürlich, was man nicht sucht, kann man auch nicht finden.
Ina fragt scheinheilig: »Wir können ja noch in den anderen Klassenzimmern nachsehen, Herr Doktor. Wo haben Sie denn gestern noch unterrichtet?«
»Bitte? Ach so, ja, wo denn gleich . . .« Unsere forschenden Blicke machen ihn wohl vollends nervös. Vielleicht sieht er auch an unseren Mienen, daß wir ihm nicht glauben. Aber was soll er machen? Valeska ist nicht zu sehen, sie ist wohl oben in ihrem Zimmer, und da kann er schlecht hinaufgehen.
»Sind Sie sicher, daß es Bücher sind, die Sie suchen?« fragt Ina mit der unschuldigsten Miene, und das ist ja nun wirklich eine Frechheit. Wir halten den Atem an. Bork steigt eine Röte in die Stirn, einen Moment glauben wir, daß er jetzt wütend wird. Aber da kommt gerade Marcelle die Treppe herunter. Sie kommt langsam, mit gesenktem Kopf, ganz gegen ihre sonstige lebhafte Art. Hier erhebt sich nun wieder die Frage, kommt sie zufällig, oder hat sie

Borks Wagen durch das Fenster gesehen oder seine Stimme gehört. Ach, das Leben ist wirklich aufregend!
Bork blickt ihr entgegen, sein Gesicht ist ganz ernst, in seinen Augen steht geradezu Verzweiflung. Ob es das schlechte Gewissen ist, das ihn peinigt?
Marcelle sagt ruhig »Guten Morgen« und will an ihm vorbei in die Bibliothek gehen.
Aber Bork hält sie zurück, er faßt sie doch wirklich und wahrhaftig am Arm. »Bitte, Marcelle, kann ich Sie einen Augenblick sprechen.«
Er sagt einfach Marcelle zu ihr. Hier vor unseren Ohren. Er muß wirklich ganz durcheinander sein.
Marcelle wird erst blaß, dann rot, dann blickt sie auf uns, dann sieht sie ihn an. Sie hat Augen wie ein verwundetes Reh, schießt es mir durch den Kopf. Ich finde die Formulierung sehr gut und beschließe, sie nachher den anderen mitzuteilen. Hoffentlich vergesse ich sie nicht.
»Ja, aber, wieso . . .« stammelt sie ziemlich verwirrt. »Was ist denn?«
Bork schießt auch einen Blick zu uns herüber, denn wir stehen alle wie angenagelt. »Es handelt sich um – um – ja um das Sommerfest«, fällt ihm schließlich die rettende Ausrede ein. »Meine Jungens haben da eine Idee, die wollte ich mit Ihnen besprechen.«
Marcelle läßt ihn zappeln. »Heute?« wundert sie sich gedehnt. »Hätte das nicht bis morgen Zeit gehabt? Überhaupt haben Ina und Pony die Leitung bei der Gestaltung des Festes.«
Aber Bork sucht jetzt nicht nach weiteren Ausreden. »Gehen wir da hinein«, sagt er energisch und schiebt sie in Richtung Bibliothek. Marcelle schüttelt ziemlich unsanft seine Hand ab, die er auf ihr Schulterblatt gelegt hat, aber sie geht doch mit ihm.
Wir sehen ihnen nach und grinsen. Viel werden sie da drin auch nicht besprechen können. Mindestens vier oder fünf sitzen dort und lesen. Darum lohnt es sich auch nicht, Horchposten zu beziehen. Wir haben nämlich eine großartige Möglichkeit, alle Gespräche in der Bibliothek zu belauschen. Leider finden da nur selten wichtige Gespräche statt.
Es gibt nämlich eine kleine Tapetentür, die in das daneben-

liegende Klassenzimmer führt. Von der Bibliothek aus sieht man sie nicht mehr, weil ein Regal davorsteht. Und in der Klasse steht ein Schrank davor. Wenn man aber den Schrank etwas beiseite rückt, kann man die Tür öffnen, und dann hört man, was in der Bibliothek gesprochen wird.

Wir finden das großartig, nur bieten sich leider so wenig Ausnutzungsmöglichkeiten. Manchmal empfängt Franz Besucher in der Bibliothek. Wenn sein Arbeitszimmer ihm nicht pompös genug erscheint oder wenn dort gerade nicht aufgeräumt ist. Aber meist ist dann in der Klasse gerade Unterricht, und da kann man auch wieder nicht zuhören.

»Das böse Gewissen treibt ihn ruhelos umher«, sagt Ina, als die beiden in der Bibliothek verschwunden sind.

»Wird er Marcelle jetzt sagen, daß alles aus ist zwischen ihnen? Daß er eine andere liebt?« fragt Margit mitleidig.

»Das weiß sie ja schon«, sage ich. »Er wird sie um Verzeihung bitten. Er wird sagen, verstehe mich und verzeihe mir. Das sagen Männer immer in solchen Fällen.«

»Woher du weißt?« fragt Pat respektvoll.

»Gott, das weiß man doch«, ich zucke mit der Miene einer erfahrenen Frau die Schultern. »Sie erwarten immer Verständnis von uns und daß wir trotzdem gut Freund mit ihnen bleiben.«

»In Wahrheit ist er ja nur rübergekommen, um Valeska zu sehen«, sagt Ina. »Und daß Marcelle gerade kam, ist ihm bestimmt sehr peinlich. Wer weiß, wie weit es zwischen den beiden schon gegangen ist.«

»Meinst du, sie haben richtig was miteinander gehabt?« frage ich.

»Zweifelst du daran? Sieht Bork aus wie ein Mann, der sich viel Zeit läßt, eine Frau zu umwerben? Und glaubst du, daß eine Frau ihm ernstlich Widerstand entgegensetzt?«

Nein, das glaube ich eigentlich nicht. Ich täte es auch nicht. Wenn er mich in die Arme nehmen und küssen würde, und wenn er dann ... ja, ich weiß nicht genau, was er dann noch sagen und tun würde, aber wenn es *das* wäre, von dem ich weiß, wenn ich es auch nicht kenne, also ich würde sicher nicht nein sagen. Bei ihm nicht. Ein kleiner Schauder läuft mir über den Rücken. Ich reiße meine Augen von der

Bibliothekstür weg. War Marcelle wirklich seine Geliebte? Geliebte! Was für ein ungeheuerliches Wort. Und ist es Valeska jetzt?
Aber in der Verfolgung dieser Gedankengänge kommen mir plötzlich sachliche Einwände. »Aber wo?« frage ich. »Wo soll er denn mit ihr . . . ich meine, sie haben doch keine Gelegenheit und keinen Ort dazu.«
»Mein liebes Kind«, sagt Ina überlegen, »Ort und Gelegenheit findet man immer, wenn man will. Und dann, denke doch an das Haus. Weißt du, was sich dort, hinter diesen Wänden abspielt?«
Nein, das weiß ich nicht. Wenn ich es auch verdammt gern wüßte. Vielleicht führt Bork ein Doppelleben. So wie er aussieht, wäre es durchaus möglich. Und die Vorstellung, daß in dem Haus dort eine Frau nach der anderen in seinen Armen liegt, machte mir abermals eine Gänsehaut. Toll, was es alles gibt. Man muß nur das Leben erst mal kennenlernen.
Aber nun geht es weiter. Valeska kommt die Treppe herunter. Trotz des schlechten Wetters hat sie ein elegantes Gabardinekostüm an, ein schickes Hütchen auf und Schuhe mit hohen Absätzen an. Sie lächelt uns an und fragt: »Ist Dr. Bork nicht eben gekommen?«
Na, nun wird's dramatisch. Sie weiß das. Am Ende waren die zwei verabredet?
»Ja«, sagt Ina, weiter nichts.
»Und wo ist er?«
Wir zögern mit der Antwort. Aber unsere Blicke gehen unwillkürlich zur Bibliothekstür.
»Da drin?« fragt Valeska und geht auf die Tür zu.
»Er – er hat aber eine Unterredung«, sagt Margit eilig.
»Mit wem?«
»Mit Mademoiselle Moreau.«
Wir sagen es vierstimmig, halb sensationslüstern, halb beschämt darüber, daß wir Marcelle verraten haben. Aber was sollen wir tun? Schwindeln hat ja keinen Zweck.
»Ach!« sagt Valeska. Sonst nichts. Aber wie sie es sagt. Und wie sie lächelt dabei. Mir kommt sie wie eine schöne große Katze vor, die allzu sicher ist, die Maus in den Krallen zu haben.
Sie geht ohne weiteren Aufenthalt zur Tür, macht sie weit

auf, stellt sich auf die Schwelle und sagt: »Hallo, Lutz! Du bist schon da? Ich bin fertig. Wir können fahren.«

Das ist der Gipfel. Sie duzt ihn öffentlich, und sie nennt ihn Lutz. Daß er Ludwig heißt, wissen wir natürlich. Aber sie sagt Lutz. Sie tut es bestimmt nicht unseretwegen, sie tut es, um Marcelle zu ärgern.

Jetzt erscheint Bork. Er ist ganz bleich, und seine Augen sind voll Wut, so wie wir es noch nie gesehen haben, nicht bei unseren schlimmsten Streichen. Einen Moment lang stehen sich die beiden stumm gegenüber. Valeska legt den Kopf ein wenig in den Nacken. Wir können ihr Gesicht nicht sehen. Aber sicher lächelt sie jetzt.

Wenn wir erwartet haben, daß Bork irgend etwas sagen oder tun wird, dann täuschen wir uns. Er preßt nur die Lippen zusammen, stülpt sich entschlossen den Hut auf den Kopf, sagt kurz: »Gut. Gehen wir.«

Er hat ihr nicht die Hand gegeben, kein Wort zur Begrüßung gefunden. Er dreht sich auch nicht mehr nach Marcelle um. Schnurstracks geht er zur Haustür, ohne uns noch einen Blick zu schenken, ohne auf Wiedersehen zu sagen. Er muß schon sehr durcheinander sein, denn sonst hat er wirklich sehr gute Manieren. Valeska geht auf ihren hohen Absätzen mit ihrem geschmeidigen Gang neben ihm her. Er hält ihr die Tür auf, und dann verschwinden sie beide draußen im Regen.

Gleich darauf kommt Marcelle aus der Bibliothek, auch sie ist blaß, und wir sehen deutlich, daß ihre Augen voller Tränen stehen. An uns vorbei geht sie durch die Diele und wieder die Treppe hinauf, langsam und müde. Sie tut uns furchtbar leid. »Na, weißte«, sagt Ina gedankenvoll.

»Sie ist ein Biest«, sage ich. »Alles was recht ist, sie ist ein schreckliches Biest.«

Das war am Vormittag. Beim Mittagessen war Valeska nicht da. Wir hatten eigentlich erwartet, Marcelle würde auch nicht herunterkommen. Aber sie ist gekommen, ernst und still, aber freundlich und liebenswürdig wie immer. Sie unterhält sich beim Essen mit Herrn Kellermann, hört sich Fräulein Bayers Erzählung über das Konzert am Nachmittag an und erörtert mit dem alten Roß das Wetter.

»Sie hat Haltung«, meint Ina anerkennend. »Daran erkennt man die Qualität eines Menschen.«

Sicher hat Ina recht. Ich weiß nicht, ob ich mich in einer solchen Situation auch so benehmen könnte. Aber vielleicht lernt man es mit der Zeit. Jedenfalls imponiert uns Marcelle außerordentlich. Nach dem Essen verschwindet sie gleich wieder in ihrem Zimmer, und zum Nachmittagskaffee erscheint sie nicht. Sicher sitzt sie jetzt oben und weint. Arme Marcelle!
Der Nachmittag verspricht genauso trübselig zu werden wie der Vormittag. Rita hat es gut, Herr Beck, der sogenannte Verlobte, kommt sie abholen. Wir sehen vom Fenster aus, wie sie graziös den schicken Wagen besteigt und wie sie von dannen brausen.
»Man sollte sich auch einen Verlobten zulegen«, meine ich.
»Das tu man«, sagt Ina. »Du gibst am besten eine Annonce auf.«
Als nächster macht sich der Chef auf die Socken. Franz war es wohl auch zu langweilig. Nach dem Kaffee schwingt er sich in seinen Golf und verduftet. Wahrscheinlich Richtung München.
Im Speisesaal, der außerhalb der Mahlzeiten zum Aufenthaltsraum befördert ist, beginnt das Wagner-Konzert. Fräulein Bayer sitzt mit andächtig gefalteten Händen in einem Sessel, ein paar andere Zuhörer haben sich auch noch eingefunden.
»Wir könnten eigentlich auch zuhören«, sagt Margit, »was meint ihr?«
Wir haben nichts dagegen. Irgendwas muß man ja schließlich tun. Aber meine Aufmerksamkeit ist geteilt zwischen Wagner und den Ereignissen vom Vormittag. Valeska und Bork sind also jetzt zusammen. Wo? Und wie? Möglicherweise hat Bork ihr einen Krach gemacht, denn er hat sich zweifellos geärgert, daß sie so provozierend in die Bibliothek hineinplatzte. Aber Valeska wird ihn schon beruhigen. Das versteht sie sicher. Im Geiste sehe ich sie vor mir, wie sie schmeichelnd die Arme um seinen Hals legt, wie sie ihn anlächelt und wie er dann allen Ärger vergißt und sie in die Arme nimmt. Hm. Liebe ist sicher was Schönes. Aber ganz richtig ist es doch nicht, daß sie uns das hier so ungeniert vorexerzieren. Ob die anderen Großen das eigentlich wissen? Die Bayer sicher nicht. Und der Kellermann, der

sich auch zum Konzert eingefunden hat, bestimmt nicht. Der ist zu harmlos. Franz? Ja, der schon eher. Und die Fränze sicher auch, der entgeht eigentlich nie was. Na, was das noch geben wird.
»Im fernen Land, unnahbar euren Schritten, liegt eine Burg, die Monsalvat genannt . . .«, singt einer mit schmelzendem Tenor.
Der Wiesenhang, eine knappe halbe Stunde von hier entfernt, ist eigentlich nicht direkt ein fernes Land. Und was ein Landhaus am Rand von Starnberg mit der Burg Monsalvat gemeinsam hat, ist auch nicht klar ersichtlich. Aber jedenfalls fällt mir dabei das Haus wieder ein. DAS HAUS! Um das seit Tagen unsere Gedanken kreisen. Das Haus, auf dessen Terrasse wir Valeska und Bork bei ihrem Tête-à-Tête beobachtet haben. Ich weiß immer noch nicht, wem es gehört. Und außerdem möchte ich gar zu gern wissen, ob die zwei wieder dort sind. Warum, zum Teufel, sollte ich der Sache nicht mal ein bißchen auf den Grund gehen. Und zwar allein, auf eigene Faust. Das ist unauffälliger.
Als Lohengrin sich endlich vorgestellt hat und die Arie mit einem seligen Aufseufzen von Fräulein Bayer beendet ist, erhebe ich mich ganz nonchalant, flüstere Ina zu: »Ich komme gleich wieder«, und verschwinde aus dem Zimmer. Schließlich, warum soll man nicht mal rausgehen. Kann ja sein, daß dazu mal ein zwingender Grund vorhanden ist.
Dann sause ich pfeilschnell die Treppe hinauf, in unser Zimmer hinein, das glücklicherweise leer ist, reiße meinen Regenmantel aus dem Schrank, stülpe mir die Kapuze über den Kopf, und eine Minute später stehe ich vor der Haustür. Puh, was für ein Wetter! Es schüttet wie mit Kannen. Aber das kann mich jetzt nicht aufhalten. Jetzt werde ich mal Detektiv spielen. Ist mindestens so fesselnd wie Wagner.
Ich gehe nicht über den Vorplatz, man könnte mich vom Fenster aus sehen, sondern verdrücke mich seitwärts hinter den Bäumen. Das Gras ist pitschnaß. Und jetzt merke ich auch, daß ich vergessen habe, mir andere Schuhe anzuziehen, ich habe bloß kleine dünne Slipper an. Das kann ja was werden, ein Schnupfen ist mir gewiß. Aber zurück kann ich jetzt nicht mehr, da treffe ich bestimmt jemand.

Im Wald geht es noch, da regnet es nicht so stark. Aber ein bißchen unheimlich ist es. Ziemlich dunkel, obwohl es noch heller Tag sein müßte. Und natürlich kein Mensch zu sehen. Abermals überkommt mich die Neigung, lieber umzukehren. Offen gestanden, ich grusle mich ein bißchen. Allein bin ich hier überhaupt noch nie gegangen, und dann bei so einem Wetter.
»Schäm dich, Pony«, rede ich mir selber gut zu. »Schiß haben, das fehlte gerade noch.«
Wie ich aus dem Wald herauskomme auf die Wiesen, ist es nicht mehr zum Fürchten, dafür aber um so nässer. Oder sagt man nasser. Ist ja Wurscht. Jedenfalls bin ich wie aus dem Wasser gezogen, und in meinen Schuhen quietscht es bei jedem Schritt. Um zu dem bewußten Haus zu kommen, muß ich natürlich den Weg verlassen und quer über die Wiesen gehen. Kommt jetzt auch nicht mehr darauf an.
Dann bin ich da, wo ich hinwollte. Das Haus liegt still und weiß im Regen da. Nichts rührt sich. Die Fenster sind alle zu. Licht brennt auch nirgends. Aber das will nichts heißen. Zwei Verliebten ist die dämmrige Stimmung wahrscheinlich gerade recht.
Ich schleiche geduckt um die Hecke herum, um zu meinem Durchguck zu gelangen. Peinlich wäre es ja, wenn mich jemand sehen würde. Ich muß sehr vorsichtig sein.
Natürlich ist hier auch nichts zu sehen. Die Terrasse ist leer, überspült vom Regen. Und das Haus sieht wirklich aus, als sei keine Menschenseele darin. Was nun? Was ein richtiger Detektiv ist, der würde jetzt wohl über die Hecke steigen und versuchen, ins Haus zu gelangen. Aber das traue ich mich nun wirklich nicht. Eingebrochen bin ich noch nie. Und vielleicht ist doch jemand drin.
Während ich da so gebückt stehe und durch das Loch im Zaun starre, stößt plötzlich etwas Feuchtes, Kühles an meine Hand. Erschrocken fahre ich zusammen. Da ist links neben mir der Kopf eines Schäferhundes, der erstaunt zu mir aufblickt, als wollte er sagen: Was machst du denn hier?
»Nanu!« sage ich, und dann sehe ich etwas, was mir das Herz stocken läßt.
Hinter dem Hund im Gras stehen ein Paar Schuhe. Mit Beinen drin. Männerbeinen.

Langsam richte ich mich auf und drehe mich um, durchaus gewärtig, den Teufel persönlich hinter mir zu finden. Aber es ist nur ein ganz gewöhnlicher Mann. Und nicht einmal ein fremder. Denn der da steht, in einem alten Regenmantel, mit einem grünen Trachtenhut, von dessen Krempe es tropft, und mit einem unverschämten Grinsen im Gesicht, das ist kein anderer als der Kerl vom Tennisplatz. Der Heini, der Valeska erkannt hat. Ich erkenne ihn jetzt auch gleich. Und er mich auch.
»Nanu!« wiederholt er meinen Ausruf. »Das kleine Fräulein vom Tennisplatz. Welche Überraschung! Wollen Sie mich besuchen?«
»Sie?«
»Wen sonst? Nachdem Sie so interessiert hier durchblikken, dachte ich, die Sehnsucht nach mir hätte Sie hergetrieben.«
»Ihnen ist wohl auch nicht mehr zu helfen«, sage ich schnoddrig und überlege krampfhaft, wie ich hier am schnellsten wegkomme. Aber dann funkt es bei mir. »Wohnen Sie etwa hier?«
»Wenn Sie nichts dagegen haben.«
»Ach nee!« Ich bin sprachlos vor Staunen. Der wohnt hier. Der Mann, der Valeska kannte. Die Geschichte wird immer spannender.
»Sie machen ein Gesicht, als wenn ich Ihnen gesagt hätte, ich logiere für gewöhnlich auf dem Mond. Gefällt Ihnen mein Haus nicht?«
»Das ist Ihr Haus?«
»Ja doch. Wen suchen Sie denn hier?«
Das ist eine dumme Frage. »Suchen? Wen soll ich denn hier suchen? Ich bin eben hier vorbeigekommen und habe mal da durchgeguckt. Darf man das nicht?«
»So«, sagt er. »Eben mal hier vorbeigekommen. Hier führt doch gar kein Weg vorbei.«
»Und was ist Ihrer Meinung nach dann das da? Eine Schiffahrtsstraße?« Ich weise auf den schmalen Weg, der von der vorderen Seite des Hauses hinab nach Starnberg führt.
Er lacht. »Schiffahrtsstraße ist gar nicht schlecht. Paßt heute sehr gut. Aber alles andere paßt nicht. Erstens läuft dieser Weg nicht hier, sondern vorn am Haus, und zwei-

tens sind Sie von da oben gekommen. Ich habe Sie kommen sehen, und man sieht es auch jetzt noch.«
Wirklich, wo ich gegangen bin, zieht sich eine deutliche Spur durch das hohe Gras. Wird Zeit, daß hier mal gemäht wird. »Sie haben wohl viel Karl May gelesen«, sage ich, »daß Sie so ein perfekter Spurenleser sind.«
Er schüttelt den Kopf. »Mitten durch das patschnasse Gras. Du hast Nerven, mein Kind.« Er blickt auf meine Füße. »Und in den Schuhen. Die sind dafür richtig. Du mußt doch ganz nasse Füße haben.«
»Duzen Sie mich gefälligst nicht«, sage ich würdevoll, »so gut bekannt sind wir nicht.«
»Kann ja noch werden. Darf ich das gnädige Fräulein jetzt auffordern, einzutreten, damit sie ihre Füße trocknen kann.«
»Da hinein?« frage ich entsetzt und weise auf das Haus.
»Da hinein«, bestätigt er ernst.
»Ich?«
»Wer sonst?«
Auch der Hund scheint der Meinung zu sein, daß es Zeit wäre, nach Hause zu kommen. Er schüttelt sich, und die Tropfen sprühen zusätzlich über mich hin.
»Und Sie wohnen wirklich hier?«
»Aber gewiß doch. Warum finden Sie das denn so unglaubhaft?«
Ich überlege. Aber im Grunde gibt es ja nichts zu überlegen. Ich kann auf keinen Fall mit diesem fremden Mann, mit diesem unverschämten Kerl, in sein Haus gehen. Wenn es wirklich sein Haus ist. So was kann man nicht tun. Bei aller Frechheit nicht.
»Danke«, sage ich gemessen. »Ihre Einladung ist sehr liebenswürdig. Aber ich gehe wieder nach Hause.«
»Zurück über die Wiese?«
»Das kommt jetzt nicht mehr darauf an.«
»Unsinn«, sagt er. »Kommen Sie schon. Ich fresse keine kleinen Kinder.«
Ich starre ihn wütend an. »Werden Sie bloß nicht komisch. Sie bilden sich doch nicht etwa ein, daß ich Angst vor Ihnen habe?«
»Nein?« fragt er. »Ich habe mir immer mal gewünscht, daß jemand Angst vor mir hat.«

»Das kann ich mir denken. Das ist der typisch männliche Geltungsdrang.«
Er lacht hellauf. Dann packt er mich am Arm. »Los jetzt, kommen Sie mit. So kann man Sie ja nicht herumlaufen lassen. Morgen haben Sie die schönste Lungenentzündung.«
Wir gehen miteinander um die Hausecke zum Tor. Er zieht einen Schlüssel aus der Tasche und schließt auf. Er wohnt also wirklich hier. Was mach' ich jetzt bloß? Mit hineingehen kann ich auf keinen Fall. Obwohl es mich ja verdammt interessieren würde, Näheres zu hören. Denn wenn das sein Haus ist, muß er ja wissen, was die beiden hier getrieben haben, Valeska und Bork. Heute sind sie anscheinend nicht da.
»Ist jemand im Haus?« frage ich.
»Momentan noch nicht. Aber gleich werden drei Personen drin sein.«
»Drei?«
»Natürlich. Zählen Sie Arco vielleicht nicht?« Er weist auf den Hund, der bereits den Gartenweg entlangtrabt. »Er ist nicht nur eine Person, sondern eine Persönlichkeit. Eine der hervorragendsten, die ich kenne.«
»Und sonst ist wirklich niemand da?« Ich stehe noch immer wie angenagelt an der Gartentür.
»Niemand. Tut mir leid. Aber ich hoffe, das wird Sie nicht abschrecken. Paula, meine Perle, ist heute in Starnberg. Und Gäste habe ich nicht. Das Wetter ist zu schlecht.«
Ich stehe immer noch. »Das Wetter ist wirklich sehr schlecht«, sage ich. Was mache ich nur? Vielleicht tut der mir was.
»Kommen Sie«, sagt er, und das klingt jetzt sehr nett. »Sie haben zwar keine Angst vor mir, aber ich tue Ihnen trotzdem nichts. Ehrenwort. Sie werden nur Ihre Schuhe ausziehen und einen heißen Tee mit mir trinken.«
Damit nimmt er mich wieder am Arm, und ohne daß ich es eigentlich will, gehe ich neben ihm den Gartenweg entlang. Arco steht schon ungeduldig wedelnd vor der Haustür. Ihm langt die frische Luft sichtlich, er möchte jetzt ins Trockene.
Dann stehe ich im Haus. Eine große runde Diele, eingerichtet mit alten Bauernmöbeln, sehr gemütlich, und von

da geht eine breite Tür, die offensteht, in ein geräumiges Zimmer, wohl das Zimmer, zu dem die Terrasse gehört. Da er das Licht angemacht hat, kann ich alles mit einem Blick übersehen, und unwillkürlich rufe ich: »Ah! Das ist aber hübsch hier.«

Es ist wirklich hübsch. Ein schöneres Zimmer habe ich noch nie gesehen. Ein riesiger Teppich in dunkelflammenden Farben bedeckt den Boden. Ich verstehe nichts von Teppichen, aber der sieht aus, als wenn er echt wäre. Ein richtiger Kamin ist da, tiefe Sessel davor und ein niedriger, länglicher Tisch. Die Möbel sind alle alt und wirken sehr gediegen, so als habe jemand sie mit viel Liebe und Verstand hier zusammengetragen. Und trotzdem ist es ganz wohnlich, kein bißchen steif. Die Beleuchtung ist raffiniert, kein grelles Licht von der Decke, nur Wandleuchter und eine dunkelgoldene Stehlampe.

Ich stehe an der Tür und schaue in das Zimmer. So möchte ich auch mal wohnen. Der Bursche muß viel Geld haben.

»Es freut mich, daß es Ihnen gefällt«, sagt er. »Und nun geben Sie mir Ihren Mantel.«

Er zieht mir den Mantel von den Schultern, und ich schlüpfe gleichzeitig aus den Schuhen.

»Die lassen wir besser auch draußen. Sonst mache ich Ihnen alles dreckig.«

Er lacht. »Na, mit dem bißchen Dreck werden wir auch noch fertig. Sind Sie eine so gute Hausfrau?«

»Ich?« frage ich ganz empört. »Im Gegenteil. Wenn ich mal eine Wohnung habe, müssen alle in Strümpfen laufen, damit es nicht erst dreckig wird und ich nicht saubermachen muß. Hausarbeit hasse ich nämlich.«

»Ach so«, sagt er. »Da soll ich mir wohl auch die Schuhe ausziehen?«

»Es würde sich empfehlen. Obwohl – mir ist es Wurscht, ich muß ja hier nicht saubermachen.«

Während er meinen Mantel wegträgt und sich, wie ich hoffe, die Schuhe auszieht, gehe ich in das Zimmer hinein. Der Teppich ist so weich wie eine Wolke. Aber ansonsten ist mir doch etwas mulmig zumute. Ich bin jetzt also wirklich mit dem wildfremden Kerl in sein Haus gegangen. Und außer uns ist niemand hier. Wenn das kein Abenteuer ist! Was werden die Mädels sagen, wenn ich ihnen das er-

zähle. Aber noch bin ich nicht bei ihnen. Noch bin ich hier und weiß nicht, wie ich wieder rauskomme. Allein mit einem fremden Mann. Vielleicht ist er ein Lustmörder. Kann man's wissen. So sieht er zwar eigentlich nicht aus. Aber Mörder sollen nie aussehen wie Mörder.
Was soll ich machen, wenn er mir zu nahe kommt? Ausreißen.
Ja, Pony, mein Kind, wenn du kannst. Ich husche auf leisen Sohlen zur Terrassentür und drücke die Klinke herunter. Die Tür ist verschlossen, aber der Schlüssel steckt. Ich drehe ihn leise herum. So. Im Notfall kann ich hier schnell hinaus.
Jetzt kommt er wieder. Er hat wirklich die Schuhe ausgezogen und weiche Lederhausschuhe angezogen, ein Paar andere trägt er in der Hand.
»Sie werden Ihnen natürlich zu groß sein. Aber beim Sitzen geht es vielleicht.«
»Ach, lassen Sie doch. Ich bleibe in Strümpfen.«
Er schaut auf meine Füße. »Die Strümpfe sind auch naß. Ziehen Sie sie aus, ich gebe Ihnen ein Paar Wollsocken.«
»Nein«, sage ich energisch. »Ich denke nicht daran, ein Stück nach dem anderen auszuziehen. Die trocknen auch so wieder.«
Der freche Kerl lacht sich halbtot. »Ich muß einen wahrhaft furchterregenden Eindruck auf Sie machen. Glauben Sie denn wirklich, daß ich mich an einem kleinen Mädchen vergreife?«
»Ich bin kein kleines Mädchen«, sage ich wütend.
»O Verzeihung«, er macht mit ernster Miene eine kleine Verbeugung. »Bei einem großen Mädchen ist es was anderes. Da kann ich für nichts garantieren.«
Ich werfe ihm nur einen schiefen Blick zu und spreche mich nicht weiter aus.
Er grinst schon wieder. Der Kerl ist wirklich unmöglich.
»Wenn gnädigstes Fräulein hier Platz nehmen wollen?« Er weist auf einen der tiefen, schweren Sessel vor dem Kamin. »Und jetzt machen wir es uns ein bißchen warm. Wünschen gnädiges Fräulein elektrische Heizung oder ein richtiges Kaminfeuer?«
»Ein richtiges Kaminfeuer«, sage ich begeistert.
»Bitte sehr, bitte gleich, wie gnädiges Fräulein befehlen.«

Er kniet vor dem Kamin, in dem das Holz schon fix und fertig eingeschichtet ist, und wirklich, wenige Minuten später züngeln schon die ersten Flammen auf. Irgendwie imponiert es mir.
An einem richtigen Kamin habe ich noch nie gesessen. Es ist todschick.
»Und nun vielleicht einen Cognac?« fragt er. »Oder dürfen Sie noch keinen Cognac trinken?«
»Warum denn nicht?« frage ich großspurig.
»Vielleicht heute mal, ausnahmsweise. Wegen der nassen Füße. Als Vorbeugung gegen einen Schnupfen.«
Er macht einen Schrank auf, und darin steht eine stattliche Reihe von Flaschen. Lieber Schwan, das ist eine Auswahl. Da wird man ja schon blau vom Angucken.
Ich nehme ihm das Cognacglas mit sicherer Miene aus der Hand, hebe es an die Lippen und kippe es mit geübtem Schwung. Aber der Schluck war zu groß. Es steigt mir in die Augen und in die Nase, und husten muß ich auch.
»Langsam, langsam«, sagt er. »Das ist guter alter Cognac, den kann man ruhig in kleinen Schlucken trinken. Denn hier kommt es nicht nur auf den Alkoholgehalt an, sondern auch auf den Geschmack.«
»Aha«, sage ich ein bißchen blöde.
»Und jetzt mache ich uns eine Tasse Tee, ja?«
Ich nicke, noch ein Brennen im Hals und mit etwas getrübtem Blick. Er kommt mit einem elektrischen Topf wieder, den er anschließt und der bald zu summen anfängt. Auch das Feuer wärmt jetzt schon ganz schön. Hier läßt sich's leben. Aber jetzt! Jetzt geht er zur Terrassentür und läßt dort die Jalousien herunter. Verflixt, mein Fluchtweg ist mir abgeschnitten.
Dann kommt er zurück und setzt sich mir gegenüber in den anderen Sessel. Ich beobachte ihn verstohlen. Eigentlich sieht er gut aus, männlich und energisch, nur ein bißchen jung ist er noch für meinen Geschmack. Bork ist imponierender.
Der Gedanke an Bork bringt mich wieder meinen Absichten näher. Wie bringe ich jetzt das Gespräch darauf? Wenn ich schon hier bin, muß ich unbedingt etwas erfahren. Daß er Bork kennt, daran ist wohl kein Zweifel, denn sonst wäre Bork ja nicht hier im Haus gewesen.

»Ein hübsches Haus haben Sie hier«, beginne ich, während er den Tee aufgießt.
»Ich freue mich, daß es Ihnen gefällt.«
»Wohnen Sie ganz allein hier?«
»Für gewöhnlich ja.«
»Was heißt für gewöhnlich?« frage ich mißtrauisch.
Er laucht. »Sie wollen alles ganz genau wissen, wie?«
»Ich bin nicht neugierig«, sage ich kühl. »Ich will mich bloß mit Ihnen unterhalten, wenn ich schon Ihre Gastfreundschaft genieße.« Gastfreundschaft genieße! Das ist gut. Da sieht er gleich, daß ich mich sehr gewählt ausdrükken kann, wenn ich will.
Anscheinend findet er alles furchtbar komisch, was ich sage, er hört überhaupt nicht mehr auf zu grinsen. »Für gewöhnlich heißt, daß ich das Haus zwar allein bewohne, aber auch oft Gäste habe.«
Gäste ist ein sehr gutes Stichwort. Aber ich kann jetzt schlecht fragen: Gehört Dr. Bork auch zu Ihren Gästen? Und Valeska Loring, unsere Turnlehrerin? Ich muß es diplomatischer anfangen.
»So«, sage ich. »Gäste haben ist sehr hübsch.«
»Ja, gewiß«, bestätigt er ernsthaft, »sofern es nette Gäste sind.«
»Na, andere brauchen Sie ja nicht einzuladen.«
»Sie haben recht. Das trifft es haargenau.«
Er gießt jetzt den Tee ein, er duftet herrlich. »Sahne?« fragt er. »Zitrone? Oder einen Schuß Rum?«
»Rum«, sage ich. Wennschon, dennschon.
»Bitte sehr«, sagt er. Aus einer Flasche gießt er einen ordentlichen Schluck in unsere Tassen, dann bringt er noch eine Keksdose an. »Oder wollen Sie lieber ein Sandwich?«
»Danke, nein. Ich habe keinen Hunger.« Und nach einem Blick in die Keksdose: »Die Plätzchen sehen ja sehr hübsch aus, ich werde davon eins versuchen.«
»Nicht nur eins, bitte«, erwiderte er genauso würdevoll, »sie sind nämlich wirklich gut. Paula backt sie immer selbst.«
»Paula ist Ihr Dienstmädchen?«
»Paula wäre bestimmt sehr betrübt, wenn sie das eben gehört hätte. Sie ist mehr. Sie ist eine Art Haushälterin, aber eigentlich ist auch das noch zuwenig. Sagen wir mal, sie ist

die Seele dieses Hauses und außerdem die beste Köchin, die ich kenne.«
»Aha.« Ich trinke von dem Tee, der wirklich ausgezeichnet ist, ebenso wie die Plätzchen, von denen ich schon das vierte habe. »Sie müssen viel Geld haben, wenn Sie sich so ein Haus und so was Großartiges wie diese Paula leisten können.«
»Es könnte mehr sein«, sagte er. »Ich habe übrigens beides nicht durch ehrliche Arbeit erworben.«
»Womit denn?«
»Ich habe es geerbt.«
»Das ist praktisch.«
»Ja, das finde ich auch.«
»Von wem denn?«
Nun lachte er schon wieder. »Sie sind wirklich nicht neugierig, das muß man zugeben.«
»Gott, Sie brauchen mir's ja nicht zu sagen, wenn es ein Geheimnis ist.«
»Gar kein Geheimnis. Von einer lieben alten Tante, die vor zwei Jahren das Zeitliche segnete, wie man so hübsch sagt. Unter uns gesagt, sie hielt keineswegs besonders große Stücke auf mich und hätte das Anwesen sicher lieber gern jemand anderem vermacht. Aber es war sonst niemand da. Und in der Familie sollte es doch bleiben.«
»Na, da haben Sie wirklich Glück gehabt. So eine Tante möchte ich auch mal haben.«
In der Keksdose kann man jetzt schon den Grund sehen. Es ist mir etwas peinlich. So viel frißt man nicht bei fremden Leuten. Ich schiebe die Dose weg und lehne mich in meinem Sessel zurück.
»Mögen Sie nicht mehr?« fragt er. »Sie sind doch gut.«
»Sie sind prima.«
»Also los, essen Sie noch ein paar. Und noch eine Tasse Tee, ja?«
Man soll einen Gastgeber nicht durch Ablehnung kränken. Ich leere also die Dose restlos und trinke noch einen Tee mit Rum. Mir ist jetzt herrlich warm. Und eigentlich gefällt es mir sehr gut hier. Arco, der Hund, liegt langausgestreckt vor dem Kaminfeuer. Sein Fell ist schon wieder ganz trocken. »Und was tun Sie sonst noch? Außer Häuser erben?« frage ich.

»Sonst noch?« fragt er etwas erstaunt zurück.
Ich bin etwas verlegen. »Na ja, ich meine, Sie müssen doch auch einen Beruf haben oder so was. Oder hat Ihnen die Tante noch so viel Geld vermacht, daß Sie nicht zu arbeiten brauchen?«
»Leider nicht. Und einen Beruf habe ich durchaus. Wie es scheint, möchten Sie gern wissen, welchen. Nun, das ist kein Geheimnis. Ich bin Journalist. Und Schriftsteller.«
»Aha.« Journalist. Das paßt ganz gut zu ihm.
»Wünschen das gnädige Fräulein sonst noch etwas zu wissen?«
»Sind Sie ein berühmter Schriftsteller?«
»Das weniger.«
»Kann ja noch werden«, tröste ich ihn. »Wenn Sie was können.«
»Das wäre natürlich von Vorteil.«
»Für einen Schriftsteller sind Sie aber reichlich jung.«
»Wieso? Muß man dazu älter sein?«
»Wenn man etwas Vernünftiges schreiben will, muß man ja schließlich erst was erlebt haben, nicht? Und ein bißchen Welt- und Lebenserfahrung sollte man sich auch angeeignet haben.« Oh, ich bin großartig in Form heute. Mein Gastgeber ist sichtlich beeindruckt.
»Da ist was Wahres dran. Ich staune, daß Sie darüber so genaue Vorstellungen haben.«
»Ich bin ja nicht blöd. Und schließlich ist mir die Branche nicht unbekannt.«
»So. Schreiben Sie etwa auch?«
»Ich? Gott bewahre. Das heißt, man kann nicht wissen. Vielleicht später mal.«
»Wenn Sie die entsprechende Welt- und Lebenserfahrung haben.«
»Eben. Ich bin entschlossen, möglichst viel davon zu erwerben.«
»Das ist ja ein gewaltiger Vorsatz.«
Ich schiele ihn mißtrauisch von der Seite an. Macht er sich etwa über mich lustig? Aber ausnahmsweise ist seine Miene ganz ernst. Aber bei dem kann man nicht wissen.
»Und wieso ist Ihnen die Branche, wie Sie sich ausdrücken, nicht unbekannt?«
»Mein Vater war Schriftsteller. Und ein sehr guter.«

»Und darf ich fragen – eh, da fällt mir ein, ich habe mich noch gar nicht vorgestellt. Verzeihen Sie, mein Fräulein. Sie müssen eine verheerende Vorstellung von meinen Manieren gewonnen haben.«

Na, wenn das kein Dialog ist. Wir unterhalten uns wie auf der Bühne.

»Mein Name ist Stephan Jorgen.« Er macht dabei eine kleine Verbeugung und sagt es sehr gemessen.

Ich nicke ebenso gemessen, ziehe dann die Stirn in Falten und denke nach. »Stephan Jorgen? Kommt mir so vor, als wenn ich den Namen schon mal gelesen hätte.«

»Zuviel der Ehre.«

»Ach richtig, schreiben Sie nicht so Tatsachenberichte in Illustrierten?«

»Ich gestehe es.«

»Na ja«, sage ich ein wenig geringschätzig. »Muß es ja auch geben, nicht? Die Sachen sind gar nicht schlecht, glaub' ich.«

Er verbeugt sich wieder mit feierlicher Miene. »Sie machen mich überglücklich.«

»Haben Sie nicht mal was über Afrika geschrieben?«

»Genau.«

»Waren Sie dort?«

»Natürlich.«

Ich nicke anerkennend. »Muß interessant gewesen sein.«

»Durchaus.«

»Da sind Sie wohl viel auf Reisen?«

»Meistens sogar.«

»Aha. Reisen ist schön.«

»O ja. Übrigens, darf ich jetzt auch mal was fragen?«

»Bitte.«

»Ich würde gern Ihren Namen auch wissen.«

»Ach so.« Na ja, warum nicht. »Ich heiße Pony. Pony Cremer.«

Jetzt lächelt er. »Pony. Das ist reizend. Paßt gut zu Ihnen.«

»Den Namen habe ich von meinem Vater.«

»Ach so. Natürlich. Und Ihr Vater ist ein Kollege von mir?«

»Na ja, Kollege«, sage ich zurechtweisend, »mein Vater hat richtige ernsthafte Bücher geschrieben. Johannes Cremer.«

»Oh«, sagt er und jetzt steht endlich mal wirklich Respekt in seinem Gesicht. »Johannes Cremer? Das war Ihr Vater?«
»Ja, natürlich. Kennen Sie ihn?«
»Natürlich. Ich habe fast alle seine Bücher gelesen. Am meisten liebe ich den ›Verzauberten Wald‹ und die ›Erinnerungen eines Herzens‹.«
»So«, sage ich. Und ich bin tief befriedigt. Herr Stephan Jorgen steigt gewaltig in meiner Achtung.
»Ja. Aber Sie haben recht, damit kann ich mich wirklich nicht messen. Ihr Vater war ein Dichter.«
»Ja«, sage ich, und mir wird ganz warm ums Herz. »Ja. Und der wunderbarste Mensch, den es auf der Welt gab.«
Darauf entsteht eine kleine Pause. Herr Jorgen blickt mich etwas nachdenklich an. Und dann sagt er meinen Namen vor sich hin. »Pony«, sagt er. Es klingt direkt ein wenig zärtlich. Ich werde ein bißchen rot. Um das zu vertuschen, frage ich: »Eine Zigarette haben Sie wohl nicht im Haus?«
»O doch, selbstverständlich. Entschuldigen Sie, daß ich Ihnen keine angeboten habe. Ich wußte nicht, daß Sie rauchen.«
»Warum nicht?« frage ich etwas gekränkt.
»Nun, weil – entschuldigen Sie, daß ich das sage, aber Sie sind doch noch sehr jung. Ist das denn erlaubt in eurem Internat?«
»Wir fragen nicht um Erlaubnis, wenn wir rauchen wollen.«
»Ach so, ist ja klar.«
Er bietet mir jetzt also eine Zigarette an und nimmt sich auch eine. In der Teekanne ist noch ein Rest, den schenkt er uns ein.
»Wie gefällt es Ihnen denn da oben? Und wieso sind Sie überhaupt hier?«
»Jetzt sind Sie aber neugierig«, sage ich tadelnd. Doch dann erzähle ich ihm ein bißchen was, von Mama und Herrn Federmann und schließlich sogar von dem Bombenattentat.
Da lacht er wieder. »Ist ja großartig. Sie sind wirklich eine Nummer, Pony.«
Wir unterhalten uns eigentlich recht gut. Aber wie ich auf meine Uhr sehe, kriege ich einen Schreck. »Auweia, es ist

schon gleich sieben. Ich muß gehen. Wenn ich zum Abendessen nicht da bin, ist der Teufel los.« Dabei fällt mir ein, daß ich ganz vergessen habe, etwas über Bork und Valeska herauszubekommen. Wie fange ich das bloß schnell noch an?

»Wie weit ist es denn zu Ihrer Schule?« fragt er.

»Och, nicht weit, eine knappe halbe Stunde. Gleich hier über die Wiese und dann durch den Wald.«

»Durch den Wald? Es wird aber schon dunkel sein. Und es regnet immer noch. Fürchten Sie sich nicht?«

»I wo«, sage ich.

Aber ganz wohl ist mir nicht, wenn ich an den Heimweg denke.

»Ich werde Sie fahren«, sagt er. »Sie können ja unmöglich bei dem Wetter allein da hinauflaufen.«

»Nein«, wehre ich ab, »das ist nicht nötig.«

»Doch«, sagt er, »natürlich. Ich lasse Sie nicht allein loslaufen. Um mitzulaufen, ist mir das Wetter zu schlecht. Wir fahren. Sie müssen mir nur den Weg zeigen. Wahrscheinlich müssen wir erst nach Starnberg hinunter. Oder?«

»Nicht ganz, aber ein Stück. Weiter unten muß es eine Verbindung zu unserer Straße geben. Aber es ist wirklich nicht nötig.«

»Darüber brauchen wir nicht mehr zu reden. Sie gehen mir auf keinen Fall jetzt allein los.«

»Na schön, wenn Sie durchaus wollen.« Ich stehe auf. Es fällt mir aber richtig schwer, hier fortzugehen. Komisch. Und passiert ist mir gar nichts. War eigentlich kindisch, vorher Angst zu haben.

»Werden Sie mich wieder einmal besuchen, Pony?« fragt Stephan Jorgen.

»Och«, sage ich. Dann kauere ich mich bei Arco nieder und streichle ihn, der sich wohlig unter meiner Hand streckt. »Ich weiß nicht. Vielleicht.«

»Es müßte aber bald sein. Nächsten Monat reise ich wieder fort.«

»So? Wohin denn?«

»Diesmal nach Südamerika.«

»Beneidenswert«, sage ich. »Wollen Sie darüber auch schreiben?«

»Ja.«
Journalist ist auch ein schöner Beruf. Das wäre eigentlich was für mich. Ich reise doch auch so gern.
»Und dann steht das Haus hier wieder leer?«
»Ja, die meiste Zeit jedenfalls. Im Sommer wohnt dann ein Freund von mir hier, der ganz in Ruhe ein neues Buch schreiben will.«
»Aha.« Letzte Gelegenheit. »Sie sind sehr entgegenkommend zu Ihren Freunden, nicht?«
»Wenn einer wirklich mein Freund ist, dann natürlich. Aber allzu viele habe ich nicht.«
»Dr. Bork kennen Sie doch auch, nicht? Ist das auch ein Freund?« Ich sage es so ganz nebenhin, streichle immer noch Arco, schaue aber aus den Augenwinkeln zu Herrn Jorgen hinauf.
»Ach«, sagt er überrascht. »Daher der Besuch.« Lange Leitung hat er jedenfalls nicht. »Daher weht der Wind. Und darum Ihr Interesse für meine bescheidene Hütte.«
»Wie kommen Sie denn darauf?«
»Sicher sind Sie auch in Bork verliebt, wie alle die Mädchen oben.«
»Woher wissen Sie, daß wir in ihn verliebt sind? Hat er das gesagt?«
»Er? Nein. Frau Loring hat es erzählt.«
»So. Valeska. Sie macht sich wohl lustig über uns, wie? Die soll sich nur um sich selber kümmern.«
»Hoppla«, sagt er. »Mögen Sie Valeska nicht?«
»Was heißt mögen? Ich habe weiter nichts gegen sie. Mir ist sie schnuppe. Aber die Männer sind alle verliebt in sie. Wie Sie.«
»Ich?«
»Ja. Sie. Sie waren ja damals auf dem Tennisplatz ganz aus dem Häuschen, als Sie Valeska gesehen haben.«
»Ich war etwas überrascht, sagen wir mal.«
Ich richte mich auf. Ich bringe es einfach nicht fertig, für mich zu behalten, was ich weiß. »Ja, Sie waren überrascht. Und Valeska tat, als wenn sie Sie kaum kannte. Und am selben Nachmittag noch war sie mit Bork hier zusammen bei Ihnen im Haus.«
Jetzt bleibt ihm aber die Spucke weg. »Na so was. Und woher wissen Sie das?«

»Ich weiß es eben.« Ganz plötzlich bin ich zornig. »Valeska ist ein Biest. Sie sind verliebt in sie. Und Bork hat sie auch verrückt gemacht. Vorher war er mit Marcelle befreundet. Und jetzt läuft er Valeska nach. Heute hat er sie schon am Vormittag abgeholt. Und sie duzen sich ganz einfach. Und Marcelle ist unglücklich darüber.«
»Marcelle? Wer ist Marcelle? Eine Freundin von Ihnen?«
»Quatsch«, sage ich, »Freundin! Marcelle ist unsere Französischlehrerin, und Bork hat etwas mit ihr gehabt. Wegen Valeska hat er sie im Stich gelassen.«
»Ach«, sagt Herr Jorgen und bekommt eine nachdenkliche Miene, »so ist das. Sieh mal an. Jetzt wird mir verschiedenes klar.« Ganz in Gedanken zündet er sich noch eine Zigarette an. Mir bietet er wieder keine an. »Und was wißt ihr noch?«
»Noch?« frage ich empört. »Genügt das nicht? Bork sollte sich schämen. Wenn er sich schon unbedingt verlieben muß, dann war er mit Marcelle besser dran. Sie ist bestimmt anständiger als Valeska. Aber Männer sind ja komisch in der Beziehung, nicht? Sie fliegen immer auf solche Frauen wie Valeska.«
Herr Jorgen hat immer noch seine nachdenkliche Miene. »Ja«, sagt er langsam. »Da ist was dran. Sie fliegen auf solche Frauen. Aber wenn sie nicht ganz dumm sind, begreifen sie ziemlich bald, daß sie sich geirrt haben. Und wenn man älter wird, passieren einem solche Irrtümer gar nicht mehr.«
»Na, so jung ist Bork auch nicht mehr.«
»Eben«, sagt Herr Jorgen. Dann steht er auf, kommt heran und stellt sich dicht vor mich hin, legt den Kopf etwas auf die Seite und grinst. »Und deswegen kam die kleine Pony in Sturm und Regen hier angetappst. Sie wollte sehen, ob Valeska und der vielgeliebte Bork wieder hier sind. Eifersucht im Herzen und den Dolch im Gewande, was?«
»Werden Sie bloß nicht komisch«, sage ich. »Es interessiert mich bloß, das ist alles.«
»So. Es interessiert dich. Und warum?« Jetzt duzt er mich doch wieder.
»Warum? Eben so.«
»Aha.«
Es ist komisch, wenn er so dicht vor mir steht und mich so

von der Nähe anschaut. Mir wird direkt heiß, und ich weiß nicht recht, wo ich hingucken soll.
»Und da liebst du ihn also auch, diesen einmaligen Herrn Bork.«
»Ich? Gott bewahre. Ich denke nicht daran. Ich liebe überhaupt niemanden«, sage ich ruppig. »Mir sind Männer viel zu blöd. Mir tut bloß Marcelle leid.«
»Aha«, sagt er wieder. Dann hebt er seine Hand und streichelt mir langsam und weich über die Wange, einmal und dann noch einmal. Eigentlich sollte ich ihn energisch wegschubsen. Aber ich halte ganz still, ich weiß auch nicht, warum. Vielleicht, weil es ein ganz hübsches Gefühl ist.
»Aus dir wird einmal ein ganz nettes Frauenzimmer, glaub' ich«, sagt er. »So in ein paar Jahren würde ich dir gern wieder mal begegnen.«
Also das ist wirklich eine Unverschämtheit. Heute bin ich ihm wohl noch zu mies? Ich drehe meinen Kopf heftig weg und sage zornig: »Es wird mir ein Vergnügen sein. Melden Sie sich nur rechtzeitig an, damit ich Sie mal einschieben kann.«
Er lacht vergnügt und sagt: »Ich werd's nicht vergessen. Und jetzt fahren wir, ja? Sonst schicken sie oben ein Suchkommando los.«
Während ich meine Schuhe wieder anziehe, fällt es mir schwer auf die Seele, daß ich jetzt immer noch nichts Genaues weiß. Nicht, warum Valeska und Bork hier waren, und ob sie öfter hier sind, und was Herr Jorgen mit ihnen zu tun hat, und was überhaupt mit den beiden los ist. Aber fragen kann ich jetzt nicht mehr, eher würde ich mir die Zunge abbeißen. Und er würde es mir doch nicht sagen. Aber irgend etwas weiß er, dieser komische Schreiberling hier, dieser Stephan Jorgen mit dem unverschämten Grinsen. Eigentlich ein widerlicher Kerl. Und genaugenommen war mein ganzer Ausflug vergebens, ich habe nichts erfahren, was ich nicht vorher schon gewußt habe.

Auf der Fahrt hinauf zur Franzenshöh reden wir nicht mehr viel. Erstens muß Herr Jorgen verdammt aufpassen, seinen großen Wagen über die aufgeweichten Wege zu befördern. Es ist wirklich ein Kunststück, bei diesem Wetter hier zu fahren. Wahrscheinlich hat er jetzt eine Wut auf mich. Aber er brauchte mich nicht heimzufahren, ich habe es nicht verlangt.
Und zweitens ist mir überhaupt etwas zweierlei zumute. Ich komme mir ein bißchen lächerlich vor mit meinem Detektivspielen, jetzt, nachdem er mich durchschaut hat. Ich ärgere mich über mich selber, daß ich mit allem herausgeplatzt bin, anstatt diplomatisch vorzugehen, wie es meine Absicht war. Nun bildet er sich wirklich noch ein, ich sei in Bork verliebt. Ich *bin* zwar in Bork verliebt, das ist gewiß wahr, aber der hier braucht es noch lange nicht zu wissen und sich darüber zu amüsieren. Und schließlich und endlich würde es mich noch wahnsinnig interessieren, was er eigentlich mit Valeska zu tun hat oder zu tun hatte. Genaugenommen sind das alles reichlich undurchschaubare Verhältnisse.
Einmal, als wir wieder durch eine tiefe Pfütze sacken, daß das Wasser nach beiden Seiten spritzt und der Wagen entsetzt ächzt, flucht Herr Jorgen ganz abscheulich.
»Sie hatten es ja nicht nötig, mich zu fahren«, sage ich. »Außerdem finde ich aber, Sie können es als ganz gutes Training betrachten.«
»Wieso?« fragt er überrascht.
»Na, wie wollen Sie denn zu Ihren Reportagen in Afrika und Amerika und wo weiß ich noch kommen, wenn Sie nicht mal eine einfache Landstraße bei Starnberg fahren können.«
Er lacht laut auf. »Du bist doch ein selten freches Stück. Außerdem ist das keine Landstraße hier, sondern bestenfalls ein Feldweg. Wir hätten doch lieber ganz nach Starnberg runterfahren sollen.«
Schließlich kommen wir auf die Anfahrt zur Franzenshöh und in den Wald. Hier geht es besser. Etwas Bestimmtes habe ich noch auf dem Herzen.
»Journalisten sind geschwätzig, nicht?«

Er versteht sofort wieder, was ich meine. Ich kann sehen, wie er grinst. »In gewisser Weise, ja. Es gehört schließlich zu unserem Beruf, daß wir weitergeben, was wir erfahren.«
»Na, Sie werden doch kaum über meinen Besuch heute nachmittag einen Leitartikel schreiben wollen.«
»Kaum.«
»Also?«
»Was also?« Er will es genau hören, der eklige Kerl.
»Ich möchte wissen, ob Sie wohl den Mund halten werden. Oder ob Sie jetzt gleich zu Bork rennen und ihm alles erzählen. Oder Ihrer geliebten Valeska.«
»Nun ja.« Er legt eine kunstvolle Pause ein. »Eigentlich wäre es ja meine Pflicht, die Lehrer davon zu unterrichten, was für merkwürdige Wege ihre Schülerin geht. Oder?«
»Sie sind gemein!« rufe ich empört.
»Aber wenn Sie mir versprechen, das Privatleben Ihrer Lehrer in Zukunft mit etwas mehr Gleichmut zu ertragen, und mir gleichzeitig versprechen, mich noch einmal zu besuchen, werde ich nichts sagen.«
»Zu gütig.«
»Versprechen Sie's?«
»Was?«
»Beides.«
»Ich kann versprechen, beides zu versuchen. So ohne weiteres können wir keine Besuche bei alleinstehenden Herren machen.«
»Heute ging's doch auch.«
»Ja, weil's geregnet hat. Aber ich kann das nächste Mal ja meine Freundinnen mitbringen.«
Er verzieht das Gesicht. »Das muß nicht unbedingt sein. Bei mir. Ansonsten würde ich Ihnen raten, mit derartigen Besuchen bei fremden Männern etwas vorsichtiger zu sein.«
Na, das ist wohl die Höhe. »Ich kann schon auf mich aufpassen«, sage ich schnippisch.
»Dessen soll man nie zu sicher sein«, meint er onkelhaft.
Gar so brauchte er auch nicht zu tun. Schließlich, so klein bin ich auch nicht mehr. Und wenn er mir einen Kuß gegeben hätte – ja, was dann? Na, so schlimm wäre es auch nicht gewesen. Vielleicht tut er es zum Abschied.
Nein, er tut es nicht. Wahrscheinlich denkt er, ich bin noch

ein Baby. Da täuscht er sich aber. Allerdings mach ich mir aus ihm ja gar nichts, er ist ein ganz netter Kerl, bißchen frech, aber sonst – kein Vergleich mit Bork.
»Halt«, sage ich, ehe wir um die letzte Kurve kommen. »Ich steige hier aus. Wir brauchen nicht vor das Tor zu fahren.«
»Wie gnädiges Fräulein wünschen.«
Er hält an, ich sage: »Also denn, tschüs, und nicht wahr, Sie halten dicht?«
»Ich halte dicht«, versichert er ernsthaft. Wir schütteln uns die Hände, ich warte noch einen Moment. Aber nichts, keinen Kuß. Na, dann eben nicht. Mir auch egal. Ich klettere hinaus und wate das letzte Stück durch den pappweichen Weg. Hinter mir höre ich, wie er mühselig wendet. Der Weg ist sehr schmal, da hat er eine Weile zu tun. Hoffentlich bumst er nicht an einen Baum. Wäre schade um den schönen Wagen.
In Franzenshöh sind sie schon ganz aufgeregt. Natürlich haben sie inzwischen gemerkt, daß ich weg bin. Die Abendbrotzeit ist schon vorüber.
»Mensch, Pony«, schreien sie mir mehrstimmig entgegen, »wo kommst du denn her?«
»Na, woher denn schon?« sage ich wurschtig. »Ich war spazieren.«
»Spazieren? Bei dem Wetter? Und so lange?«
»Ich hab' mich verlaufen. Im Wald.«
Alle schnattern auf einmal. Fräulein Bayer ist ganz blaß und schließt mich gerührt in die Arme. »Aber Kind, wie leichtsinnig von dir. Allein im Wald. Und bei dem Regen. Was dir alles hätte passieren können.« Die gute alte Haut. Ihr Gemüt ist wohl noch ganz aufgeweicht von dem Konzert. Und außerdem kann sie mich eben gut leiden. Sie bekommt später von mir bestimmt einmal die Reise nach Bayreuth.
Von Fränze bekomme ich höchstpersönlich eine Standpauke. Dann wird mir mein Abendessen nachserviert. Nicht so schlimm, Sonntagabend gibt es sowieso immer kalt. Ina, Pat und Margit und Feli sitzen um mich herum und wollen Näheres hören. Und ich, ja, ich erzähle ihnen eine wilde Geschichte, wo ich überall war und wie ich den Weg verloren habe und daß ich ganz woanders rausge-

kommen bin. Denn ganz plötzlich habe ich mich nämlich entschlossen, die Erlebnisse vom Nachmittag für mich zu behalten. Ich weiß auch nicht, warum. Aber ich werde ihnen nicht erzählen, wo ich wirklich war. So wichtig ist es ja auch nicht.
Valeska ist übrigens schon wieder da. Ich höre, daß sie schon am Nachmittag zurückgekommen ist. Sie ist oben in ihrem Zimmer. Marcelle ist auch in ihrem Zimmer. Zum Abendessen sind beide nicht erschienen. Hat man eigentlich keinen Hunger, wenn man verliebt ist? Demnach kann es mit meiner Liebe nicht weit her sein, ich habe einen Mordsappetit und vertilge spielend die Sonderration, die mir Kugelchen persönlich aus Freude über meine Rückkehr serviert hat.

Es wird langsam Sommer

In den folgenden Tagen passiert nichts Außergewöhnliches. Bork erscheint wie immer zum Unterricht. Aber er ist nicht so gutgelaunt und vergnügt wie sonst, er scheint bedrückt und ist immer sehr ernst. Auch ein bißchen nervös, wie es scheint. Das wirkt sich im Unterricht unangenehm aus, wir müssen verdammt aufpassen. Manchmal fährt er uns scharf an, wenn wir was falsch machen oder wenn wir, wie früher, ein bißchen herumalbern wollen. Aber ich finde im geheimen, in der tragischen Attitüde ist er noch schöner als sonst. Ein wenig düster, das steht ihm gut.
Er und Marcelle gehen mit kurzem Gruß aneinander vorbei. Auch einer Plauderei mit Valeska scheint er aus dem Weg zu gehen, er geniert sich wohl vor uns. Aber Valeska spricht ihn manchmal ganz harmlos und heiter an. Dann muß er natürlich antworten. Das tut er dann in sehr korrekter Form. Na, er soll sich nicht so haben. Wir wissen schließlich Bescheid.
Ein paar Tage regnet es noch, dann wird das Wetter wieder schön. Sehr schön wird es auf einmal, warm und sonnig, man merkt, daß der Sommer ganz nahe ist. Wir probieren ein erstes Bad im See. Es ist noch sehr kalt, aber immerhin, es geht schon. Valeska ist auch hierin ganz groß. Sie geht schwungvoll hinein und schwimmt ein tüchtiges

Stück. Dabei hat der See höchstens erst fünfzehn oder sechzehn Grad. Wir wollen uns von ihr nicht beschämen lassen und schwimmen auch ein Ende. Nachher machen wir einen Dauerlauf. Und dann wird der See täglich ein bißchen wärmer. Sommer ist was Schönes.
Wir sind jetzt sehr beschäftigt mit unserem Sommerfest. Das findet Mitte Juli statt, und wenn das Wetter so schön bleibt, wird es eine Wolke. Wir treffen uns öfter mit den Jungens vom Gleis. Wir probieren ein Theaterstück, das hat übrigens der kleine Kellermann geschrieben. Man sieht, der Junge ist nicht ohne. Er leitet persönlich die Proben, und wir haben ihn nie so temperamentvoll gesehen. Ohne Zweifel ist er stolz auf sein Opus. Ich habe nur eine kleine Rolle und betätige mich im übrigen mehr als Regieassistent. Wäre übrigens auch ein Beruf für mich, Regisseur. Gott, was gibt es alles für Möglichkeiten. Ein Leben ist wirklich zuwenig.
Die Hauptrolle spielt natürlich Feli, die blöde Gans, die sich ja schon als zukünftige Duse sieht. Ich finde jedenfalls nicht, daß sie viel Talent hat, sie ist so gespreizt und überdreht. Kellermann ruft immer: »Etwas natürlicher, Feli, gelockerter. Sprechen Sie so, wie sonst auch.«
Dann wirft sie ihm einen verächtlichen Blick zu, als wollte sie sagen: Was verstehst denn du davon? Aber schließlich hat er das Stück ja geschrieben. Er hätte ihr die Rolle ja nicht zu geben brauchen. Aber sie tat von vornherein so, als sei es selbstverständlich, daß sie die Hauptperson ist. Margit macht es viel besser. Sie spielt die zweite Hauptrolle, im Stück sind die beiden Schwestern. Und Margit ist wirklich sehr reizend, ein bißchen scheu und zurückhaltend, aber es macht sich sehr gut, die Rolle ist so angelegt. Kellermann ist jedenfalls immer ganz begeistert. Er verbessert sie kaum, und wenn, dann in den sanftesten Tönen. Komischerweise haben die beiden auch nach den Proben immer noch lange zu reden. Einmal sehe ich sie eifrig diskutierend auf dem Vorplatz umhergehen, immer im Kreis herum. Das heißt, Margit redet nicht viel, er redet so lebhaft, wie wir es gar nicht von ihm kennen. Und Margit schaut mit ihren großen blauen Augen andächtig zu ihm auf.
»Na, sieh dir das an«, sagt Ina. Wir stehen auf der Terrasse

und gucken ihnen zu. »Der Kleene macht sich, was? Und Margit guckt ihn an, als wenn ... – na, findest du nicht auch? Komisch, was?«
Als Margit dann endlich zu uns heraufkommt, frage ich sie: »Sag mal, was babbelst du denn immerzu mit unserem Dichter?«
Sie wird rot, aber wie, und sagt dann verlegen: »Wir reden über das Stück. Über die Rollenauffassungen.«
»Ach nee. Darüber sind sich doch alle schon klar.«
»Er sucht eben immer noch nach der besten Form, weißt du.«
»Er nimmt es ziemlich ernst, was?«
»Ja«, sagt Margit begeistert, »sehr ernst. Er hat schon mal ein Stück geschrieben. Aber ein anderes als das hier, ein ganz tragisches. Er will es mich mal lesen lassen.«
Ina und ich schauen uns an, und dann prusten wir gemeinsam los.
Margit wird wieder rot und ruft wütend: »Seid doch nicht so albern. Warum soll man denn über so was nicht reden? Mich interessiert es eben.«
»Ach nee«, sage ich wieder. »Seit wann denn?«
»Immer schon«, ruft Margit böse, »und ihr seid ganz blöde Gänse, daß ihr es nur wißt.«
Ina legt den Arm um sie und gibt ihr einen Kuß. »Nun werde man nur nicht gleich so böse, Kleine. Wir gönnen dir ja deine künstlerischen Diskussionen. Und der Kellermann ist sehr nett. Wirklich. Schließlich muß der Mensch auch weiter denken.«
Was sie damit meint, sagt sie nicht. Ina liebt solche dunklen Andeutungen. Margit geht auch nicht weiter darauf ein. Aber die Gespräche mit Kellermann gehen weiter, und Margits Leistungen als Schauspielerin werden immer besser.
Außerdem wird es auf dem Sommerfest eine Tombola geben, ein kaltes Büfett, getanzt wird natürlich auch, die Jungens vom Gleis haben eine erstklassige Band, und dann planen sie sogar ein Feuerwerk. An die Eltern werden Einladungen verschickt, der eine oder andere von den alten Herrschaften wird sicher aufkreuzen.
Wir haben mit den Vorbereitungen viel zu tun. Wie gesagt, die Jungs sind oft da, und der eine, Dieter, ist anscheinend

der Meinung, er sei mein besonderer Freund. Wie er auf die Idee kommt, weiß ich auch nicht. Er rennt immerzu hinter mir her. Wenn's ihm Spaß macht. Bei mir kann er jedenfalls keinen Blumentopf gewinnen. Er ist mir viel zu jung. Einmal bei den Proben – es ist in dem Stück eine Szene, wo Feli von ihrem Partner einen Kuß bekommt – sagt er: »Schade, daß wir die beiden Rollen nicht spielen, Pony. Das wär' ein Ding, was?«
»Na, das müßte ein Vergnügen sein«, sage ich, »wenn du dich auch so geschickt anstellst wie dein Kollege da oben, vielen Dank.«
Die Kußszene ist nämlich immer wahnsinnig komisch, hier versagt offensichtlich auch der Regisseur.
Sagt doch Dieter, der freche Kerl, zu mir: »Wir können ja mal üben.«
»Du hast wohl nicht alle Tassen im Schrank«, sage ich darauf.
Das fehlte mir gerade noch. Nee, mit so einem Küken habe ich nichts vor. Ein Mann, den ich lieben soll, der muß mindestens zwanzig Jahre älter sein als ich. Mindestens. Ich will einen richtigen erwachsenen Mann haben. Jung bin ich selber. Bork ist sogar 26 Jahre älter als ich, und der würde mir gerade gefallen. Jawohl, durchaus und immer noch, trotz seines Lebenswandels.
Übrigens wollte ich mein Versprechen wahr machen und Herrn Jorgen noch mal besuchen. Es war gar nicht so einfach, bis es mir mal gelang, mich an einem Nachmittag allein fortzustehlen. Aber ich habe ihn nicht angetroffen. Nur eine Frau war da, das war wohl Paula, die Perle.
Sie musterte mich mißtrauisch, als ich an der Tür nach ihrem Chef fragte, und teilte mir dann kurz mit, daß er in München sei.
»Ah, danke«, sagte ich. »Macht auch nichts.«
Ein bißchen leid tat es mir aber schon.
Eine Woche vor dem Fest bekomme ich einen Brief von Robby. Darüber freue ich mich mächtig. Der Faulpelz schreibt ohnehin selten genug.
Robby ist mein großer Bruder, und ich liebe ihn sehr. Mehr als Marlise und als Mama. Wir haben uns immer prima verstanden. Vielleicht weil wir uns sehr ähnlich sind, im Wesen und in der Art. Gar nicht wie Mama und Mar-

lise. Auch nicht wie Vater, leider, so ist keiner von uns. Robby ist in Amerika, in New York. Schon ziemlich lange. Er konnte Herrn Federmann, Mamas neuen Mann, auch nicht besonders leiden. Obwohl es natürlich nie Unstimmigkeiten gab, denn Robby ist sehr charmant und hat tadellose Manieren, trotz seiner Jugend. Er sagt nie geradeheraus, wenn er jemand nicht leiden kann, aber er verbirgt es auch nicht ganz. Erst hat er ein bißchen studiert, ohne besonderen Erfolg, glaube ich, denn er ist ziemlich faul. Trotzdem hat er dann ein Stipendium an eine amerikanische Universität bekommen. Wie, weiß ich auch nicht. Er macht das immer mit seinem Charme und mit seiner Weltgewandtheit. Wenn er will, wickelt er jeden auf die liebenswürdige Weise ein. Und er kannte immer alle möglichen nützlichen Leute. Und jeder mochte ihn leiden. Ganz besonders die Mädchen natürlich. Die waren ganz verrückt nach ihm. Von allen *jungen* Männern, die ich kenne, ist er bestimmt der netteste.
Er hat also dann ein bißchen in Amerika studiert, aber jetzt auch nicht mehr, jetzt arbeitet er in einem Werbebüro, und das macht ihm anscheinend großen Spaß. Geld muß er auch verdienen. Er hat ein kleines Appartement, wie er schreibt, und sogar ein Auto. Das ist soweit in Ordnung. Weniger in Ordnung ist die Sache mit dem Mädchen. Das ist jetzt schon der dritte Brief, in dem eine gewisse Mabel auftaucht. Früher wechselten die Namen schneller. Er wird sich doch nicht ernsthaft verliebt haben? Also das paßt mir gar nicht. Zum Heiraten ist er noch viel zu jung. Und außerdem habe ich immer gedacht, wir könnten später mal zusammen wohnen, wär' doch lustig. Bei Mama und Herrn Federmann möchte ich nicht gern immer bleiben. Und heiraten möchte ich auf keinen Fall so bald. Nee, immer die Arbeit mit so einem Mann, und überhaupt möchte ich erst mal was erleben.
Die Mädels sind sehr interessiert an Robby. Außer mir hat keine einen Bruder in Amerika. Auf einem Bild haben sie gesehen, wie gut er aussieht.
»Mensch, der müßte mal herkommen«, hat eine mal gesagt, »das wäre ein Ding.«
»Das täte euch so passen. Aber den kriegt ihr nicht, das ist mein Bruder. Und der ist Besseres gewohnt. Er hat sogar

schon mal eine Pariserin als Freundin gehabt, das war vielleicht ein tolles Stück. Die hatte Augen, ich sage euch, die hatte Augen wie – wie . . .«, ja, wie denn gleich? »wie der ganze Montmartre auf einmal.«
Herrn Federmann war Robbys bewegtes Privatleben immer ein Dorn im Auge. Einige Male vesuchte er es mit salbungsvollen väterlichen Worten. Aber da kam er bei Robby nicht weit. Der musterte ihn dann ziemlich arrogant von oben – Robby ist einen guten Kopf größer – und sagte äußerst verbindlich: »Sehr lieb von dir, daß du dir Sorgen machst. Ist aber wirklich nicht nötig. Ich weiß Bescheid.«
Und Robby sah dabei so aus, als wenn er wirklich Bescheid wüßte. Selbst Herr Federmann konnte sich dieser Einsicht nicht verschließen.
Übrigens scheint mein Herr Stiefvater außerordentlich beschäftigt zu sein. Das Wohl des Vaterlandes. Mama schrieb auf die Einladung zum Sommerfest, es täte ihr sehr leid, sie könne leider nicht kommen, sie müsse bei Papa bleiben, er hätte schrecklich viel zu tun und sei meist auf Reisen. Wahlversammlungen. Und reden müsse er immerzu. Na ja! Viel Vergnügen. Da wird wohl manches Fläschchen daran glauben müssen, damit die Kehle geölt wird.
Ob er vielleicht wirklich in den Bundestag gewählt wird? Also, offen gestanden, ich kann nicht einsehen, wozu das gut sein soll. Ob die so einen wie Herrn Federmann da noch sitzen haben oder nicht, das spielt bestimmt keine Rolle und nützt dem Vaterland garantiert nichts. Aber wahrscheinlich ist das bei den meisten so.
Ja, so einer wie mein Vater, der müßte da mal mitreden. Aber der wäre nie auf die Idee gekommen. Es sind immer nur die Federmänner, die so was machen. Ich finde, irgendwas ist nicht ganz richtig dabei. Wenn solche Leute wie mein Vater die Welt regieren würden, da sähe sie ganz anders aus. Aber solche wie Federmann, die machen immer nur den anderen die alten Dummheiten nach und rennen wie Karussellpferde im Kreis herum. Immer auf der gleichen Bahn. Schade um die schöne Welt, nicht?

Das Sommerfest rückt immer näher, und die Aufregung wird täglich größer. Gearbeitet wird fast nicht mehr. Außer in den Stunden bei Bork, der ist immer noch mißgestimmt und tut, als hätte er von dem Fest noch nie was gehört. Aber dafür sind die Lateinstunden bei Kellermann so gut wie nicht mehr vorhanden. Unser Dichter ist mächtig aufgeregt, nichts als das Stück interessiert ihn. Ich glaube, er stirbt vor Lampenfieber, wenn es soweit ist. Auch Fräulein Bayer flattert unruhig durch die Gegend. Gesungen wird nämlich auch. Ein Chor zur Begrüßung, dann ein Quartett, zwei spielen eine Sonate für Klavier und Geige. Zu mir sagte sie: »Schade, Pony, Kind, daß wir mit der a-Moll-Sonate noch nicht fertig sind, du könntest sie gut vortragen.« Das fehlt mir gerade noch. Ein Glück, daß ich nicht mehr geübt habe. Außerdem finde ich, das Programm ist sowieso schon reichhaltig genug.

Ein paar Eltern und Onkels und so was alles haben ihr Kommen angekündigt, allzuviele sind es nicht. Es ist ja so, daß die Leute, die ihre Kinder in ein Internat stecken, meist wenig Zeit für sie haben. Und da haben sie natürlich auch für ein Sommerfest keine Zeit. Viele wohnen auch sehr weit weg und wollen nicht extra nach Süddeutschland reisen, nur um unser Sommerfest zu erleben. Na, wir werden auch so Gäste genug haben. Alle Jungs vom Gleis sind da, die Lehrer von drüben und natürlich auch die Leiter dieses Internats, mit denen Franz und Fränze sowieso gut bekannt sind. Franz, der ein sehr geselliger Mensch ist, hat auch unten in Starnberg eine Menge Bekannte, Leute, die dort was zu sagen haben. Ich glaube, sogar der Bürgermeister wird kommen.

Mir kommt die Idee, ob ich nicht Herrn Jorgen einladen sollte. So ganz auf eigene Kappe, denn hier oben kennt ihn natürlich keiner. Vielleicht interessiert es ihn. Er könnte darüber ja einen Bericht für seine Zeitung schreiben. Man stelle sich vor, wie selig unser guter Kellermann wäre, wenn eine Besprechung über sein Theaterstück erschiene.

Eine Einladung mopse ich bei Franz aus dem Schreibtisch. Und während einer Probe, es ist die vorletzte, am nächsten Tag soll die Hauptprobe steigen, drücke ich mich seitwärts in die Büsche. Meine Rolle ist abgespielt, wiederholen werden wir sicher nicht mehr, geht ja alles wie am Schnürchen. Ich pumpe mir von Elly das Fahrrad und sause waldabwärts zu Jorgens Burg.

Diesmal ist er da. Und es scheint, er freut sich, mich zu sehen.

»Hallo, Pony«, ruft er, »nett, daß du kommst.« Anscheinend hat er sich jetzt endgültig für du entschieden. Na, von mir aus, soll er. Ich will mal großzügig sein. Auch Arco erkennt mich wieder und begrüßt mich schwanzwedelnd.

»Ich hab' nicht viel Zeit. Muß gleich wieder rauf. Ich wollte Ihnen bloß eine Einladung für unser Sommerfest bringen.«

»Oh«, sagt er überrascht. »Sommerfest! Das ist fein. Und wie komme ich zu der Ehre?«

»Na, ich dachte, es macht Ihnen vielleicht Spaß. Sie könnten ja darüber berichten, nicht? Wir spielen ein Theaterstück, Feuerwerk soll's auch geben, auch eine Tombola. Und ich hätte dann gleich einen tollen Kavalier. Aber Sie dürfen nicht mit Valeska flirten.«

»Ich bedanke mich für den tollen Kavalier. Und wer lädt mich ein?«

»Na, ich.«

»Aha. Geht das so einfach?«

»Es kommen so viele Leute, da fällt das gar nicht auf. Ich kann ja sagen, Sie sind mein Onkel.«

Er zieht eine Grimasse. »Onkel! So alt bin ich ja auch noch nicht.«

»Es gibt auch junge Onkels. Aber bitte, ich bin gar nicht so. Von mir aus können Sie auch mein Vetter sein oder irgend so was.«

»Dann schon lieber irgend so was. Bork und die gute Valeska wären wohl etwas überrascht, wenn ich plötzlich da oben als Onkel oder Vetter auftrete.«

Ach so, daran habe ich noch gar nicht gedacht. Die kennen ihn ja. »Na ja, ist ja Wurscht. Interessiert keinen Menschen. Sie fallen überhaupt nicht auf.«

»Das ist gut«, sagt er ernsthaft. »Wir brauchen ja auch niemand zu sagen, daß du mich eingeladen hast.«

»Dann dürfen Sie mich aber nicht duzen.«

»Nein, nein, ich tue ganz fremd, und entdecke erst im

Laufe des Festes mein Herz für dich. So ist es doch richtig?«
»Ja«, sage ich begeistert, »das ist bestens.« Die anderen werden platzen.
»Und wann steigt das große Ereignis? Morgen?«
»Nee. Sonnabend natürlich.«
»Sonnabend? Das ist schlecht. Das ist mein Reisetag.«
»Och!« sage ich. Er reist. Ich bin furchtbar enttäuscht.
»Nach Südamerika?«
»Eben dahin.« Er steht vor mir und sieht mich lächelnd an. Übrigens findet das Gespräch im Garten statt, das habe ich ganz vergessen zu erwähnen. »Du machst ein Gesicht, als wärst du ein wenig traurig, daß ich wegfahre.«
»Na ja, traurig. Traurig ist zuviel gesagt. Aber schade ist es.«
»Wegen des tollen Kavaliers, der dir dann abgeht?«
»Ja. Auch. Und überhaupt.«
»Ja, was machen wir denn da? Aber mein Flugzeug geht am Abend, ich habe gebucht. Da läßt sich nichts mehr machen.«
»Wann denn?«
»Um elf Uhr.«
»Da könnten Sie doch vorher noch kommen.«
»Pony, du Kindskopf. Wie stellst du dir das vor? Immerhin ist es eine etwas weitere Reise, nicht? Ein paar Vorbereitungen gehören schon dazu. Und von hier bis zum Flughafen Riem ist es ein ganzes Ende. Weißt du, wo der Flugplatz in München ist?«
»Nö. Aber Sie fahren doch sicher mit dem Wagen hin?«
»Ja. Aber trotzdem. Tut mir wirklich leid, ich wäre sonst wirklich gekommen.«
»Wir fangen ja schon zeitig an«, sage ich hoffnungsvoll. »Schon um fünf Uhr.«
Er lächelt. »Ich will mal sehen. Versprechen kann ich nichts. Vielleicht komme ich eben schnell vorbei, zum Abschiednehmen.«
»Bleiben Sie lange weg?«
»Ein Jahr, denke ich.«
»Ach!« Komischerweise bin ich jetzt wirklich traurig. Möchte wissen, warum, ich kenne den Menschen doch kaum.

»Na ja, kann man nichts machen. Ich werde ja dann in der Zeitung Ihre Berichte lesen. Passen Sie auf, daß keine Löwen Sie fressen.«
»In Südamerika gibt's keine Löwen.«
»Nein? Wissen Sie das bestimmt? Na, dann irgendwas anderes, Schlangen vielleicht. Oder Krokodile. Irgendwas Gefährliches wird schon da sein.«
»Ich werde auf alle Fälle aufpassen.«
In dem Moment erscheint auf der Terrasse eine junge Dame. Eine sehr attraktive junge Dame, in engen grauen Hosen und einer schicken weißen Bluse. Sie hat goldblonde Haare und ist sehr hübsch.
»Stephan, Liebling«, ruft sie, »kommst du jetzt? Wir wollten doch noch . . . Ach, du hast Besuch.«
»Ich komme gleich«, ruft er hinauf. Sie beguckt mich von oben bis unten, dann geht sie wieder hinein.
»Ist das Ihre Freundin?« frage ich.
»Hm«, sagt er lachend, »ungefähr.«
»Aha. Ganz niedlich.« Die Männer sind eben alle gleich.
»Na, dann gehe ich. Dann werden Sie wohl erst recht keine Zeit für mich haben. Da müssen Sie ja hier Abschied feiern.« Irgendwie ärgert es mich. Obwohl das natürlich Unsinn ist. Warum soll er keine Freundin haben.
»Also, Pony, wenn es irgend geht, komme ich auf einen Sprung hinauf. Wenigstens zum Adieusagen.«
»Gut«, sage ich kurz. »Soll mich freuen. Und wenn wir uns nicht mehr sehen, dann machen Sie's gut. Tschüs.«
Und damit sitze ich wieder auf dem Rad und strample los. Bloß keine Sentimentalitäten. Was geht mich schließlich Herr Jorgen an?
Ich komme auch wirklich nicht dazu, großen Abschiedsschmerz zu entwickeln. Oben tut sich was. Hat doch dieser Kellermann auf einmal die Idee, daß noch eine Szene geändert werden muß. Einen Tag vor der Hauptprobe, man stelle sich so was vor. Ausgerechnet die Szene, in der ich drin bin. Wenn das keine Zumutung ist! Da hat man wieder mal den schlagenden Beweis, daß Dichter bei ihrer eigenen Aufführung nichts zu suchen haben, schon gar nicht als Regisseur. Margit ist natürlich der Ansicht, daß er recht hat. Die wird sich doch nicht in den kleinen Kellermann mit seinen abstehenden Ohren verknallt haben?

»Hat sie«, meint Ina. »Und nicht zu knapp.«
»Aber sie liebt doch Bork.«
»Immer kann man nicht unglücklich lieben. Das ist kein Dauerzustand. Margit ist anscheinend die erwachsenste von euch Küken.« Wie sie angibt, dabei ist sie gerade drei Vierteljahre älter als ich.
»Kellermann ist doch genauso ein Pauker wie Bork. Was ist denn da für ein Unterschied?«
»Da ist ein Unterschied«, sagt Ina bestimmt. »Sei nicht so dämlich, Pony. Erstens ist Kellermann 28 und harmlos. Bork ist 42 und mit allen Wassern gewaschen. Als Mann, meine ich. Ein kluges Mädchen verliebt sich immer in einen harmlosen Mann. Da hat sie Aussichten.«
»Was für Aussichten?«
»Na, Aussichten eben. Daß er sich wieder verliebt mindestens.«
»Und du meinst, daß Margit so ein kluges Mädchen ist?«
»Nicht bewußt. Das gewiß nicht. Aber instinktiv. Sie ist sehr weiblich.«
»Und du denkst, daß Kellermann sie liebt?«
»Quatsch, liebt. Er mag sie. Und es schmeichelt ihm, daß sie sich so ernsthaft für seine Dichterei interessiert. So was bringt einen Mann immer in Schwung.«
»Aha.« Ob ich mich ein bißchen mehr für Herrn Jorgens Reportagen und Tatsachenberichte hätte interessieren sollen? Aber es war keine Zeit dazu, wenn er doch gleich wegreist. Und überhaupt, was geht mich Herr Jorgen an? Hab' ich mich vielleicht in ihn verliebt? Nicht die Spur. Ich finde ihn nur ganz nett.
Margit ist übrigens doppelt und dreifach aufgeregt. Wegen ihrer Rolle, wegen Kellermann und wegen ihrer Mutti. Die kommt nämlich morgen. Darauf freut sie sich unbändig. Sie hängt sehr an ihrer Mutti, und bis das mit Kellermann kam, war die Mutti ihr Lieblingsthema. Sie muß auch sehr nett sein. Und tüchtig. Sie ist in irgendeinem großen Betrieb tätig. Von Margits Vater ist sie nämlich geschieden. Das muß eine traurige Geschichte gewesen sein, Margit hat schon manchmal Andeutungen gemacht. Ihr Vater hatte sich eines Tages in eine andere verliebt, Knall und Fall, und hatte die beiden einfach im Stich gelassen. Margit war damals gerade acht Jahre alt. So was ist eigentlich eine

Gemeinheit. Margits Mutter hat schwer daran getragen, sie soll ihn sehr geliebt haben.
Mit der Liebe hat man eben nur Kummer. Besser, man läßt die Finger davon. Ist ganz gut, daß dieser Jorgen wegreist. Am Ende hätte ich mich doch noch in ihn verliebt. Er hat ja schon eine Freundin. Ob die wohl sehr unglücklich ist, daß er wegfährt? Na, meine Sorge ist das nicht.
Unsere beiden Rivalinnen, Marcelle und Valeska, sind übrigens auch sehr beschäftigt mit den Vorbereitungen zum Fest. Marcelle besorgt mit Ina und mir zusammen die Dekoration. Wir sind dadurch noch mehr als sonst mit ihr zusammen. Sie ist freundlich und nett wie immer, aber doch irgendwie traurig und umschattet. Wir tun alles, um sie etwas heiterer zu stimmen. Dann lächelt sie wohl mal, aber sie plaudert nicht mehr so vergnügt wie früher. Und wenn Bork kommt, geht sie ihm aus dem Weg. Wir sehen das ganz deutlich. Valeska dagegen macht sich immer an ihn heran. Zu Marcelle ist sie zuckersüß. Mit uns gibt sie sich auch viel Mühe. Wir wissen auch, warum. Ina hat das ausbaldowert. Sie will von Franz einen festen Anstellungsvertrag. Das würde bedeuten, daß sie hierbleibt und daß Frau Jennewein nicht zurückkommt, wenn das Baby da ist. Ina hat mal ein Gespräch zwischen Valeska und Franz gehört. Valeska sagte: »Schließlich wird sie ja doch nicht mehr arbeiten können, wenn sie dann vier Kinder hat. Wo soll sie die Zeit hernehmen?«
»Sie ist aber darauf angewiesen«, sagte Franz. »Ihr Mann verdient sehr wenig. Er ist Maler.«
»Dann sollte er sich lieber bei der Kinderproduktion etwas vorsehen«, meinte Valeska.
»Die Mädels mochten sie immer sehr gern.«
»Mich vielleicht nicht?« fragte Valeska erstaunt.
»Doch, selbstverständlich, auch.«
»Möchten Sie mich denn nicht behalten?« fragte sie mit ihrem charmanten Lächeln.
»Ich wüßte nicht, was ich lieber möchte«, sagte Franz galant und mit feurigem Blick. Darauf versteht er sich gut. »Aber Frau Jennewein hat ältere Rechte. Und meine Frau meint . . .«
»Ach so«, sagte Valeska. »Ihre Frau ist dagegen, daß ich hierbleibe, nicht?«

»Nein, nein, so dürfen Sie das nicht verstehen, es ist nur . . .« Der gute Franz wand sich wie ein Aal.
Dabei stimmt es genau. Die Fränze kann Valeska nicht leiden. Aber schon gar nicht. Natürlich hat sie gemerkt, daß ihr Franz sich gern mit der hübschen Frau unterhält. Und daß Valeska alle Männer durcheinanderbringt. Die Sache mit Bork ist ihr sicher auch nicht entgangen. Und dann hat die Fränze überhaupt was gegen hübsche Frauen. Rein prinzipiell.
Verstehen kann ich zwar nicht, warum der Valeska soviel daran liegt, hierzubleiben. Sie muß doch ganz andere Möglichkeiten haben. Wenn man natürlich annimmt, daß sie in Bork verknallt ist, dann sieht die Sache schon anders aus. Dann will sie seinetwegen bleiben.
Aber dann passiert etwas, was die Fränze fuchsteufelswild auf die Valeska macht. Zwei Tage vor dem Fest will Franz noch mal nach München fahren. Und wie er am Nachmittag startet, kommt plötzlich Valeska aus dem Haus und sagt seelenruhig: »Nehmen Sie mich bitte mit, Herr Doktor. Ich habe auch in München verschiedenes zu erledigen.«
Er wirft einen schrägen Blick zur Fränze hinauf, die auf der Terrasse steht und die Lippen zusammenkneift. Aber Valeska ist schon ohne weitere Umstände in den Wagen geklettert. Was bleibt ihm anderes übrig, er fährt mit ihr los.
Soweit wäre es ja noch nicht so schlimm. Der Skandal ist, daß sie alle beide am Abend nicht zurückkommen, sondern erst am nächsten Tag gegen Mittag. Also, alles was recht ist, aber das geht doch eigentlich nicht. Zugegeben, es kann ja ganz harmlos sein, aber wie sieht denn das aus. Franz ist zwar schon öfter über Nacht ausgeblieben. Aber daß Valeska gleichzeitig wegbleibt, das wirkt doch reichlich komisch.
Er sieht auch aus wie das leibhaftig schlechte Gewissen, als er zurückkommt. Gleich geht er in sein Arbeitszimmer und schließt sich dort ein. Schließt sich doch wahrhaftig ein. Die Fränze geht mit ganz grauem Gesicht herum. Als Valeska sie mal am Nachmittag anspricht, gibt sie ihr überhaupt keine Antwort. Dicke Luft auf der ganzen Linie. Das kann ja ein heiteres Fest werden.

Aber es kommt noch schlimer.
Am nächsten Tag kommt Margits Mutti. Ich hab' eigentlich gedacht, wir machen einen großen Bahnhof. Aber Ina meint: »Nee, das lassen wir lieber. Sollen die beiden sich erst mal allein begrüßen, nicht? Margit ist ein Seelchen, und die Mutti vielleicht auch. Außerdem haben wir ja gar keine Zeit.«
So geht Margit also allein nach Starnberg hinunter, holt die Mutti ab, bringt sie ins Hotel und kommt dann mit ihr herauf zum Kaffee.
»Vernünftiger fände ich es ja, ihr würdet unten Kaffee trinken und auch gleich zum Abendessen unten bleiben«, sagt Ina. »Hier geht doch alles drunter und drüber. Wenn deine Mutti morgen zum Fest heraufkommt, wäre es besser.«
Aber das will Margit nicht. Nein. Sie schüttelt entschieden den Kopf. »Morgen sind so viele fremde Leute hier. Und Mutti will doch mal mit Franz und mit Fränze sprechen und auch die anderen Lehrer kennenlernen. Und euch doch auch.«
Und Herrn Kellermann, setzte ich im Geist hinzu. Morgen bei der Aufführung wird der aufgeregte Dichter wohl für die übrige Menschheit verloren sein. Übrigens sieht man daraus, was Margit für ein braves Kind und für eine gute Schülerin ist. Sie hat nicht die geringsten Bedenken, ihre Mutti mit der gesamten Lehrerschaft zu konfrontieren. So weit müßte man es auch mal bringen.
Als es soweit ist, daß die beiden bald kommen müßten, gehen wir ihnen ein Stück entgegen, Ina, Pat und ich. Feli, die Diva, hat natürlich keine Zeit, sie muß der Ruhe pflegen für die morgige Premiere.
Es ist wunderbar, die Sonne scheint, und es ist ganz warm. Es sieht aus, als hätten wir für unser Fest ein schönes Wetter. Das wäre natürlich ein Glück. Ich freue mich ja schon, das rosa Shantungkleid anzuziehen. Es hat einen ganz weiten Rock und nur schmale Träger. Und da ich hübsche Schultern habe, doch wirklich, ziemlich breit und ganz gerade, sieht es sehr gut aus. Braun sind sie auch schon, die Schultern. Die Corsage ist ganz eng gearbeitet, man sieht ein bißchen Busenansatz, also wirklich raffiniert. Ich wünschte, Herr Jorgen würde mich so sehen. Nicht aus ei-

nem bestimmten Grund, nur eben so, weil er getan hat, als wäre ich noch zu jung für ernsthafte Betrachtungen. Also so jung bin ich auch nicht mehr, ich bin schon durchaus ... na ja, ich meine, es ist schon alles da.
Wir lungern erst eine Weile vor dem Tor herum, dann trödeln wir ein bißchen den Weg entlang. Und gleich hinter der zweiten Kurve sehen wir die beiden kommen. Arm in Arm, ganz in ein eifriges Gespräch vertieft. Es sieht nett aus, wie sie da so kommen. Sie sind gleich groß, und die Mutti ist genauso schlank und zierlich wie die Tochter. Sie sieht überhaupt sehr jung aus. Wie sie da so kommen, könnte man sie glatt für Schwestern halten, beide blond, und wie sie da sind, sehe ich, daß die Mutti auch die gleichen schönen Augen hat.
Margit strahlt vor Stolz. Sie stellt uns ihre Mutti vor, und wir benehmen uns sehr manierlich und ganz ohne freche Schnauze. Bei einer solchen Mutti ist das nicht nötig. Ein bißchen beneide ich Margit. So bin ich nie mit Mathilde Arm in Arm gekommen, und so haben wir uns nie in die Augen gesehen, so zärtlich und liebevoll. Schließlich habe ich ja auch keinen Vater mehr. Aber Mathilde ist eben nicht so. Es zeigt sich, daß Margits Mutter uns genau kennt. Margit hat anscheinend immer sehr ausführlich über uns geschrieben. Sie kennt unsere Namen, verwechselt uns nicht einmal und weiß genau über unsere Neigungen, Talente und Dummheiten Bescheid. Unter lebhaftem Geplauder kommen wir in Franzenshöh an.
Wir hatten eigentlich gedacht, Franz würde uns gleich an der Tür entgegenkommen, er weiß ja, daß Margits Mutter kommt, und ist sonst immer sehr höflich zu Elternbesuchen, besonders wenn die weibliche Hälfte kommt. Aber wir sehen ihn nicht, es scheint, er hat sich von dem Ausflug nach München mit Valeska noch nicht erholt. Oder vielmehr von der Gardinenpredigt, die die Fränze ihm zweifellos gehalten hat. Jetzt fehlt bloß noch, daß er sich auch noch in Valeska verliebt, dann werden sie sich hier bald alle ganz schön in die Wolle kriegen. Wenn man es richtig betrachtet, ist Valeska, so attraktiv sie auch sein mag, hier oben ein Störenfried. Zum Teil ist es wohl ihr Wesen und ihre Art, aber zum Teil ist sie auch selber schuld, daran ist kein Zweifel.

In der Diele kommt uns Fränze entgegen und begrüßt den Gast. Sie sieht heute noch älter und verknitterter aus als sonst. Und das Lächeln, mit dem sie Margits Mutter begrüßt, steht wie aufgeklebt in ihrem hageren, faltigen Gesicht. Daß sie sich gar so grämt um ihren Franz. Soll sie ihn doch lassen. Und eigentlich sollte sie so viel Verstand haben, ihn zu begreifen. Wenn sie mal in den Spiegel sieht, muß doch sogar *sie* dafür Verständnis haben, daß er gern eine hübsche Frau ansieht und vielleicht auch mal einen Seitensprung macht. Kann man denn das nicht mehr begreifen, wenn man älter wird? Bei anderen vielleicht schon, bloß eben immer bei dem eigenen Mann, da wollen es die Frauen nicht wahrhaben.
Dann muß Margits Mutter mit hinauf in unser Zimmer. Sie soll dort zur Begrüßung mit uns einen Wermut trinken. Das haben wir uns so ausgedacht, weil es schick ist. Die Flasche und die Gläser stehen bereit. Im Zimmer finden wir auch unseren Star. Feli liegt auf dem Bett, wie meist mit leidender Miene. Sie steht langsam auf, als wir kommen, und Margit stellt sie vor.
»Ich hoffe, wir haben Sie nicht gestört«, sagt Margits Mutti. »Sie wollten vielleicht schlafen.«
»Nee«, sage ich, »die pflegt nur ihren kostbaren Starkörper. Morgen spielt sie die Hauptrolle, und bis dahin muß sie ihre kläglichen Reste sorgsam zusammenhalten, sonst ist sie noch mieser als bei den Proben.«
Alle lachen, und Feli gibt mir einen wütenden Stoß. »Du Banause«, sagt sie verächtlich. Aber immerhin trinkt sie doch ein Glas Wermut mit uns, wenn sie sich auch nicht verkneifen kann, zu sagen: »Nicht zuviel, bloß ein bißchen, Margit, daß es meiner Stimme nicht schadet.« Na, wenn die keine Ziege ist!
Margits Mutti würdigt unseren Empfangsdrink gebührend, dann sitzt sie auf eine Zigarettenlänge neben ihrer Tochter auf dem Bett, die beiden wieder ganz dicht beieinander. Auch jetzt aus der Nähe könnte man denken, daß es Schwestern sind.
Wir reden alle kunterbunt durcheinander, von der Schule, vom Fest, von unseren Erlebnissen. Auch Herr Kellermann taucht erstmals im Gespräch auf.
»Ja, er ist wirklich begabt«, sagt Ina, »das Stück ist sehr

nett, Sie werden ja sehen, gnädige Frau. Und Margit hat ihm sooo geholfen! In der Unterhaltung mit ihr kommen ihm immer die besten Einfälle. Sie kann so verständnisvoll zuhören, das ist es.«
Sie sagt es auf die typische Ina-Art, ganz ernst und sachlich, doch mit so einem kleinen hintergründigen Unterton, der erkennen läßt, daß sie sich eine ganze Menge dabei denkt, außer dem, was sie sagt.
Margit wird auch prompt rot, wir kichern.
»Ist ja alles Unsinn«, sagt Margit verlegen. »Mutti, du mußt nicht darauf hören, es sind alles furchtbare Gänse.«
Die Mutti gibt ihr einen schrägen Blick von der Seite, dann lächelt sie ein wenig. »Na, ich werde ihn ja kennenlernen, den Dramatiker. Und dich werde ich also dann morgen als Schauspielerin bewundern. Hoffentlich kommst du mir nicht mit der Idee, das als Beruf zu wählen.«
»Nein, bestimmt nicht«, Margit schüttelt energisch den Kopf. »Ich hab' gar kein Talent. Das wirst du merken, wenn du Feli daneben siehst.«
Das ist ja nun weiß Gott ein wenig boshaft von der guten Margit. Sie weiß genau, daß sie besser ist als Feli, wir und auch Kellermann haben es ihr oft genug gesagt. Und natürlich freut es sie, das ist ja klar. Daher kann sie gegen Feli großzügig sein. Und wie gesagt ein bißchen boshaft.
Wir grinsen. Feli natürlich nimmt es todernst. Sie sagt gönnerhaft: »Ach, laß man, Margit, du machst es wirklich recht nett. Für einen Laien ist das bestimmt nicht so einfach.«
Für einen Laien! Als ob sie schon bei Gründgens engagiert gewesen wäre. Das muß man doch erlebt haben.
Nach einer Weile gongt es, und wir setzen uns in Bewegung, um zum Kaffee hinunterzugehen. Margits Mutter seufzt ein bißchen. »Na los«, sagt sie. »Sind sehr viel Lehrer da? Ich komme mir fast selber wie ein Schulmädchen vor.« Sie guckt in den Spiegel, fährt sich mit dem Kamm durchs Haar und streicht den Rock ihres blauen Sommerkleides glatt. Dann gehen wir los.
Und jetzt passiert etwas. Wie wir draußen an die Treppe kommen, sehen wir Valeska, die eben von oben herunterkommt, langsam, schlendernd, mit ihrem aufreizenden Gang, in einem ganz engen, sandfarbenen Jerseykleid, das

ihre gute Figur wirkungsvoll betont. In München war sie wohl beim Friseur, ihr Haar ist frisch getönt, ein wenig röter noch als sonst, und toll frisiert, nicht wie sonst eng am Kopf anliegend und glatt aus dem Gesicht gekämmt, nein, sie hat es kürzer schneiden lassen, es liegt in weichen Wellen über ihren Ohren, und ein paar kecke Locken sind in die Stirn frisiert. Es macht sie jugendlicher, noch aparter und sehr, sehr verführerisch. Bork wird Augen machen.
Margits Mutter redet gerade was mit Ina und schaut nicht auf, aber Margit sieht Valeska kommen und ruft: »Da kommt Frau Loring, Mutti, darf ich dich mit unserer Turnlehrerin bekannt machen?« Wie immer wirkt es vollkommen fehl am Platz, Valeska als Lehrerin zu bezeichnen. Sie ist alles andere, nur keine Lehrerin, nicht mal eine Turnlehrerin. Sie sieht aus, wie aus einem Modejournal geschnitten.
In dem Moment ist Valeska am Fuß der Treppe angekommen, und auch Margits Mutter ist da angelangt. Sie blickt auf mit einem Lächeln und sagt: »Ach, Frau Loring? Ich habe schon gehört . . .«
Doch da erstirbt das Lächeln in ihrem Gesicht, ihre Augen werden groß und ungläubig, sie wird blaß. Es ist geradezu gespenstisch zu sehen, *wie* blaß sie wird. Das Blut weicht aus ihren rosigen Wangen, daß sie plötzlich weiß sind wie ein Leintuch, selbst ihre Lippen erscheinen fahl. Und in diesem weißen Gesicht steht ein so fassungsloses Staunen, ein so grauenhaftes Erschrecken, daß ich direkt körperlich mitfühle, was für einen Schlag das Herz dieser Frau eben empfangen hat. Ich weiß nicht, warum, und ich weiß nicht, wieso, aber ich empfinde ganz deutlich, daß es etwas sehr Schlimmes ist, sehr schlimm für Margits Mutter.
Auch Valeska lächelt nicht mehr. Nur einen Schritt getrennt stehen sich die beiden Frauen jetzt gegenüber. Valeska ist ein wenig größer, und obwohl der Blick ihrer grauen Augen jetzt steinkalt ist, sieht sie immer noch atemberaubend aus. Margits Mutter, die eben noch eine reizende hübsche Frau war, ist verblaßt, ist gar nicht mehr da, ihr Haar ist nicht mehr blond, ihre Augen haben das strahlende Blau verloren, sie sieht nicht mehr jung und mädchenhaft aus. Sie ist wie erloschen gegenüber der anderen, die vor ihr steht. Aber sie weicht nicht zurück. Ihr Blick

liegt fest in Valeskas Blick, und dann schließen sich ihre bebenden Lippen fest zusammen. Ganz schmal werden sie, ganz weiß, die weiche Linie ihres Mundes ist verschwunden.

Wir stehen alle erschrocken und verständnislos dabei und wissen nicht, was wir davon halten sollen. Nur Margit stößt ein leises entsetztes: »Oh!« aus.

Das dauert natürlich nur ein par Sekunden. Valeska ist die erste, die sich faßt. Sie löst ihren Blick aus den Augen der anderen Frau, läßt ihn flüchtig über uns gleiten, dann lächelt sie, nur ganz wenig mit dem Mund, gerade daß sie die Oberlippe hochzieht, was ihr ein hochmütiges Aussehen gibt.

»Das ist schön, gnädige Frau, daß Sie uns mal besuchen«, sagt sie. »Da wird sich Margit sehr freuen. Wir sehen uns ja noch.« Und ohne daß sie den Versuch gemacht hätte, Margits Mutter die Hand zu geben, geht sie mit einem leichten Kopfnicken an uns vorüber zur Treppe, die ins Erdgeschoß führt.

Wir sehen ihr alle nach. Langsam, schlendernd, wie zuvor, den rotbraunen Kopf hoch erhoben, geht sie nun auch die zweite Treppe hinunter. Nichts hat sie erschüttert. Oder doch? Der Ausdruck ihrer Augen hat sich auch verändert, ein wenig blaß war sie ebenfalls geworden. Aber keiner wird es ihr länger als eine Minute ansehen.

Wir werfen einen scheuen Blick auf Margits Mutter und wissen nicht, was wir sagen sollen. Margit hat ihren Arm unter den ihrer Mutter geschoben und fragt ängstlich: »Mutti, was ist denn los? Kennst du sie denn?«

Sie hebt den Kopf und schaut an ihrer Tochter vorbei, auf die leere Treppe vor ihr und sagt dann langsam: »Ja, ich kenne sie.«

Darauf entsteht wieder ein betretenes Schweigen. Ich lasse meinen Blick schnell mal über alle Gesichter flitzen. Margit schaut ratlos und ganz verzweifelt drein, Pat mitleidig, und Ina macht wie immer ein Gesicht, als wisse sie genau Bescheid. Nur Feli, die Künstlerin natürlich, sieht so dämlich drein wie stets.

»Ja, was machen wir?« fragt Margit. »Willst du nicht hinuntergehen? Soll ich dir den Kaffee hinaufbringen? Oder . . .«

Aber Ina, die wieder mal aussieht, als sei sie viel älter und vernünftiger als wir alle, tritt neben Margits Mutter und sagt leise und warm: »Dazu würde ich nicht raten. Gehen wir doch hinunter, als wenn nichts gewesen wäre. Sie haben doch bestimmt keinen Grund, gnädige Frau, sich zu verstecken.«
Margits Mutter sieht sie an, sie hebt den Kopf ein wenig höher und sagt: »Sie haben recht, Ina, ich habe keinen Grund, mich zu verstecken. Gehen wir hinunter.«
»Aber . . .«, beginnt Margit. Doch wir haben uns alle schon in Bewegung gesetzt, und Margits Mutter in unserer Mitte, als müßten wir sie schützen, kommen wir die Treppe hinunter und in die Diele.
Unten kommt uns die Fränze mit dem Franz entgegengeschossen, sie hat ihn wohl eigenhändig herbeigeholt, damit er Margits Mutter begrüßt. Während dieser Zeremonie flüstert mir Ina zu: »Was sagste?«
»Na weißte, das ist ja ein Ding.«
»Jede Wette, daß sie es ist.«
»Du meinst, die, wo . . .«
»Ganz recht. Valeska war es. Sie hat sich den Alten geschnappt. Was anderes kann es gar nicht sein. Mensch, so ein Pech, die muß sie ausgerechnet hier treffen.«
»Und die beiden haben sich so auf das Wiedersehen gefreut. Schau, wie sie aussieht. Und Margit guckt auch ganz verstört.«
»Wir müssen vor allen Dingen dafür sorgen, daß sonst niemand etwas merkt.«
»Ob Margit es kapiert hat?«
»Na, so blöd kann sie ja nicht sein. Aber wie bringen wir Feli dazu, die Klappe zu halten?«
»Ich weiß. Ich werde ihr sagen, wir pfeifen morgen bei ihrem Auftritt, daß die Kulissen einstürzen, wenn sie irgend jemand ein Wort von der Begegnung eben erzählt.«
»Das ist gut, Pony. Los, jetzt gehen wir rein.«
Margits Mutter sitzt bei uns am Tisch. Sie ißt kaum von dem Kuchen, den Kugelchen schon für das Fest gebacken hat, und sie trinkt nur eine Tasse Kaffee. Jedesmal wenn sie die Tasse hebt, habe ich Angst, sie läßt sie fallen, so zittert ihre Hand. Aber sonst kann ihr keiner was anmerken, sie ist wieder ganz ruhig, sie redet mit uns, gibt Antwort,

lächelt. Wir geben uns alle Mühe, sie abzulenken, wir schwatzen das Blaue vom Himmel herunter, erklären ihr alles rundherum, geben Beschreibungen unserer Mitschülerinnen, erzählen Geschichten von den Lehrern, von Franz und Fränze. Von Valeska redet natürlich niemand. Und keiner schaut hinüber zu dem Ecktisch, wo sie zwischen dem alten Roß und Kellermann sitzt. Nicht lange übrigens. Sie trinkt auch nur eine Tasse Kaffee und verschwindet dann. Wir atmen irgendwie erleichtert auf. Immerzu hatten wir Angst, es könnte noch etwas passieren. Jetzt bin ich bloß gespannt, wie das weitergeht. Wird denn Margits Mutter überhaupt zu unserem Fest kommen, so wie die Dinge jetzt liegen? Wie gesagt, das wird ein heiteres Fest, die Fränze verbiestert, der Franz belämmert, die Geschichte mit Margits Mutter, Marcelle ebenfalls unglücklich, und dazu der mißgestimmte Bork, na, es langt. Mir fällt Stephan Jorgen wieder ein. Vielleicht ganz gut, daß er nicht kommt. Ich hätte ja doch kaum Zeit für ihn.
Margit sitzt auch da wie ein Huhn, wenn es donnert. Sie redet kaum mehr ein Wort. Ich gebe ihr einen Schubs. »Mach nicht so ein Gesicht, Mensch. Wir müssen Haltung bewahren.«
Sie flüstert: »Kannst du das verstehen, Pony?«
»Ich kann mir's ungefähr zusammenreimen. Wenn du nachher mit deiner Mutter runtergehst, wird sie dir's schon erzählen.«
»Sie hat nie davon gesprochen.«
»Heute wird sie schon. Du bist ja schließlich jetzt erwachsen genug, es zu verstehen. Und benimm dich ja nicht blöd, hörst du. Du mußt ihr helfen. Die anderen brauchen nichts zu merken.«
»Sie wird morgen nicht kommen wollen.«
»Na, wenn sie nicht will, dann laß sie in Frieden. Aber besser wäre es, sie kommt. Wir werden das schon deichseln.«
Gegen Ende der Kaffeestunde gibt es noch ein Durcheinander. Ganz überraschend kommen Burgls Eltern. Sie hatten geschrieben, sie wüßten es noch nicht bestimmt. Aber jetzt fahren sie in einem dicken Wagen vor, Burgl stürzt hinaus, und es gibt ein großes Hallo. Sie haben eine Wurstfabrik irgendwo. Und so sehen sie auch aus, rundlich und vergnügt alle beide, jetzt sieht man, woher Burgl ihre Figur

hat. Nochmal geht eine große Begrüßerei los, Franz muß abermals antreten. Burgl strahlt. Sie singt doch morgen, das habe ich ganz vergessen zu erzählen. Sie ist gewissermaßen unsere Sängerin. Fräulein Bayer findet, daß sie eine gute Stimme hat. Ich finde es zwar nicht, sie quetscht die Töne immer so, und ansehen darf man sie überhaupt nicht dabei, sonst kriegt man einen Lachkrampf. Immerhin steht sie morgen mit zwei Schubert-Liedern auf dem Programm. Die Bayer hat sie mühevoll und endlos mit ihr einstudiert. Da müssen ihre alten Herrschaften natürlich dabeisein.
Nach dem Kaffee schleppen wir Margit und ihre Mutter in den Park. Sie muß doch abgelenkt werden. Wir müssen ihr alles zeigen, sagen wir. Schließlich landen wir beim ›See der Lilofee‹, sitzen eine Weile auf der Bank beziehungsweise im Gras, denn alle haben wir nicht Platz. Margits Mutti scheint jetzt wieder gefaßt, sie redet mit uns, als ob nichts wäre. Aber sie täuscht uns nicht. Sie sieht nicht mehr so hübsch und jung aus wie vorher. Keiner würde die beiden noch für Schwestern halten. Sie hat jetzt zwei Falten zwischen Nase und Mund, und ihre Augen blicken unglücklich. Sie tut uns sehr leid.
Als wir zum Haus zurückkommen, steuert Kellermann auf uns zu. Natürlich fängt er gleich an, von dem Stück zu reden, und wie gut Margit ihre Sache macht.
»Ich bin schon sehr gespannt auf die Aufführung«, sagt Margits Mutti lächelnd. Also wird sie morgen doch wohl kommen. Kellermann verbeugt sich zum Abschied tief, mit roten Ohren. Margit lächelt ihn schüchtern an.
Dann bringen wir Mutter und Tochter zum Tor. Sie gehen jetzt hinunter nach Starnberg, und Margit wird unten mit ihrer Mutter zu Abend essen.
Ich kneife sie zum Abschied. »Mach's gut«, sage ich. »Und benimm dich nicht wie ein Gör. Du mußt ihr helfen. Sie muß merken, daß sie eine erwachsene Tochter hat.«
Schweigend und sehr nachdenklich gehen wir anderen zurück. Feli hatte ich schon vorhin nach dem Kaffee bearbeitet. Blöd, wie sie ist, hat sie sich natürlich keinen Vers darauf machen können.
»Sie scheinen sich zu kennen, nicht?« fragt sie.
»Es scheint so. Aber das braucht niemand zu wissen.«
»Warum nicht?«

»Eben nicht. Und wenn du die Klappe nicht hältst, weißt du, was dir passiert.«
Am Abend erfahren wir dann von Margit, daß unsere Vermutung richtig ist. Valeska ist die Frau, wegen der Margits Vater sie verlassen hat.
»Mutti hat sie damals einmal gesprochen«, sagt Margit mit zitternden Lippen, »und sie soll sich sehr abscheulich benommen haben. Mein Vater muß ganz verrückt nach ihr gewesen sein.«
»Aber anscheinend hat er sie doch nicht geheiratet?«
»Nein. Valeska hat ihn dann wieder sitzenlassen. Wegen eines anderen. Sie muß sehr viel mit Männern . . ., ich meine, sie hat wohl immer wieder . . .«
»Sie ist ein Miststück«, sagt Ina. »Eine Abenteurerin. Möchte bloß wissen, wie die jetzt hier gelandet ist.«
»Und warum ist dein Vater nicht zu euch zurückgekommen?« frage ich.
»Nein«, sagt Margit und macht jetzt auch einen ganz schmalen Mund. »Nein. Das geht wohl nicht. Möchtet ihr einen Mann wiederhaben, nachdem – nachdem . . .«
Wir schütteln übereinstimmend den Kopf. Obwohl . . . Ich überlege. Warum eigentlich nicht? Wenn sie ihn doch noch liebt. Und Margit ist auch da. Könnte man dann nicht vergessen und verzeihen? Natürlich wenn er sich nicht zu gemein benommen hat. Aber das kann ich Margit nicht fragen. Und so genau wird sie es wohl auch nicht wissen.
»Und wo ist er jetzt?«
»Er ging dann nach Südamerika. Er ist doch Ingenieur, und er hat da wohl eine Stellung gefunden. Es soll ihn tief getroffen haben, daß Valeska ihn verließ.«
»Na, das war nur die gerechte Strafe. Da hat er gleich mal gesehen, wie das tut. Und habt ihr nie wieder von ihm gehört?«
»Am Anfang mal. Jetzt lange nicht mehr.«
Hm. Schade, daß ich das nicht gewußt habe. Herr Jorgen fährt ja auch nach Südamerika. Ich hätte ihn beauftragen können, mal nach Margits Vater zu sehen und zu schauen, was das für ein Kerl geworden ist. Vielleicht ist er vernünftiger geworden, und man könnte ihm erlauben, zurückzukommen. Wäre doch eigentlich für alle Teile das beste.

Freilich, ob Jorgen ihn gefunden hätte? Südamerika soll ja ziemlich groß sein.
»Wo denn in Südamerika?« frage ich.
»Wo?«
»Na ja, wo. Südamerika hat doch viele Staaten.«
»Venezuela, glaub' ich«, sagt Margit.
Ob ich mal schnell zu Jorgen runtersause? Aber es ist schon gleich zehn. Und er wird ja mit seiner Reise zu tun haben. Und das Frauenzimmer wird auch bei ihm sein. Vielleicht klappt es morgen mal schnell.

Erste Hälfte vom Fest

Das Fest muß ich teilen, weil allerhand passiert. Geteilt kann ich es besser übersehen. Erste Sorge: Ist das Wetter schön? Jawohl, es ist. Früh ein bißchen diesig, aber das ist ja nur ein gutes Zeichen, und wirklich, bis mittags strahlt die Sonne vom blauesten Himmel, den man sich denken kann. Wir haben natürlich alle schrecklich viel zu tun. Die Dekorationen kriegen noch den letzten Pfiff, wobei wir alle sehr aufgeregt und munter sind. Das heißt alle nicht. Margit macht den ganzen Tag ein trübes Gesicht.
»Mensch, nimm dich doch zusammen«, sage ich. »Du mußt deine Mutti aufheitern. Es wird sowieso nicht einfach für sie sein, wenn sie heute heraufkommt.«
»Sie wäre am liebsten nicht gekommen.«
»Kann ich verstehen. Aber wenn sie nun mal kommt, müssen wir tun, als wenn nichts wäre. Du auch.«
Margit vertraut mir an, daß sie nach den Ferien wahrscheinlich nicht wieder nach Franzenshöh kommen wird. Irgendwie ist es ja verständlich, wenn ihre Mutti nicht will, daß sie länger hier bleibt. Es wäre ja auch für Margit eine ständige Belastung, nun da sie weiß, wer Valeska ist.
Valeska spricht sie am Vormittag mal an wegen irgendeiner Bagatelle. Aber Margit gibt ihr keine Antwort, dreht sich um und geht weg. Na bitte, das ist doch kein Zustand. Valeska bleibt auf dem Fleck stehen und sieht ihr nach. Dabei nagt sie an ihrer Unterlippe. Für sie ist es scheußlich peinlich. Und komisch, ein wenig tut sie mir leid. Warum gibt man immer nur den Frauen die Schuld? Schließlich

hat ein Mann genausoviel Schuld. Und in diesem Fall noch mehr. *Er* war verheiratet und hat Frau und Kind verlassen.
Valeska sieht meinen Blick. Sie lächelt ein wenig schief.
»Das Leben ist manchmal etwas kompliziert«, sagt sie.
»Ja«, sage ich. Und im stillen setzte ich hinzu: Wenn man so schön ist wie du und soviel Temperament hat, besonders.
Marcelle hat den kleinen Zwischenfall übrigens auch beobachtet. Wir sind ja im Moment alle dabei, die Tombola aufzubauen. Sie blickt Valeska nach, die ohne weitere Erklärung ihre Arbeit unterbricht, zur Terrasse geht, sich auf die oberste Stufe setzt und sich nachdenklich eine Zigarette anzündet.
Marcelle sieht mich kurz an, aber ich mache ein undurchdringliches Gesicht. Ja, meine Liebe, du möchtest gern wissen, was los ist. Das würde dich bestimmt interessieren. Aber das bleibt unter uns.
Im Haus ist ein Lärm wie auf dem Jahrmarkt, überall klopft und hämmert es. Die Künstler sind alle mit sich beschäftigt, Feli macht Sprachübungen, Burgl singt Tonleitern, und die Musikanten spielen noch mal ihre Stücke durch. Ich kann schon alles auswendig und könnte mühelos das ganze Programm allein bestreiten.
Das Mittagessen fällt flach, es gibt heute nur Stullen. Die Fränze läuft mit einem Gesicht herum, als bereite sie ein Leichenbegängnis vor. Franz kümmert sich um den ganzen Trubel überhaupt nicht. Als ob es ihn nichts anginge.
Und dann ist es soweit. Wir sind alle angezogen, bewundern uns in unserem Staat, und dann treffen auch schon die ersten Gäste ein.
Zuerst steigt die Kaffeetafel auf dem Rasen hinter dem Haus. Berge von Kuchen sind da, aber das ist notwendig. Es ist kaum zu glauben, was die Jungens für Kuchen verdrücken. Wir haben natürlich auch keinen schlechten Appetit. Ich habe von Anfang an diesen dußligen Dieter an meiner Seite, der sich endgültig als mein Kavalier aufspielt. Möchte nur wissen, wer ihm das erlaubt hat. Sogar ein Kompliment macht er mir. Er sagt: »Mensch, Pony, du siehst aber süß aus.«
Ina, die es gehört hat, erstickt bald an ihrem Kuchen. Er

bekommt einen roten Kopf und stopft sich auch den Mund voll Kuchen.

Ich bin natürlich ein bißchen geschmeichelt. Nur ein bißchen, aber immerhin. Tut einem doch ganz gut, so was zu hören.

Wir haben Margits Mutti wieder in unsere Mitte genommen und versuchen alles, um sie zum Lachen zu bringen. Ihr Gesichtsausdruck ist ein wenig starr. Und immer wieder, ohne daß sie es vielleicht will, geht ihr Blick zu Valeska hinüber, die uns schräg gegenübersitzt und eine etwas gelangweilte Miene zur Schau trägt. Sie sieht wieder phantastisch aus. Sie hat ein Kleid aus zartgelbem Chiffon an, ganz einfach gearbeitet. Aber es sieht aus wie ein Modellkleid. Wo sie nur das Geld für so was her hat? Soviel verdient sie hier ja schließlich nicht.

Außer ihr ist natürlich wieder Rita der Höhepunkt, ganz in weißem Organza, mit nackten Schultern, und mit ihrer gewohnt hochmütigen Miene. Für die Jungens vom Gleis hat sie natürlich keinen Blick, die sind für sie Luft. Gegen halb sechs trifft dann ihr Knülch ein, der Herr Beck aus München. Er betrachtet sie bewundernd, küßt ihr die Hand und hat ihr Blumen mitgebracht. Ein Getue. Schließlich ist sie auch nur Schülerin hier, genau wie wir. Übrigens sieht man wieder mal, Valeska kann es nicht lassen, sie schlendert zu den beiden und ist bald in ein angeregtes Gespräch mit Herrn Beck vertieft, auf den sie ihre Wirkung auch nicht verfehlt. Es ist ein hübsches Bild, die beiden Frauen nebeneinander, die eine so jung, kühl und blond, und die andere voller Leben und Blut, ein ganz anderer Typ, von dem Zauber der erfahrenen Frau umgeben. Und so charmant. O ja, Valeska kann unerhört charmant sein. Herr Beck wird immer eifriger, er beugt sich zu ihr hinüber, gibt ihr Feuer für ihre Zigarette und lauscht aufmerksam, wenn sie was sagt. Rita verzieht keine Miene dabei. Ich an ihrer Stelle wäre etwas beunruhigt. Denn wenn ich die Wahl hätte, ich würde Valeska vorziehen, trotz allem, was ich von ihr weiß. Was uns am meisten irritiert, ist die Abwesenheit von Bork. Er ist bis jetzt nicht gekommen. Kneift er etwa? Aber nein, bei der zweiten Nummer sehe ich ihn im Hintergrund aufkreuzen, sehr elegant in einem ganz hellen grauen Anzug. Fabelhaft sieht er aus.

Ja, also das Programm hat angefangen. Wir haben mit unserem Chor begonnen, dann spielt ein Junge vom Gleis was auf dem Klavier. Von Schubert soll es sein. Gehört auch Phantasie dazu, das zu erkennen. So spiele ich auch. Dann kommt Burgl mit ihren Liedern. Sie ist schrecklich aufgeregt, quetscht die Töne noch mehr als sonst und tremoliert ganz furchtbar. Aber das Elternpaar strahlt über das ganze Gesicht und birst bald vor Stolz. Sicher sehen sie das Kind schon als Primadonna. Na, mit der gutgehenden Wurstfabrik im Hintergrund macht's nichts, da kann sie es ja ruhig probieren.
Immer mehr Leute sind inzwischen gekommen, doch ein ganzer Haufen Eltern und sonstige Anverwandte, und dann Leute von Starnberg. Franz kommt kaum zur Ruhe, immerzu muß er jemanden begrüßen. Die meisten hören sich das Programm an, das immer weitergeht. Mich interessiert es weniger. Erstens kenne ich sowieso alles schon, und zweitens habe ich zu viel zu gucken. Ich habe jetzt Gott sei Dank Ruhe, ich komme erst beim Stück wieder dran, das nach der Pause steigt. Das dauert noch gut eine Stunde.
Bork hat nicht Kaffee getrunken. Er lehnt im Hintergrund an einem Baum, und, gucke da, Valeska hat sich zu ihm gesellt. Sie spricht leise auf ihn ein. Er sieht sie nicht an, aber er hört offensichtlich zu. Seine Miene ist nachdenklich. Rein gewohnheitsmäßig schaue ich mich nach Marcelle um. Natürlich, das habe ich mir doch gedacht. Sie sitzt zwar auf der anderen Seite des Rasens, aber sie schaut zu den beiden hinüber. Und Margits Mutter schaut auch hin. Und wie ich weiter Umschau halte, sehe ich noch mehr Blicke, die auf die beiden gerichtet sind. Franz sieht hin und die Fränze auch. Ist Franz eifersüchtig auf Bork?
Ich habe das Gefühl, die ganze Luft knistert vor Spannung. Jetzt sind sie alle hier beieinander, und es müßte drollig sein, in ihre Köpfe und ihre Herzen zu schauen. Mein Blick begegnet dem von Ina. Auch sie hat sich umgeschaut.
Sie beugt sich zu mir herüber und flüstert: »Es müßte eigentlich ein Gewitter geben. Lauter verborgene Leidenschaften, irgendwann muß sich das mal entladen, was meinst du?«

»Aber nicht gerade heute.«
»Heute«, sagt Ina bestimmt. »Sie sind alle so schön beieinander.«
Inzwischen hat Franz das Podium bestiegen und hält eine kleine Begrüßungsansprache, da man annimmt, daß jetzt alle Gäste da sind. Dann spricht auch noch der Chef vom Gleis. Aber sie machen es alle beide kurz.
Alles löst sich jetzt in zwanglose Gruppen auf, promeniert hin und her, die Eltern biedern sich gegenseitig an oder palavern mit den Lehrern, ein paar von uns und ein paar von den Jungens spielen irgendwelche idiotischen Spiele. Das kalte Büfett wird erst nach dem Theater eröffnet, aber an der sogenannten Bar gibt es schon was. Coca und Limonade für uns, Gin-Tonic, Campari und Bier für die Großen. Pat, Ina und Gertrude betätigen sich als Bardamen, machen sich gar nicht schlecht. Ich und zwei andere fangen an, die Lose für die Tombola zu verkaufen.
Ich steuere natürlich sofort auf Bork zu. »Sie nehmen doch auch ein paar, Herr Doktor? Wir haben prima Gewinne, haben Sie sie schon gesehen?«
»Nein«, sagt er abwesend. Aber dann sieht er mich doch an und lächelt. »Aber du siehst ja reizend aus, Pony.«
Na, ein Kompliment von Bork, das ist eine andere Sache als von dem doofen Dieter. Ich werde vor Freude rot. Valeska, die immer noch neben ihm steht, lächelt. »Ja«, sagt sie, und es klingt geradezu herzlich, »das finde ich auch.«
Ich mache einen Knicks und sage artig: »Danke.«
Sie kaufen beide ein paar Lose, und dann muß ich wieder abziehen. Leider.
Wie ich mich gerade nach neuen Opfern umsehe, entdecke ich etwas, was mein Herz einen richtigen Hopser tun läßt. Um die Hausecke taucht doch wahrhaftig Stephan Jorgen auf. Er kommt langsam herbei, eine Zigarette im Mund, die Hände etwas formlos in den Taschen. Ich vergesse den Losverkauf und stürze ohne weiteren Aufenthalt auf ihn zu.
»Ach! Sie sind doch gekommen? Das ist prima.«
Er lacht mir entgegen, wirft die Zigarette ins Gras und streckt mir die Hand entgegen. »Ja, wider alle Vernunft. Aber ich mußte dir doch adieu sagen.«
»Sie dürfen mich doch hier nicht duzen.«

»Ich weiß schon. Aber im Moment hört es ja keiner. Freust du dich, daß ich gekommen bin?«

»Ja«, sage ich, »ich freue mich mächtig.«

Ich stehe vor ihm und sehe ihn an. Ich freue mich wirklich ganz schrecklich. So, daß ich Herzklopfen habe. Und er gefällt mir jedesmal besser. Er sieht beinahe so gut aus wie Bork. Oder eigentlich genauso. Wenn er auch mindestens zehn Jahre jünger ist. Braun ist er, seine Haare sind dunkelblond und seine Augen graublau, ich sehe das alles heute erst richtig, und wenn er lacht, hat er zwei interessante Falten auf der Wange, und sein Lachen ist überhaupt so nett und . . . Himmel, ich werde mich doch nicht in ihn verliebt haben? Aber das ist unmöglich, ich liebe doch Bork. Man kann natürlich auch zwei Männer lieben. Männer lieben ja oft auch zwei Frauen.

Er schaut auf die Wiese vor uns, auf der alles munter durcheinandertrudelt. »Muß ich mich jetzt da hineinstürzen, Pony? Ich kenne doch keinen Menschen, und mich kennt auch niemand.«

»Na, die beiden kennen Sie doch jedenfalls«, ich weise mit einer Kopfbewegung hinüber zu Bork und Valeska, die halb von uns abgewendet stehen und Stephan nicht entdeckt haben.

»Na ja, schon«, sagt er. »Aber ich komme doch zu dir, nicht? Und ich habe sowieso nur eine halbe Stunde Zeit. Wenn Valeska mich gesehen hat, belegt sie mich sofort mit Beschlag. Können wir uns nicht seitwärts in die Büsche schlagen?«

Mein Herz klopft wieder, oder immer noch, eher noch schlimmer.

»Oh«, sage ich, »ja aber . . .«, und dann kann ich mir nicht helfen: »Möchten Sie denn Ihre Freundin Leska nicht begrüßen?«

»Nicht unbedingt«, sagt er lachend. »Ich möchte nur mit dir noch ein wenig plaudern.«

Es ist wunderbar. Ich bin sicher, kein Mensch hier auf dem Fest erlebt so etwas Schönes wie ich. Ich bin richtig glücklich.

»Du machst auf einmal so ein ernstes Gesicht«, sagt er.

»So?« sage ich. Das ganze Fest ist mir auf einmal egal.

»Aber die Lose?«

»Was für Lose?«
»Hier.« Ich halte ihm mein Körbchen entgegen. »Ich muß doch die Lose für die Tombola verkaufen.«
»Die nehme ich.«
»Alle?«
»Alle.«
»Aber Sie sind doch gar nicht mehr da, wenn sie gezogen werden.«
»Macht ja nichts. Dann sind es eben deine. Oder du verkaufst sie nachher noch mal. Ist doch egal.«
Ja, ist egal. Alles ist egal. Ich hänge mir das Körbchen über den Arm, und wir verschwinden wieder um die Hausecke. Aber hier vorn ist auch Betrieb. Überall sind Leute.
»Wo gehen wir hin?« fragt er.
»Ich weiß. Zum See der Lilofee. Da ist jetzt sicher keiner.«
Wir müssen um die Wiese einen Bogen schlagen, weit genug, daß uns niemand sieht. Ich gehe voran, er hinter mir. Hoffentlich ist niemand am See.
Nein, dort ist jetzt keiner. »Wie romantisch«, sagt er. »Gerade der richtige Platz für ein Stelldichein. Wie nennst du das?«
»See der Lilofee. Die wohnt da drin.«
»Ach so.«
»Jetzt sieht es ja ganz normal aus, aber abends ist es immer ziemlich geheimnisvoll hier.«
»Hm, kann ich mir vorstellen.«
Wir stehen eine Weile am See. Dann sieht er mich an, von oben bis unten, und dann sagt er: »Weißt du, daß du ganz entzückend aussiehst in diesem Kleid?«
»Ja?« frage ich, und mir ist ganz komisch zumute. Außerdem ist das das dritte Kompliment, das ich heute bekomme. Irgendwas muß also dran sein.
»Ja, wirklich«, bestätigt er. Und dann guckt der freche Kerl doch direkt in mein Dekolleté. »Wie eine richtige kleine Frau.«
Natürlich werde ich rot. Zu dumm, daß einem das immer passieren muß.
Er lacht, aber nur ein bißchen, und gar nicht spöttisch wie sonst. Er legt seine Hand um meinen Arm, weist zur Bank hin und sagt: »Setzen wir uns ein bißchen?«
Ich nicke nur stumm. Mir ist immer noch so komisch zu-

mute. Seine Hand auf meinem nackten Arm zu fühlen, ist ein ganz merkwürdiges Gefühl. Es ist wie ... – nein, ich kann es nicht beschreiben. Ich möchte meinen Arm wegziehen, und gleichzeitig wünschte ich, er würde meinen anderen Arm auch noch anfassen.

Aber er läßt mich los, als wir uns setzen. »Zigarette?« fragt er.

»Ja, gern.« Ich blase den Rauch in den blauen Himmel und sehe ihm nach. Bis an mein Lebensende könnte ich hier so mit ihm sitzen.

»Du bist so still auf einmal«, sagt er.

»Ja. Sie reisen also heute?«

»Ja, ich reise heute. Tut es dir ein wenig leid?«

»Hm«, sage ich. »Für ein ganzes Jahr?«

»Vermutlich. Wirst du noch hier sein, wenn ich wiederkomme?«

»Sicher doch.«

»Dann bist du ein ganzes Jahr älter.«

»Ja.«

»Ich betrachte das als einen Vorteil.«

»So?«

»Ja.«

Ich sehe ihn an, und er sieht mich an. Richtig lieb sieht er mich an, seine Augen lächeln ein wenig. »Ich hoffe, du wirst mich nicht ganz vergessen.«

»Bestimmt nicht. Außerdem können Sie mir ja mal schreiben.«

»Das kann ich.«

»Und überhaupt«, fällt mir plötzlich was ein, »ich habe einen Auftrag für Sie.«

»Einen Auftrag?«

»Ja. Sie müssen jemand suchen in Südamerika.«

»Jemand suchen? Wen denn?«

»Einen Herrn Berger. Er ist Ingenieur. Vor ungefähr sechs Jahren ist er hinübergegangen.«

Er zieht die Stirn in Falten. »Und wer ist dieser Herr Berger?«

Ich erzähle ihm schnell von Margit, von ihrer Mutti und von dem verschollenen Vater.

»Ach so«, sagt er. »Und den hat die gute Valeska also auch auf dem Gewissen. Wie stellst du dir das vor, wie ich in

Südamerika jemand suchen soll? Immerhin ist das ein größeres Ländchen.«
»Er ist vermutlich in Venezuela. Und die Deutschen kennen sich doch sicher alle. Oder nicht? Erzählen Sie ihm von Margit und von ihrer Mutti. Und ob es nicht das beste wäre, wenn er zurückkäme. Ich glaube eigentlich, daß sie ihm verzeihen würde.«
»Hm. Na schön. Wenn ich deinen Herrn Berger treffen sollte, werde ich es ihm ausrichten.«
Eine kleine Pause.
Dann frage ich: »Was ist eigentlich mit Valeska und Bork?«
»Was soll mit ihnen sein?«
»Ich dachte, Sie wüßten irgend etwas.«
»Ich weiß gar nichts, du neugieriger Fratz.«
»Liebt er sie denn?«
»Nein«, sagt Stephan Jorgen langsam, »ich glaube nicht, daß er sie liebt. Es sieht manchmal etwas anders aus, als es wirklich ist. Euer heißgeliebter Bork ist nicht gar so ein starker Mann, wie ihr euch einbildet. Außerdem ist das Leben manchmal etwas verwickelt, weißt du.«
»Ja«, sage ich nachdenklich, »ich weiß es. Valeska hat es heute auch gesagt.«
»Was hat sie gesagt?«
»Daß das Leben kompliziert ist. Sie ist nämlich auch nicht glücklich, glaube ich.«
»Das kann sein. Sie hat das Leben am falschen Ende erwischt. Und hat das Glück in der verkehrten Schublade gesucht. So was tut man nicht ungestraft.«
»Und Sie? Lieben Sie sie auch?«
»Gott bewahre. Wie kommst du denn darauf?«
»Ich dachte nur. Damals haben Sie sich doch mächtig gefreut, als Sie sie sahen.«
»Natürlich. Wir haben mal eine ganz nette Zeit zusammen verlebt.«
»Ja, ich weiß. In Nizza. Haben Sie . . ., war sie, ich meine Valeska, war sie damals . . .«
Jetzt legt er den Arm um meine Schultern, schüttelt mich ein wenig und sagt:
»Kleine Mädchen dürfen nicht zu neugierig sein. Alles brauchen sie auch nicht zu wissen, nicht wahr?«

Ich sehe ihn an, sein Gesicht ist ganz dicht vor dem meinen. Eigentlich – eigentlich könnte er mich jetzt ruhig küssen. Aber er tut es nicht. Ich bin für ihn eben ein kleines Mädchen, das ist das ganze Unglück. Aber nächstes Jahr werde ich ein ganzes Jahr älter sein. Und dann ...
Schließlich hat er auch noch die Freundin da bei sich zu Hause. »Was hat denn Ihre Freundin gesagt, daß Sie jetzt noch mal fortgegangen sind?«
»Sie hat gesagt, ich spinne.« Jetzt lacht er wieder.
Sicher hat sie sich geärgert. »Sie ist wohl sehr traurig, daß Sie fortreisen?«
»Das möchte ich doch stark hoffen.«
»Und Arco auch?«
»Ja, der ganz besonders.«
»Was macht er denn so allein?«
»Ach, er hat es nicht schlecht. Paula sorgt gut für ihn. Du kannst ihn ja mal besuchen.«
»Na, ich weiß nicht, ob Paula das mag.«
»Warum denn nicht? Ich werde ihr sagen, daß du mal kommst, um mit ihm spazierenzugehen. Aber wenn ihr in den Wald geht, mußt du ihn an die Leine nehmen. Am besten, du gehst mal mit ihm schwimmen, das macht ihm Spaß.«
»Au ja, das tue ich gern.«
Er sieht auf die Uhr. »Ja, Pony, so leid es mir tut, ich muß wieder weg. Ich habe noch nicht fertig gepackt. Und in München treffe ich noch meinen Redakteur.«
»Ja«, sage ich, »natürlich.« Mir ist ganz schwer ums Herz.
»Mach kein so betrübtes Gesicht«, sagt er. »Ein Jahr geht so schnell vorbei. Du mußt ja auch noch lernen. Aber wenn du erst mal mit der Schule fertig bist, dann ...«
»Was ist dann?« frage ich atemlos.
Er sieht mich an. »Oh, allerhand. Dann beginnt das Leben. Und das Leben ist voller Überraschungen. Du wirst schon sehen.«
»Ja, ich freu' mich auch drauf.«
»Das sollst du auch. Nur einem freudigen Herzen wird Freude wieder zurückgegeben.« Dann läßt er mich los. »Aber deine Lose dürfen wir nicht vergessen. Was bin ich denn da schuldig?«
Wir beginnen die Lose zu zählen, verzählen uns zweimal,

aber schließlich haben wir es so ungefähr heraus. Er gibt mir das Geld, und dann steht er auf.
»Also komm, Pony, gehen wir. Sonst wird es zu spät.«
Ich schaue auf meine Uhr. »Ach herrje, für mich ist es auch höchste Zeit. Ich muß mich umziehen, das Theaterstück geht bald los, und ich komme ziemlich am Anfang dran.«
»Gehen wir also.« Doch unter den ersten Bäumen bleibt er noch mal stehen. »Mach's gut, Pony. Und bleib so, wie du bist. Nächstes Jahr sehen wir uns wieder.«
»Ja«, sage ich.
Er legt beide Hände um mein Gesicht, und jetzt – jetzt wird er mich doch küssen. Ja, er küßt mich, aber nur auf die Stirn. Ausgerechnet auf die Stirn.
»Wie ein Onkel«, sage ich enttäuscht. »Sie wollten doch aber nicht mein Onkel sein.«
»Nein«, sagt er und lacht ein wenig, »nein, das wollte ich nicht. Das will ich eigentlich auch jetzt nicht.«
Und nun neigt er sich noch mal vor und küßt mich auf den Mund, ganz leicht und zärtlich nur. Aber es ist so schön, so wunderschön, nichts auf der Welt könnte schöner sein. Die ganze übrige Welt ist auf einmal nicht mehr da. Es gibt nur noch dieses Gesicht vor mir, dieses fremde, bekannte, geliebte Gesicht. Und diesen Mund, der mich eben geküßt hat. Ich sehe ihn voll Staunen an, und mein Herz ist so voll, ich möchte am liebsten . . .
Aber er läßt mich plötzlich los und sagt kurz: »Komm, wir gehen. Das geht ja nun wirklich nicht.«
Und dann geraten wir auch schon bald unter die anderen Gäste, wir sprechen gar nicht mehr miteinander, wir geben uns bloß zum Abschied die Hand, ganz fest, und dann ist er auf einmal verschwunden. Mir ist, als müßte ich ihm nachlaufen und ihn festhalten und ihm sagen . . . – ja, was denn? Ich weiß es selbst nicht. In mir ist alles vollkommen durcheinander, und ich habe keinen klaren Gedanken im Kopf, ich schwebe wie auf einer Wolke, und er hat mich geküßt, und es ist einfach eine Tatsache, aber ich liebe ihn. Ach!
Auf einmal tritt jemand neben mich. Es ist Valeska. »War das nicht eben Stephan Jorgen?« fragt sie überrascht.
»Ja«, sage ich, noch ganz benommen. »Das war Stephan Jorgen.«

»Ist er denn hier? Ich habe ihn gar nicht gesehen. Was wollte er denn?«
»Er hat nur ein paar Lose gekauft«, sage ich und schwenke mein Körbchen. Ich rede und schaue und denke, aber ich bin gar nicht richtig da.
Jetzt kommt Ina angestürzt. »Mensch, Pony, wo steckst du denn? Wir suchen dich überall. Du mußt dich umziehen. In zehn Minuten geht euer Theater los. Wo warst du denn?«
»Ich? Lose verkaufen.« Gut, daß ich das Körbchen habe. Ina schaut hinein. »Aber es sind doch noch alle drin.«
»Ja. Eben. Hier nimm«, ich drücke ihr das Körbchen in die Hand, »verkaufe du sie noch. Jetzt muß ich sausen.«
Ich lasse die beiden stehen, gehe ins Haus, immer noch ganz abwesend, ziehe mich um, ich schminke mich, höre den anderen zu, rede mit ihnen, lache, plappere die ersten Worte meiner Rolle, amüsiere mich über Feli, die sich benimmt wie vor einer Broadway-Premiere, beruhige Margit, die vor Lampenfieber bibbert, und bei alledem bin ich noch immer nicht richtig da, bin noch immer ganz starr vor Staunen, was da eben mit mir passiert ist. Ich bin erwachsen. Ich bin gar kein Kind mehr. Mein Herz ist auf einmal viel größer geworden. Es muß ein erwachsenes Herz sein.

Zweite Hälfte vom Fest

Meine kleine Rolle bringe ich trotzdem mit Anstand hinter mich. Dann stelle ich mich in die Kulissen, neben Kellermann, und schaue den anderen zu. Der arme Kellermann ist schrecklich nervös, er tritt von einem Bein auf das andere und spricht lautlos den ganzen Text mit. Dabei geht es ganz gut. Wenn auch – ehrlich gestanden – nicht so gut wie bei der Hauptprobe. Feli ist noch unnatürlicher und überdrehter als sonst, einmal bleibt sie sogar stecken, die Diva, und zweimal verspricht sie sich.
»Na, auf deren Schauspielerkarriere bin ich auch gespannt«, flüstere ich Kellermann zu. Er antwortet nicht, er wirft nur einen verzweifelten Blick zum Himmel.
Auch Margit ist nicht so gut wie bei den Proben. Sie erscheint unsicher, nervös und nicht recht bei der Sache.

»Was hat sie denn?« fragt Kellermann mich einmal. »Kummer«, erwidere ich kurz. Auf seinen fragenden Blick füge ich hinzu: »Wegen ihrer Mutter.«
Unserem Publikum gefällt es trotzdem gut, sie lachen ausgiebig, wenn es nur eine kleine Gelegenheit zum Lachen gibt, und einige Male spenden sie freigebig Szenenbeifall. Ich schleiche mich seitwärts hinaus und schaue, was sie für Gesichter machen. Allgemein recht befriedigte und amüsierte. Übrigens habe ich ganz vergessen zu erzählen, daß wir im Freien spielen. Das Wetter hat sich wirklich gehalten, es ist ein warmer, schöner Abend. Wir hatten natürlich auch eine Vorstellung im Haus vorgesehen, für den Fall, daß es regnen sollte. Aber das wäre lange nicht so gut gegangen, vor allen Dingen wäre es sehr knapp mit dem Raum geworden, sowohl für die Spieler als auch für die Zuschauer. Aber nun ist ja alles bestens. Hier draußen können wir uns ausbreiten.
Ich schaue auf meine Uhr. Es ist gleich neun. In einer Viertelstunde ist das Spiel zu Ende, dann wird das kalte Büfett eröffnet, zu trinken gibt es auch was, und dann geht die Tanzerei los. Gestern habe ich mich noch sehr darauf gefreut. Aber heute läßt es mich kalt. Mit wem soll ich denn tanzen? Mit den dummen Jungs vom Gleis etwa? Auch schon ein Vergnügen. Ja, wenn Stephan noch hier wäre. Mit ihm zu tanzen müßte herrlich sein. Sicher tanzt er sehr gut. Ich stelle mir vor, wie es wäre, wenn er mich im Arm hielte, wenn wir im langsamen Gleiten dicht beieinander schweigend tanzen würden. Ja, schweigend und langsam, so stelle ich mir das vor. Nicht das verrückte Gehopse, das mir sonst immer großen Spaß gemacht hat. Jetzt nicht mehr, und nicht mit ihm. Komisch, wie schnell man sich ändern kann. An einem Nachmittag, in einer halben Stunde. Ob das im Leben immer so ist, daß alles sich verändert, durch ein paar Worte, einen Blick, einen Kuß?
Wo mag er jetzt sein? In München, schon am Flugplatz? Eine Besprechung hat er noch, sagte er. Sicher gibt es eine große Hetze und viel Betrieb, ein paar Freunde werden da sein, und dann natürlich auch das blonde Frauenzimmer, das damals bei ihm war. Vielleicht weint sie zum Abschied, und er wird sie küssen. »Sei nicht traurig, Liebling, ich komme ja wieder. Ein Jahr geht schnell vorbei.«

Er wird sie küssen, natürlich. Anders, als er mich geküßt hat.
Mir wird ganz kalt, wie ich mir das alles vorstelle. Und ganz elend. Dann kriege ich eine furchtbare Wut auf mich. Ich bin eine blöde Gans, das ist es. Nichts sonst als eine blöde Gans. Benehme mich wie ein Backfisch aus dem vorigen Jahrhundert. Wegen so eines dummen kleinen winzigen Kusses. War ja nicht mal ein richtiger Kuß. Sicher hat er es schon längst vergessen, denkt überhaupt nicht mehr an mich. Da sind eine Menge anderer wichtiger Dinge, an die er denken muß. Und wahrscheinlich würde er sich totlachen, wenn er wüßte, wie ich mich hier aufführe. Das paßt gar nicht zu mir. Nein, wirklich nicht.
Zeit, daß ich wieder unter Menschen und auf andere Gedanken komme. Ich freu' mich auf das Tanzen nachher, und ganz wild und ausgelassen werden wir tanzen, Rock und Beat und lauter so Zeug. Jawohl. Und mit Bork werde ich tanzen. Nun gerade. Hat er nicht heute nachmittag erst gesagt, ich sehe reizend aus? Überhaupt ist er es ja, den ich liebe. Viel mehr als diesen Stephan Jorgen. Bork ist der Mann meiner Träume, wenn so was überhaupt schon sein muß. Und damit basta!
Wo ist er eigentlich? Ich studiere eifrig unser Publikum. Genau kann ich natürlich nicht erkennen, wer da alles sitzt. Es ist ja dunkel. Nur das Licht, das von der Bühne fällt, erhellt ihre Gesichter. Die ›Bühne‹ ist auf der breiten, langgestreckten Terrasse hinter dem Haus, sonst haben wir die Liegestühle da stehen und ein paar Tische, bei schönem Wetter machen wir nämlich immer draußen Schularbeiten. Na, jetzt ist erst wieder mal eine Weile Ruhe mit der Schule. In den acht Tagen bis zu den Ferien werden wir auch nicht mehr viel arbeiten.
Das Publikum sitzt unten auf dem Rasen. Aber Bork sehe ich nicht. Valeska kann ich auch nicht entdecken. Aha, da haben wir es wieder. Haben die beiden sich einfach verdrückt? Das ist doch unerhört. Übrigens ist Marcelle auch nicht da. Er wird doch nicht mit beiden Damen einen Mondscheinspaziergang machen? Marcelle kann allerdings noch letzte Hand an die Tombola legen. In der ersten Tanzpause werden die Gewinne verkündet. Ob Ina die Lose verkauft hat? Eigentlich gehören sie ja mir. Das

Geld habe ich jedenfalls eingenommen dafür. Wo habe ich es denn überhaupt? Sicher in der Garderobe. Umziehen und abschminken könnte ich mich auch. Zu tun habe ich bei dem Theater nichts mehr. Aber ich will mich mit verbeugen.

Ob Bork schon gegangen ist? Das wäre eine Gemeinheit. Bei seiner miesen Stimmung derzeit wäre es schon möglich. Er wird sich denken können, daß alle Mädchen mit ihm tanzen wollen. Dazu hat er wahrscheinlich keine Lust. Vielleicht ist er auch mit Valeska zusammen fort. Die kann sich ja auch nicht ganz wohl fühlen hier, in der Gegenwart von Margits Mutter.

Jetzt bewegt sich etwas am Rande des sogenannten Parketts. Eine Gestalt kommt unter den Bäumen hervor und setzt sich dann auf einen Stuhl, ganz seitwärts. Dem hellen Kleid und den blonden Haaren nach könnte es Frau Berger sein. Margits Mutter. War sie denn weg? Na, sehr interessiert scheint sie an den Darbietungen ihrer Tochter nicht zu sein. Aber für sie ist es wohl eine Qual, hier zu sein. Sie wird froh sein, wenn das Fest zu Ende ist, wenn sie wieder abfahren kann. Ob sie Margit gleich mitnimmt? Margit wird also nicht zurückkommen. Eigentlich schade. Ich mag sie gern. Bei uns wird dann ein Bett frei. Dann bin ich mit der blöden Feli allein. Ina müßte zu uns ins Zimmer kommen. Aber die trennt sich nicht von Pat. Vielleicht kann ich im neuen Schuljahr mit Ina und Pat zusammen wohnen, das wäre prima. Mal sehen, das wird sich schon deichseln lassen.

Die Zuschauer lachen. Aha, die Kußszene. Na ja, zum Lachen ist die eigentlich nicht gedacht. Aber Felis Partner stellt sich auch immer zu blödsinnig dabei an.

Franz lacht auch. Er sitzt vorn in der ersten Reihe. Ihm gefällt es. Er beugt sich zur Fränze hinüber und flüstert ihr etwas zu. Aber sie verzieht keine Miene. Wie gefroren ist ihr Gesicht. Sie ist ihm immer noch böse. Aber das ist ja bei ihr schon ein Dauerzustand.

So, jetzt ist gleich Schluß. Werde mich noch mal nach Kellermann umsehen. Nachher muß er hinaus und sich verbeugen, unser Dichter. Jedenfalls hat er seine Sache gut gemacht. Mit am besten. Das Stück ist nett. Der kleine Kellermann ist nicht ohne. Man merkt es nur nicht gleich. Ob

er traurig sein wird, wenn Margit nicht wiederkommt? Und Margit? Es hat fast ausgesehen, als ob sie ein bißchen in ihn verknallt wäre. Aber jetzt hat sie wohl andere Sorgen. Ob sie je den Wunsch gehabt hat, den kleinen Kellermann zu küssen? So wie ich den Wunsch habe, Stephan Jorgen zu küssen?
Verflixt, ich wollte nicht mehr an ihn denken. Er ist ja fort. Aber ich möchte ihn wiedersehen, und ich möchte ... Ach Unsinn, Schluß jetzt damit. Der Teufel soll die ganze Liebe holen. Ist ja doch bloß alles Einbildung. Man muß über diesen Dingen stehen. Pony, hörst du! Man muß darüber stehen.
Na also, es ist ein Erfolg. Wir haben eine Menge Applaus. Ich halte Kellermann an der Hand, und wir verbeugen uns mit den anderen zusammen immer wieder. Die Leute sind geradezu begeistert.
Ich kneife Kellermann vor Begeisterung in den Arm. »Sehen Sie, Ihr Stück hat gefallen. Sie sollten es wirklich mal bei einer richtigen Bühne einreichen. Vielleicht noch ein paar Szenen dazuschreiben, damit es ein bißchen länger wird, und vielleicht noch etwas Pikantes dazu, es wird genommen.«
»Meinen Sie?« fragt er und sieht mich mit seinen hellen, verwunderten Bubenaugen ganz glücklich an. Wie nett er ist, und wie jung. Ich habe direkt mütterliche Gefühle.
»Klar«, sage ich. »Probieren Sie's mal. Sie haben wirklich Talent. Los, wir müssen noch mal raus.«
Feli verbeugt sich, als sei sie Maria Schell persönlich. Natürlich bildet sie sich ein, der ganze Erfolg sei nur ihr zu verdanken. Sie hat einen Blumenstrauß im Arm. Auch Margit hat einen bekommen. Die sind von Franz. So nette Einfälle hat er manchmal.
Dann kommt das Fest ziemlich rasch in Schwung. Erst stürzt sich alles auf das kalte Büfett, und dann geht die Tanzerei los. Man merkt gar nicht, daß der Abend inzwischen reichlich kühl geworden ist. Die älteren Herrschaften verziehen sich ins Haus hinein. Aber wir legen so richtig los.
Wie ich gerade mit Dieter tanze, entdecke ich auf einmal Bork. Er ist also doch nicht weggegangen. Jetzt muß ich ihn erwischen, ehe die anderen ihn gesehen haben. In der

nächsten Tanzpause pirsche ich mich in seine Nähe, und als die Musik wieder losgeht, komme ich zufällig vorbei. »Nun, Herr Doktor«, frage ich, »wie gefällt Ihnen unser Fest?«
»Es ist großartig gelungen, Pony«, sagt er und lacht dabei. »Das habt ihr wirklich fein gemacht.«
»Und wie hat Ihnen das Stück gefallen?«
»Eh – gut, sehr gut.«
»Sie waren ja gar nicht da. Ich hab' Sie nicht gesehen.«
»Doch, natürlich war ich da. Ich stand ganz da hinten.«
»So.« Da sehe ich Feli schon heranschweben. Auch sie hat Bork jetzt entdeckt. Na, nun nichts wie ran.
»Tanzen Sie eigentlich nicht, Herr Doktor?«
»Aber klar doch. Wollen wir's mal versuchen?«
»Gern.« Ich strahle ihn mit meinem bezauberndsten Lächeln an, und an der enttäuschten Feli vorüber schleppe ich ihn zur Tanzfläche.
Er tanzt sehr gut. Wirklich. Es ist ein tolles Gefühl, seinen Arm um mich zu fühlen. Also schon außerordentlich toll. Ich kriege direkt Herzklopfen davon. Ich wußte ja, daß ich ihn liebe. Er ist bestimmt der schickste Mann, den ich kenne. Und alle gucken uns an, alle Mädels. Jetzt wird gleich der Sturm auf ihn losgehen. »Sie werden nicht mehr viel Ruhe haben heute abend, Herr Doktor«, sage ich und schaue zu ihm auf, so verführerisch wie ich kann.
Er seufzt ein bißchen. »Das fürchte ich auch. Ich kann nur hoffen, daß die jungen Damen es auf die Dauer doch vorziehen, mit den jungen Herren zu tanzen. Bei den modernen Tänzen kann ich sicher nicht richtig mit.«
»Na, mit Ihnen würden die Mädels sicher auch gern Rheinländer tanzen.«
»So alt bin ich ja nun wieder auch noch nicht«, sagt er vorwurfsvoll.
Ich werde ein bißchen rot. Das war ein schlimmer Fauxpas. »Das habe ich auch nur gesagt, um richtig herauszustellen, *wie* gern alle mit Ihnen tanzen mögen.«
»Ach so, dann geht's ja. Und mit wem muß ich alles tanzen? Ich meine, sogenannte Pflichttänze.«
»Ja«, ich überlege. Eben tanzt Marcelle mit Franz vorbei. »Mit den Lehrerinnen natürlich. Mit Mademoiselle Moreau zum Beispiel.«

Er dreht den Kopf und sieht den beiden nach. »Hm, ganz gern. Mit Fräulein Bayer nicht?«
Ich kichere albern. »Natürlich. Ich weiß allerdings nicht, ob Wagner auch einen Foxtrott geschrieben hat. Auf andere Musik wird sie kaum zu bewegen sein.«
Er legt den Kopf zurück und lacht. »Du bist ein Frechdachs, Pony, was? Aber ein goldiger.«
Mir wird ganz heiß vor Glück. Und da ich sicher bin, daß die Mädchen uns beobachten, hebt es mein Selbstbewußtsein ganz erheblich, daß sie sehen, wie gut ich mich mit ihrem Abgott unterhalte.
»Und mit eurer Chefin auch?«
»Mit der Fränze?«
»Mit wem?«
»Mit Frau Dr. Franzen, meine ich. Ich glaube nicht, daß sie überhaupt tanzt. Kann ich mir gar nicht vorstellen.«
»Ich eigentlich auch nicht. Wie nennt ihr sie? Fränze?«
»Ja. Franz und Fränze, so nennen wir die beiden.«
»Sehr treffend. Und gar nicht mal so despektierlich. Habe ich eigentlich auch einen Spitznamen?«
Hier bricht die Musik ab, und ich werde einer Antwort enthoben. Hat er einen Spitznamen? Nein, er hat keinen. Er ist der Mann aller Träume. Aber ich werde mich hüten, ihm das zu sagen. Er könnte größenwahnsinnig werden.
»Wohin darf ich dich geleiten?« fragt er feierlich. Er hat die Hand um meinen bloßen Arm gelegt, und das geht mir durch und durch.
»Och«, sage ich verwirrt, »ich weiß nicht. Ich hab' eigentlich keinen festen Platz hier. Vielleicht zur Bar?«
»Das ist eine Idee.«
Aber natürlich bleiben wir nicht allein. Ich habe kaum einen winzigen Schluck aus meiner Cocaflasche genommen, da kommen sie schon an. Feli als erste.
»Schade«, seufze ich.
Und er, sehr charmant, mit ganz eindringlichem Blick: »Wirklich schade.«
Nun ist Feli da. Die Musik setzt auch gerade ein. »Oh, Herr Doktor«, flötet sie und verdreht die Augen, »tanzen Sie mit mir auch mal? Wie habe ich Ihnen gefallen?«
»Du warst fabelhaft, Feli, wirklich.« Er lächelt mir noch mal zu, kneift das eine Auge zu und schiebt mit ihr ab. Na

ja, er wird heute abend noch ein paar Pfund runterschwitzen, möchte ich annehmen.
Immerhin, ich war die erste. Und daß zumindest Feli mir nicht den Rang abläuft, das weiß ich. Die ist ihm bestimmt zu blöd. Ich bin nur neugierig, ob er mit Marcelle tanzen wird. Und mit Valeska. Wo ist sie überhaupt? Ich habe sie schon lange nicht mehr gesehen. Überhaupt muß ich mich jetzt mal um die anderen kümmern, um Margit, ihre Mutter, den kleinen Kellermann, mal sehen, was sie alle so treiben. Aber erst sollte ich vielleicht mal hinaufgehen und meine Nase pudern, das hat sie sicher nötig.
Da fällt mir plötzlich Stephan wieder ein. Es ist Viertel nach zehn. Jetzt ist er sicher schon in Riem, auf dem Flugplatz. Vielleicht sitzen sie im Restaurant und trinken noch einen, er, seine Freunde, der Redakteur von seiner Zeitung und das blonde Frauenzimmer natürlich. Ob er nochmal an mich denkt? Ach nein, sicher nicht. So dumm bin ich nicht, mir das einzubilden. Es gibt nichts, woran er denken müßte. Das war alles nur so – wie ein Hauch, wie eine kleine Ahnung von irgend etwas, das sein könnte. Was kann ihm das schon sein. Aber ich . . . Für mich ist es anders. Mir ist es eine kleine Verheißung für das, was einmal kommen wird. Daß diese Verheißung nun Stephans Züge trägt, das ist das Unvorhergesehene, die Überraschung, die das Leben in diesen Dingen nun einmal bringt. Ich freue mich auf dieses Leben, ja, ich freue mich darauf. In diesem Moment weiß ich ganz bestimmt, ganz sicher, daß ich Stephan Jorgen einmal wiedersehen werde. Und dann – dann wird etwas Wunderbares geschehen.
Aber jetzt kommt erst mal Dieter auf mich zugesteuert.
»Hier biste? Und ganz allein? Willst du nicht mehr tanzen?«
»Klar, Mensch«, sage ich und hopse vom Stuhl. »Jetzt fangen wir erst richtig an.« Ich schiebe meinen Arm unter seinen und steure mit ihm zur Tanzfläche. Ich werde jetzt mal ein bißchen nett zu ihm sein. Er ist ja wirklich ein ganz netter Kerl. Was weiß denn so ein Junge schon vom Leben.

Bis elf Uhr könnte es wohl dauern, hat die Fränze gemeint. Und der Franz hat gesagt, wenn es zwölf wird, schadet es auch nichts. Aber es sieht ganz so aus, als wenn es später wird. Die Erwachsenen haben sich langsam verdrückt. Gegen elf kommt Margit auf uns zu, auf mich und Kellermann, mit dem ich gerade getanzt habe.
»Ich bringe Mutti jetzt hinunter«, sagt sie. »Sie ist müde.«
»Aber Sie können doch nicht allein im Dunkeln durch den Wald laufen«, meint Kellermann.
»Och«, sagt Margit.
»Und Sie haben nicht einmal mit mir getanzt.« Das klingt ziemlich vorwurfsvoll.
Margit sieht ihn an. »Ich habe überhaupt nicht viel getanzt.« Was für verzweifelte Augen sie hat. So schwer braucht sie es ja auch nicht zu nehmen. »Ich war fast immer bei Mutti.«
Na ja, es sind halt zwei rechte Seelchen, alle beide. Dabei hat Valeska sich taktvollerweise verdrückt. Ich habe sie den ganzen Abend nicht mehr gesehen.
»Ich werde Sie begleiten«, sagt Kellermann.
»Lassen Sie sich doch von Franz den Wagen geben«, schlage ich vor. »Sie können doch fahren. Jetzt hinunterlaufen ist doch reichlich mühsam.«
»Ich weiß nicht . . .«, meint er zögernd.
»Ich werde das machen. Ich frage Franz. Oder Bork. Und inzwischen tanzt ihr beiden mal zusammen.«
Sie sehen mich beide fragend an, aber da setzt gerade die Musik wieder ein, ich gebe ihnen einen kleinen Schubs, und wirklich beginnen sie zu tanzen. Ich schaue ihnen nach. Eigentlich sind sie ein nettes Paar. Schade, daß Margit fort muß. Ob er es schon weiß?
Dieter kommt angerollt. »Wollen wir noch mal?«
»Jetzt nicht. Den nächsten. Ich hab' was zu tun.«
Ich schaue mich nach Franz um, aber ich kann ihn nicht finden. Aber vorn am Haus nimmt Rita gerade Abschied von ihrem Knülch. »Moment«, sage ich, »Sie könnten eigentlich Margits Mutter mit runternehmen nach Starnberg. Zum Laufen ist es ein bißchen ungemütlich jetzt.«
»Bitte sehr«, sagt er, »selbstverständlich.«

Margits Mutter steht ganz allein in einer dunklen Ecke der Terrasse. Sie sieht Margit beim Tanzen zu. So traurig sieht sie aus, so verloren. Es ist wohl schwer für eine Frau, wie sie es ist, allein zu sein. Sie ist doch ziemlich jung. Warum sie wohl nicht wieder geheiratet hat? Ob sie den treulosen Heini immer noch liebt?
Ich gehe zu ihr und sage ihr, daß sie mitfahren kann.
»Vielen Dank, Pony«, sagt sie. »Es wäre mir sowieso nicht recht gewesen, daß Margit mitkommt. Sie hätte dann unten bleiben und bei mir im Hotel schlafen müssen.«
»Kommen Sie morgen noch mal rauf?«
»Nein. Ich möchte möglichst morgen abend schon abreisen. Und Margit soll gleich mitkommen.«
Das habe ich mir gedacht. »Schade«, sage ich. »Wird Margit nicht wiederkommen?«
»Nein.«
Ich könnte ja nun sagen, daß Valeska nach den Ferien vermutlich nicht mehr da sein wird. Aber ich sage es nicht. Es kommt mir etwas indiskret vor, merken zu lassen, daß ich alles weiß. Auch ohne Valeska ist es vielleicht besser, wenn Margit nicht hierher zurückkommt. Sicher ist es besser, wenn sie bei ihrer Mutti bleibt.
Sie scheint dasselbe zu denken. »Ich hätte Margit gar nicht von mir fortgehen lassen sollen«, sagt sie. »Es ist besser, wenn wir zusammen sind. Ich vertrage es schlecht, soviel allein zu sein.«
»Hm«, sage ich, »das kann ich verstehen.«
»Er ist ein netter Kerl, nicht?« fragt sie. Sie meint den Kellermann.
»Ja. Sehr nett. Und ich glaube, er mag Margit sehr gern.«
»Sie ist ja noch so jung.«
Nächsten Monat wird sie siebzehn, fällt mir ein. Und sie hat mir mal erzählt, daß ihre Mutti schon mit achtzehn geheiratet hat. Jung heiraten liegt, glaub' ich, in der Familie. Ich finde es ja gräßlich. Aber ich bin auch ganz anders als Margit.
Zum Abschiednehmen kommt Kellermann mit. »Ich habe mich sehr gefreut, Sie kennenzulernen, gnädige Frau«, sagte er, es klingt unbeholfen und irgendwie rührend. Denn er meint, was er sagt. Dann bringt er sogar so etwas Ähnliches wie einen Handkuß zustande.

»Ja, Herr Doktor, es hat mich auch gefreut«, sagt Margits Mutti, und sie lächelt ein wenig dabei. »Und Ihr Stück fand ich großartig.« Und dann zu Margit: »Ich habe mit Herrn Dr. Franzen alles besprochen. Er bringt dich morgen nachmittag mit deinem Gepäck hinunter.«
»Ja, Mutti«, sagt Margit. Sie schluckt. Es fällt ihr sicher schwer, von hier fortzugehen. Wir haben doch immer viel Spaß zusammen gehabt.
»Schade, daß du fort mußt«, sage ich zu ihr, als das Auto abgefahren ist. »Du wirst uns sehr fehlen.«
»Gehen Sie morgen schon in Ferien, Fräulein Margit?« fragt Kellermann. Sie sieht ihn an und schweigt. Aber mich reizt es natürlich nun, ihm gleich die Wahrheit zu sagen. Mal sehen, was er für ein Gesicht macht.
»Margit geht für immer fort«, sage ich. »Sie kommt nach den Ferien nicht wieder.«
»Oh«, sagt er. Und sein Gesicht ist voll Schreck und Erstaunen. »Wirklich? Margit, Sie gehen für immer?«
»Ja«, sagt sie. Und dann fängt sie ohne weiteren Übergang an zu weinen. Große dicke Tränen rollen ihr über die Wangen. All das, was sie seit gestern gequält hat, kommt nun zum Ausbruch. Kellermann steht ganz bestürzt und hilflos dabei.
»Aber warum?« flüstert er. »Warum denn?«
Ich lege meinen Arm um Margit und versuche, sie zu trösten.
»Na, Mensch, jetzt heul doch nicht. Woanders ist es auch ganz schön. Deine Mutti braucht dich nun mal eben. Wir kommen dich alle mal besuchen. Kellermann auch. Nicht?« Ich gebe ihm einen Stoß, und er stammelt, ganz verzweifelt und ratlos: »Ja, ja natürlich.« Daß ich ihn einfach per Kellermann tituliert habe, ist ihm gar nicht aufgefallen.
Aber so schnell beruhigt sich Margit nicht.
Es war zuviel für sie. Erst die Freude auf Mutti, das Theaterspielen, die ganze Unruhe der letzten Tage, dann gestern der Schock mit Valeska, die ganze ungute Atmosphäre seitdem und nun noch der plötzliche Abschied von hier. Vielleicht mag sie den Kellermann doch ein bißchen. Möglicherweise sollte sie jetzt mal in Ruhe mit ihm sprechen.

Ich schiebe sie einfach zu ihm hin und sage: »Los, trösten Sie sie ein bißchen. Sie müßten das doch eigentlich auch können. Machen Sie ihr ein bißchen Mut, das braucht sie.«
Wer hätte das gedacht, der schüchterne kleine Kellermann legt ganz einfach den Arm um sie, führt sie vom Weg hinunter und verschwindet mit ihr seitwärts auf einen kleinen Weg, der zwischen die Bäume führt. Und Margit geht mit ihm, ganz selbstverständlich.
Perplex schaue ich ihnen nach, fast ein bißchen neidisch. Wer zum Beispiel würde mich trösten, wenn ich jetzt hier anfangen würde zu weinen? Kein Mensch.
Aber ich weine ja nicht. Habe gar keinen Grund dazu. Ich werde lieber mal nachschauen, ob das kalte Büfett schon ganz abgeräumt ist. Ich habe nämlich Hunger, ganz tollen Hunger auf einmal. Na, schlimmstenfalls hat Kugelchen noch was auf Lager.
Ich finde noch ein vertrocknetes Käsebrötchen auf dem Büfett und verzieh' mich damit unter die Bäume. Ist auch ganz drollig, von hier aus dem Gehopse zuzusehen. Unsere Band bläst schon reichlich schief jetzt, die Jungs sind wohl müde. Auch die Tänzer machen einen leicht mitgenommenen Eindruck. Dieter, mein Verehrer, tanzt mit der dicken Burgl. Macht gar nichts, wenn er die ein bißchen herumwirbelt, da verliert sie vielleicht ein paar Pfund.
Eigentlich, wenn ich es mir recht überlege, habe ich gar nicht viel Lust, weiterzumachen. Ich bin auch müde. Und ich würde gern in Ruhe ein bißchen nachdenken. Über Stephan. Und über Bork. Und über Margit und ihre Probleme. Ob der Kellermann sie wohl küßt? Übrigens schimmern hier und da zwischen den Bäumen helle Kleider. Es gibt wohl noch mehr Pärchen, die da lustwandeln. Auch schon ein Vergnügen mit den dummen Jungens. Kalt ist mir auch. Aus lauter Eitelkeit laufe ich immer noch mit nackten Schultern herum. Beim Tanzen friert man ja nicht, aber wenn man ruhig steht, ist es kühl. Sogar ziemlich.
Dann entdecke ich Bork und Marcelle unter den Tanzenden. Sie tanzen eng aneinandergeschmiegt, ohne zu sprechen, und machen einen ganz zufriedenen Eindruck. Na also. Scheint alles wieder in Butter zu sein. Valeska hat sich anscheinend zurückgezogen. Ob sie es aufgegeben hat? Eigentlich kaum zu glauben, daß sie Marcelle kampflos

das Feld überläßt. Am Tisch der Lehrer gleich neben der Terrasse sitzt nur noch ganz einsam der alte Roß vor seinem Glas. Der hat's gut. Ich glaube, der ist wunschlos glücklich, wenn er nur was zu trinken hat.
Die Musik verstummt, die Pärchen wandeln in der Gegend umher, manche bleiben gleich auf der Tanzfläche. Und dann geht's wieder los. Beat. Das ist gerade richtig. Ich werde mich auch wieder mal ins Getümmel stürzen, damit mir warm wird.
Das ist mein letzter Tanz an diesem Abend. Wie wir eben mittendrin sind, kommt Pat im Laufschritt aus dem Park heraus, gefolgt von dem blonden Klaus, mit dem sie sich schon den ganzen Abend amüsiert hat. Ich gucke zufällig hinüber und sehe sie gleich. Ihr Gesicht ist ganz aufgerissen vor Angst und Entsetzen, ihr Mund steht offen, als wolle sie schreien. Ich stoppe mitten in einer Wendung und starre zu ihr hinüber. Was hat sie denn? Ist der Bengel etwa frech geworden?
»Was haste denn?« fragt mich Dieter erstaunt.
Aber ich lasse ihn stehen uand laufe zu Pat hinüber, die dort steht wie angenagelt. Sie ist blaß, auch Klaus sieht verstört aus.
Ich packe sie am Arm. »Was'n los?«
»O Pony, Pony«, sie kann vor Erregung kaum sprechen.
»Was hast du denn?«
»Es ist passiert etwas.«
Ich schaue mißtrauisch ihren schlaksigen Begleiter an. Er macht ein ausgesprochen dämliches Gesicht.
»Passiert? Was denn?«
»Da hinten. Im Wald. An die kleine See, da ist Valeska.«
»Valeska? Na und?«
Dieter ist herangekommen, auch noch ein paar andere sind aufmerksam geworden und unterbrechen den Tanz.
»Sie liegt auf das Boden«, in der Erregung macht Pat viel mehr Fehler als sonst, »sie nicht rührt. Ich glaube . . . o Pony, ich glaube – sie ist tot.«
»Tot? Mensch, bei dir piept's wohl.« Aber auf einmal klopft mir das Herz hoch oben im Hals. Und ich weiß, daß sie recht hat und daß irgend etwas Furchtbares geschehen ist.
Der Kreis um uns wird immer größer, aufgeregtes Rufen,

Fragen. »Was ist los? Was hat sie gesagt? Wer liegt da?« Ich schüttle Pat heftig am Arm. »Sie liegt da? Wieso denn? Erzähl mal genau. Vielleicht ist ihr schlecht geworden.«
Jetzt hat Klaus sich gefaßt. »Sie liegt auf dem Boden, ganz zusammengekrümmt, dicht bei dem Weiher. Und – und ich glaube, Pat hat recht.«
Einen Moment ist es ganz still. Nur die Musik dudelt noch, aber ganz plötzlich bricht sie ab, die Spieler haben gemerkt, daß da was los ist, daß keiner mehr tanzt. Totenstill ist es plötzlich.
Ina, die auf einmal auch da ist, sagt ganz ruhig und beherrscht: »Schauen wir mal nach. Komm, Pat.«
Aber Pat reißt sich los. »Nein, ich nicht gehen da. Ich nicht kann sehen.«
»Schön, dann kommen Sie mit, Klaus. Und, Pat, du gehst hinein und sagst dem Chef Bescheid.«
Fast alle kommen mit uns, ein langer Zug bewegt sich auf dem schmalen Weg. Ina, Klaus und ich vorneweg. Dann entdecke ich Bork und Marcelle hinter uns.
Am ›See der Lilofee‹, so nahe, daß ihre Hand fast das Wasser berührt, liegt Valeska, seitwärts zusammengekrümmt, das Gesicht halb zur Erde gekehrt, die eine Hand hat sie fest in den Boden gekrallt. Der weite Rock ihres gelben Chiffonkleides hat sich um sie gebreitet, wie eine große fahle Blume sieht sie aus. Zwischen den Bäumen fällt das Mondlicht gerade auf diesen Rock und auf die blasse starre Hand, die sich an der Erde festhält, verzweifelt festhält, als wolle sie sie nicht loslassen.
Wir stehen alle wie festgenagelt und betrachten das schauerliche Bild. Keiner wagt sich zu rühren. Hinter mir höre ich Bork laut atmen, dann flüstert Marcelle leise: »Mon dieu!«
Ina ist die erste, die das lähmende Schweigen bricht. »Habt ihr irgend etwas – ich meine, habt ihr sie angefaßt?« fragt sie Klaus.
»Nein«, sagt er. »Ich wollte, aber Pat lief davon, und ich . . .« Er lief hinterher. Verständlich.
Ina geht noch die zwei Schritte, die uns von der Gestalt am Boden trennen, sie kauert sich nieder und faßt vorsichtig nach der Hand am Boden. Legt ihre Finger um den Puls. Wir alle stehen in erstarrtem Schweigen. Doch nein, noch

jemand rührt sich, Bork. Auch er tritt vor, fragt heiser: »Was ist?«
Ina hebt den Kopf und blickt zu ihm auf. Ihr Gesicht ist nun auch von Mondlicht übergossen, ihre Augen sind weit geöffnet. Wie auf einer Bühne sieht es aus. »Nichts«, sagt sie. »Kein Pulsschlag.«
Bork steht ganz regungslos. Dann hebt er die Hand und legt sie vor die Augen, seine Schultern ziehen sich herauf, als friere er. »Mein Gott«, sagt er leise, nur wir hören es, die ganz in seiner Nähe sind, »das hab' ich nicht gewollt.«
Hinter uns im Wald hören wir jetzt eilige Schritte näher kommen, und dann erscheint Franz. Schon von weitem ruft er: »Was ist denn los? Ist was passiert?«
Keiner antwortet, aber der Kreis, der sich um Valeska gebildet hat, öffnet sich, er kommt rasch neben uns, blickt verständnislos auf die liegende Gestalt nieder: »Frau Loring? Fehlt ihr etwas? Ist ihr schlecht geworden?«
Keiner antwortet zunächst. Dann richtet Ina sich auf und sagt: »Frau Loring ist tot.«
Franz stößt einen Schreckensruf aus. »Himmel, Kind, was reden Sie da? Das kann doch nicht sein. Ich hab' sie doch vorhin noch gesehen, da ging es ihr ausgezeichnet. Vielleicht ist sie ohnmächtig . . .« Ganz entsetzt sieht der arme Franz aus, ganz aus der Fassung geraten.
»Sie ist tot«, sagt Ina, die Arzttochter, bestimmt.
Wir stehen alle wie erstarrt, sehen hinunter auf die zusammengekrümmte Gestalt, keiner wagt etwas zu sagen, wagt sich zu rühren.
Franz fährt sich nervös durchs Haar, tut einen Schritt nach vorn, bleibt wieder stehen. »Wir müssen sie sofort ins Haus tragen. Und einen Arzt rufen. Es muß etwas geschehen, wir können doch nicht . . .«
»Wir sollten am besten alles so lassen, wie es ist«, sagt Ina langsam. »Das sieht nicht nach einem natürlichen Tod aus. Es empfiehlt sich, außer dem Arzt vielleicht auch die Polizei zu rufen.«
Wieder legt sich tödliches Schweigen auf unseren Kreis, dann fragt Franz heiser: »Ina, wie meinen Sie das?«
Ina zögert nur einen winzigen Moment, dann sagt sie klar und deutlich: »Selbstmord oder – Mord.«

Der alte Doktor Bergmaier ist erst vor einer Stunde nach Hause gefahren. Natürlich war er heute auch unter unseren Gästen, und ich kann mich gut erinnern, wie herzlich er bei unserer Theatervorstellung gelacht hat. Er lacht immer gern, ist stets gut aufgelegt und hat so eine nette umgängliche Art, daß man dem Besuch des Arztes eigentlich immer mit einem gewissen Vergnügen entgegensieht. Wir mögen ihn alle gern. Er ist gewissermaßen der Hausarzt der beiden Internate, und wenn einem von uns was fehlt, kommt er mit seinem blauen Opel angerollt, oder wenn es nicht weiter schlimm ist, besuchen wir seine Sprechstunde unten in Starnberg.

In dieser Nacht nun wird er aus dem Bett geholt, und es vergeht keine halbe Stunde, da ist er wieder da. Diesmal lacht er nicht. Übrigens haben sie Valeska doch ins Haus getragen. Ina hat nicht auf ihrem Vorschlag bestanden. Es war ihr wohl selbst nachträglich angst geworden vor dem, was sie gesagt hatte. Sie hat das dramatische, ungeheuerliche Wort von Selbstmord oder Mord nicht wiederholt. Denn kurz nachdem sie es gesagt hatte, war die Fränze auch am See angekommen, und ihr gelang es schnell, einige Ordnung in das ganze aufgelöste Entsetzen zu bringen, das uns alle ergriffen hatte, uns alle einschließlich Franz und Bork und Marcelle.

Kein Gefühl hatte sich in ihrem blassen starren Gesicht gezeigt, als sie auf die tote Frau hinunterblickte, wie immer kniffen sich nur ihre Lippen ein wenig zusammen, und ich bildete mir sogar ein, so etwas wie Triumph in ihrer Miene zu erkennen. Hier stand sie und lebte, ältlich und hager und reizlos, wie sie war. Und die andere, die Junge, die so voller Leben und Kraft und Schönheit gewesen war, sie lag tot und hilflos, preisgegeben zu ihren Füßen. Vielleicht habe ich zuviel Phantasie, aber ich bildete mir ein, so ungefähr müssen die Gefühle der Fränze gewesen sein.

Sie nahm sofort die Sache in die Hand. »Im Keller haben wir eine Bahre. Ich werde sie gleich raussuchen, dann tragt ihr sie ins Haus.«

Franz blickte sie ängstlich an. »Ich weiß nicht . . . Ina meint, wir sollten alles so lassen, wie es ist. Sie meint . . . sie

hat gesagt ... Man müßte die Polizei verständigen, sagt sie.«
Der Blick, den die Fränze ihm zuwarf, war geeignet, sogar Ina einzuschüchtern. »Was soll das heißen? Sie kann doch nicht hier liegenbleiben. Wir müssen sofort Dr. Bergmaier anrufen, und ihr könnt doch nicht verlangen, daß er hier raus zum See läuft.«
Hm, da war was dran. Ina sagte nichts mehr. Wie gesagt, sie war wohl selbst erschrocken über das, was sie gesagt hatte.
So kam es nicht zu dem, was mir im ersten Moment durch den Kopf schoß, als Ina das gräßliche Wort aussprach, nicht das ereignete sich, was man so oft schon in Kriminalromanen gelesen hatte: Eine geschäftige Mordkommission rollt heran mit Blitzlichtern, Fingerabdruckexperten, einem kaltschnäuzigen Kriminalkommissar und einem routinierten Gerichtsarzt.
Franz und Bork trugen die tote Valeska auf einer Bahre über den schmalen Parkweg zum Haus, und wir gingen alle stumm und bedrückt und erfüllt von Angst und Entsetzen hinterher. Denn natürlich vergaßen *wir* nicht, was Ina gesagt hatte. Wenn es nicht Mord war, dann war es Selbstmord. Das war schlimm genug. Und unbegreiflich. Was konnte diese schöne strahlende Valeska veranlaßt haben, sich das Leben zu nehmen? Unglückliche Liebe? Aber jeder Mann liebte sie ja, der sie sah. Sie konnte sicherlich jeden haben, den sie wollte. Krankheit? Man hatte nie gemerkt, daß sie krank sein könnte, niemand wußte besser als wir, wie gesund und kräftig sie war, welche sportlichen Leistungen sie vollbrachte. War sie nicht erst diese Woche mit tadellosem Salto vom 5-Meter-Turm in den Starnberger See gesprungen? Und ihr Tennisspiel? Ihre Gymnastik? Nein, krank war Valeska gewiß nicht gewesen. Und was gab es noch, warum man sich das Leben nehmen konnte? Armut vielleicht. Aber auch arm konnte sie nicht sein, mit all diesen eleganten Kleidern, die sie besaß. Und ihre Schönheit und ihre Fähigkeiten, genügte das nicht, um davon leben zu können? Warum also? Doch unglückliche Liebe? Und war Bork vielleicht der Grund? Was hatte er gesagt? »Das habe ich nicht gewollt.« Er stand zwischen beiden Frauen, das wußten wir ja. Hatte er Valeska gesagt,

daß es aus sei mit ihnen, daß er Marcelle liebe? Und hatte das genügt, daß Valeska sich das Leben nahm?
Niemals, entschied ich, schon auf dem Wege vom Weiher zum Haus. Niemals. Das paßte nicht zu Valeska. Sie würde kämpfen um einen Mann, den sie haben wollte, notfalls würde sie mit einem Schulterzucken verzichten können, aber sie würde nicht hingehen und sich das Leben nehmen. Eher konnte man sich noch vorstellen, daß sie eine lästige Rivalin aus dem Wege räumte.
An diesem Punkt meiner Überlegungen angelangt, wurde mir auf einmal heiß. Wenn also kein Selbstmord, dann hatte Ina recht, und es war doch Mord. Und *wenn* Valeska ermordet worden war, dann gab es gar nicht so viele Möglichkeiten. Sie hatte nicht bloß eine Rivalin gehabt, sie war auch für eine andere Frau Rivalin gewesen.
Ich blickte mich nach Marcelle um, aber ich sah sie nicht. Sie ging nicht mit unserem Zug. Ich sah sie erst wieder, als wir schon im Haus waren. Wir standen in der Diele herum und warteten auf das Eintreffen des Arztes, ratlos und verstört standen wir da, manche flüsterten miteinander, einige weinten, die Jungen machten dumme Gesichter. Franz und Bork hatten Valeska in die Bibliothek getragen, Fränze war auch mit hineingegangen und hatte nachdrücklich vor uns die Tür zugemacht.
Eine gute Weile nach uns kam Marcelle ins Haus. Auch sie war blaß, sie hatte den Blick gesenkt, sah keinen von uns an und ging ohne ein Wort zu sagen an uns vorbei die Treppe hinauf.
Wo war sie gewesen? War sie am See geblieben und hatte irgendwelche Spuren beseitigt? Warum sagte sie nichts? Warum blieb sie nicht hier? Trieb sie das schlechte Gewissen von uns fort?
Ich blickte ihr nach, bis sie um die Biegung der Treppe verschwunden war. Als ich dann seitwärts schaute, sah ich, daß auch Ina ihr nachgesehen hatte. Noch immer hing ihr Blick fragend und voller Zweifel an der leeren Treppe. Dann trafen sich unsere Augen. Und ich sah, daß sie dasselbe gedacht hatte wie ich.
Ich gehe zu Ina hinüber. Sie hat den Arm um Pat gelegt, die leise vor sich hin weint. Ina sagt: »Komm da rüber.« Wir setzen uns alle drei auf die zweite Stufe der Treppe,

Ina zieht ganz in Gedanken ihre Zigaretten aus der Rocktasche und zündet sich eine an. Ihr Gesicht hat einen grüblerischen, ernsten, sehr erwachsenen Zug.
»Ist sie wirklich tot, Ina?« frage ich.
»Natürlich. Sie war schon fast kalt. Sie muß schon eine Weile da gelegen haben. Mindestens eine Stunde. Oder länger?«
»Und du – du denkst wirklich, es ist so, wie du gesagt hast?«
»Was denn sonst? Ein junger, gesunder Mensch fällt doch nicht plötzlich um und ist tot. Sie war doch heute nachmittag noch quietschmunter.«
»Eigentlich doch auch ganz vergnügt, nicht? Warum sollte sie sich denn das Leben genommen haben?«
»Eben«, sagt Ina. »Ich kann auch keinen Grund dazu sehen. Wegen Bork? Quatsch. So war Valeska nicht gebaut. Und was für einen Grund gab es sonst? Sie war gesund, jung und schön, hatte alle Möglichkeiten der Welt.«
Ina hat also bereits dieselben Überlegungen angestellt wie ich. Und sie ist zu dem gleichen Ergebnis gekommen wie ich. Aber dann . . .
»Außerdem würde man es wahrscheinlich anders anfangen, wenn man sich das Leben nimmt, nicht?« fährt sie fort. »Entweder man geht in sein Zimmer, oder weiter fort. Und überhaupt überlegt man sich das erst eine Weile, nehme ich an.«
»Aber dann – dann gibt es doch eigentlich nur die andere Möglichkeit.« – »Sehr richtig.«
»Aber Ina! Das ist doch gar nicht vorstellbar. Wer sollte denn so etwas tun?«
»Wer?« fragt Ina kühl. »Überleg mal. Es gibt immerhin einige Leute hier, die auf Valeska schlecht zu sprechen waren. Marcelle und – Bork. Die Fränze. Und . . .«
»Ich kann mir nicht vorstellen, daß Marcelle jemanden umbringt. Schließlich, was hätte sie für ein Recht dazu? Sie ist auch nur mit Bork befreundet.«
»Ein Recht?« fragt Ina, mitleidig über soviel Dämlichkeit. »Was heißt hier Recht? Niemand hat ein Recht, einen anderen umzubringen.«
»Und Bork? Wie kommst du bloß drauf? Bork hat doch bestimmt keinen Grund.«

Auch Pat ist dieser Meinung. Sie hat sogar aufgehört zu weinen. »Bork tut nichts Böses«, sagt sie bestimmt. Trotz ihres Flirtes mit dem blonden Klaus heute abend hat sich an ihrer Liebe zu Bork offenbar nichts geändert.
Selbst Ina verdächtigt Bork nicht gern. »Ich wüßte ja auch nicht, warum. Aber irgend etwas war doch los mit den beiden. Und daß er in letzter Zeit komisch war, das müßt ihr doch zugeben.«
Ja, das ist wahr. Komisch war er.
»Aber die Fränze«, gehe ich die Reihe der mutmaßlichen Täter weiter durch, »die ist so eine giftige Nudel. Und sie war eifersüchtig auf Valeska. Ihr würde ich so etwas am ehesten zutrauen.« Die Fränze wäre mir eigentlich als Täter am liebsten.
»Oder Franz selber«, fährt Ina fort.
»Ach, der harmlose Franz. Warum er denn? Er hat doch eigentlich persönlich nichts mit Valeska zu tun gehabt?«
»So? Woher weißt du das? Er ist immerhin vorgestern mit ihr nach München gefahren. Sie sind dort über Nacht geblieben. Weißt du, was sie da getrieben haben?«
»Na, wenn sie wirklich die Nacht mit ihm gemeinsam verbracht hat, was ich zwar nicht glaube, aber nehmen wir es mal an, das wäre doch kein Grund, sie umzubringen.«
»Da hast du auch wieder recht. Vielleicht hat er Angst gehabt, daß sie es der Fränze erzählt.«
»Na, vielen Dank. Das ist auch ein Anlaß, jemanden umzubringen. Nee, dann glaube ich schon eher, daß es die Fränze war. Sie wollte ja auch nicht, daß alles so bleibt, wie es war. Ihr lag daran, die Spuren zu verwischen und Valeska ins Haus zu tragen. Stimmt's nicht?« Ich gerate geradezu in Eifer und Erregung. Hab' ich noch gar nicht gewußt, daß ich Talent zum Kriminalisten habe.
Aber eigentlich reden wir das alles nur, um uns abzulenken. Wir sind viel zu aufgeregt, um richtig zu denken. Entsetzen lähmt unsere Glieder und unsere Gedanken. Man stelle sich das bloß mal vor. Es ist schon schlimm genug, wenn jemand stirbt, weil er krank war oder verunglückt ist oder so. Aber wenn aus heiterem Himmel so etwas passiert, wenn plötzlich eine tote Frau vor einem liegt, die man kennt und mit der man noch vor kurzem gesprochen hat, dann reicht das schon, um einem die Fassung zu rauben.

Und mitten in unserem Fest dazu! Wenn ich denke, daß wir noch getanzt haben, als Valeska schon tot am See lag! So eine Vorstellung muß einen doch glatt umhauen. Es geht uns ja auch nicht allein so. Alle, die hier versammelt sind, machen einen verstörten und aufgelösten Eindruck. Die Erwachsenen nicht weniger als wir. Die Lehrer stehen in Gruppen zusammen und reden halblaut miteinander. Die vom Gleis sind ja auch noch alle da. Der Direktor mit seiner Frau, einige Lehrer, die wir nicht näher kennen. Dann die anderen, bei denen wir auch Unterricht haben. Manz, der Zeichenlehrer, Bergmann, bei dem wir drüben im Gleis immer Physikunterricht haben, der kleine alte Huber, der Chemie gibt. Und natürlich unsere, der alte Roß, der ganz erschlagen auf einem Stuhl sitzt, die erloschene Zigarre in der Hand, er sieht aus, als wenn ihn gleich der Schlag trifft. Und Fräulein Bayer flattert fassungslos hin und her, die Tränen rinnen ihr über das gute alte Gesicht, und sie sagt immer wieder: »Ach, du lieber Gott! Ach, du lieber Gott!«
Nur Marcelle ist nicht mehr hier. Sie ist hinaufgegangen in ihr Zimmer. Der Franz, die Fränze und Bork kommen wieder aus der Bibliothek heraus. Man weiß nicht, wer von den dreien am erbarmungswürdigsten aussieht. Bork geht durch die Diele, ohne jemanden anzusehen. Einer von den Kollegen spricht ihn an, er gibt gar keine Antwort. Er geht zur Tür hinaus, und ich sehe gerade noch, wie er sich mit zitternder Hand eine Zigarette anzündet.
»Aber wie«, frage ich Ina, »wie ist es denn passiert? Man hat doch nichts gesehen.«
»Nein«, antwortet Ina. »Kein Blut, keine Wunde. Es muß Gift gewesen sein.«
»Gift?«
»Was sonst? Hast du nicht ihr verzerrtes Gesicht gesehen? Und die verkrampften Hände?«
»Hör bloß auf«, sage ich. Jetzt erst merke ich, daß es mich schüttelt, vor Grauen, vor Entsetzen, vor Angst.
Ina betrachtet mich prüfend von der Seite. »Dir ist kalt«, sagt sie sachlich.
»Mir ist nicht kalt.«
»Doch, du sitzt ja immer noch halbnackt hier rum. Wo hast du denn dein Jäckchen? Zieh es an.«

»Ich weiß es nicht. Draußen irgendwo.«
»Hol es dir.«
Ich kann mich nur schwer entschließen, aufzustehen und hinauszugehen. Aber wahrscheinlich ist mir wirklich kalt, meine Zähne klappern sogar.
Vor der Tür treffe ich Margit und Kellermann. Die hatte ich ganz vergessen. Sie stehen auf der Terrasse, Hand in Hand, wie zwei verängstigte Kinder.
»O Pony«, ruft Margit, als sie mich sieht, »ist es wirklich wahr?« Ihr Gesicht ist schneeweiß, und ihre blauen Augen sind schwarz vor Entsetzen.
»Ja«, sage ich.
»Und ist es auch wahr, was alle sagen«, flüstert Margit jetzt, »ist es wahr, daß sie es selbst getan hat?«
»Sie selbst oder jemand anders.«
»O Pony!« Es sieht aus, als würde sie gleich in Ohnmacht fallen. Und wie schon einmal heute abend legt Kellermann den Arm um sie und hält sie fest. Unwillkürlich sehe ich auch die beiden mißtrauisch an. Wo waren sie denn die ganze Zeit? Und dann fährt mir ein neuer Schreck in die Glieder. Margits Mutter fällt mir ein. Noch jemand, der Valeska haßte und allen Grund hatte, ihr Böses zu wünschen.
Ich gehe ums Haus herum. Der Rasen hinten liegt immer noch im bunten Licht. Die Lämpchen und Lampions, die wir so eifrig installiert haben, brennen noch. Verlassen liegen die Musikinstrumente. Der ganze Platz macht einen trostlosen Eindruck.
Elly und Mirka sind dabei, die Tische abzuräumen. Sie reden aufgeregt miteinander. Doch dann kommt Frau Kugler und fährt eilig dazwischen: »Na los, macht schon.«
Unten rechts an der Terrasse, die Tische, an denen die Lehrer saßen, sind schon abgeräumt. Hat eigentlich Valeska heute im Laufe des Abends auch einmal hier gesessen? Ich kann mich nicht erinnern, sie überhaupt nach dem Theater noch mal gesehen zu haben. Aber wenn ihr irgend jemand Gift gegeben hat, dann muß er es in das Glas getan haben, aus dem sie getrunken hat. Und dieses Glas wird vermutlich auf diesem Tisch gestanden haben. Natürlich dürfte man hier nicht abräumen. Alle Kriminalromane, die ich je gelesen habe, fallen mir ein. Da hieß es immer, alles

muß so bleiben, wie es ist. Nichts darf verändert werden.

»Warum räumt ihr denn hier auf?« frage ich die Mädchen.

»Die Frau Doktor hat gesagt, wir sollen hier Ordnung machen und alles wegräumen«, antwortet mir Elly. Und fährt dann eifrig fort: »Oh, Fräulein Pony, was sagen Sie bloß dazu? Wie ist denn das bloß gekommen? Man kann das gar nicht begreifen, nicht?« Ihr rundes, treuherziges Gesicht ist voller Fragezeichen. »Und Frau Loring war immer so nett. Immer höflich und freundlich. Erst vorige Woche hat sie mir ein Kleid geschenkt. Das blaue, seidene, was sie manchmal anhatte. Schuhe habe ich auch schon mal von ihr gekriegt. Sie war immer so lieb.«

Da ist also mal jemand, der Valeska leiden mochte. Und sie hat den Mädchen also Sachen von sich geschenkt. Ob Mirka auch etwas bekommen hat? Aber die dunkle Mirka sagt nichts dazu, sie blickt nicht einmal auf. Sie stapelt das Geschirr, Teller und Gläser, weiter in den großen Waschkorb, als ginge sie das alles nichts an. *Wenn* in einem Glas Gift war, dann ist es jetzt unter die anderen geraten. Und wird wahrscheinlich gleich nachher mit abgewaschen. Ist es nicht auffallend, wie besorgt die Fränze darum ist, daß alle Spuren verwischt werden?

Eigentlich müßte ich jetzt sagen, sie sollen aufhören mit der Arbeit und alles stehenlassen und die Gläser vor allen Dingen nicht abwaschen. Aber dazu fehlt mir der Mut. Was würde die Fränze sagen, wenn ich hier eigenmächtig Befehle erteilen würde, die ihren eigenen widersprechen. Bis jetzt weiß man ja noch nicht, ob es wirklich Gift war, das Valeska getötet hat. Vielleicht hat sie einfach einen Gehirnschlag gekriegt. Und wenn Gift in einem Glas war, kann sie es ebensogut selbst hineingetan haben.

»Habt ihr mein Jäckchen nicht gesehen?« frage ich die beiden.

»Ja, gewiß doch, Fräulein Pony«, sagt Elly, »es hängt dort über dem Geländer von der Terrasse. Ihnen ist sicher kalt, nicht?«

»Ja, mir ist kalt.«

Ich ziehe mir das Jäckchen an, und dann gehe ich einmal ziel- und planlos über den Rasen. Unter den Bäumen sehe ich einen roten Punkt, der manchmal heller aufglüht. Das

muß Bork sein, der dort seine Zigarette raucht. Ob ich mal zu ihm hingehe? Lieber nicht. Ich weiß auch nicht, was ich zu ihm sagen soll. Und er wird bestimmt keine Lust haben, sich mit mir zu unterhalten.
Dann höre ich ein Auto vorn an der Auffahrt und laufe schleunigst zurück. Jetzt kommt der Arzt. Da werden wir ja wohl Näheres hören.
Dr. Bergmaier, vor kurzem noch unser heiterer Gast, geht jetzt mit ernstem Gesicht an uns vorbei, seine kleine Tasche in der Hand. Franz und Fränze nehmen ihn gleich an der Tür in Empfang und verschwinden mit ihm in der Bibliothek. Alle Augen folgen den dreien. Es ist einen Augenblick totenstill. Dann setzt das Gemurmel wieder ein. Ina sitzt nicht mehr auf der Treppe. Ich sehe mich suchend nach ihr um, wimmle Dieter ab, der mit mir palavern will, und plötzlich ist Ina neben mir.
»Los, komm mit«, sagt sie. »Aber ganz unauffällig.«
Ich gehe langsam neben ihr her, was hat sie vor? Sie geht ein paar Schritte in den Speisesaal hinein, der auch voll ist, zwei verstörte Ehepaare sitzen noch hier, ein paar der Lehrer. Dann schlendern wir wieder durch die Diele, Ina spricht hier und da jemand an, ohne sich in längere Unterhaltungen einzulassen. So kommen wir hinter die Treppe und stehen schließlich, so ganz per Zufall, vor der Tür eines Klassenzimmers. Jetzt kapiere ich, was Ina vorhat. Eine Sekunde später sind wir in der Klasse drin. Natürlich ist es dunkel. Ina zündet ein Streichholz an, damit kommen wir bis zu der Verbindungstür zur Nebenklasse, und hier befinden wir uns nun direkt neben der Bibliothek. Man wird sich an die kleine Tür erinnern, die hinter dem Schrank ist.
Ganz behutsam und lautlos schieben wir den Schrank ein wenig von der Wand ab. So ein simpler Schulschrank ist nicht sehr schwer. Dann können wir die Tür vorsichtig einen Spalt öffnen und dann ...
»Ich verstehe nicht, Herr Dr. Franzen, warum Sie nicht gleich die Polizei angerufen haben, als Sie mich verständigt hatten.«
Die Fränze antwortet. »Aber lieber Herr Doktor, wer denkt denn an so etwas? Man ruft doch bei – bei einem Todesfall für gewöhnlich nicht die Polizei.«

»Bei einem so plötzlichen Todesfall läßt es sich wohl nicht umgehen«, erwidert Dr. Bergmaier, und er betont das plötzlich sehr bestimmt.
»Aber das ist ja entsetzlich«, wieder die Fränze. »Bedenken Sie doch, die Schädigung für unser Institut. Wenn das bekannt wird.«
»Nun, verheimlichen ließe sich das wohl sowieso nicht«, sagt der Arzt ganz logisch. »Bei den vielen Menschen, die heute abend hier waren und zum großen Teil noch hier sind, wie ich gesehen habe.«
»Und Sie glauben wirklich, daß . . .«
»Ich kann noch keinen endgültigen Befund geben«, sagt der Arzt. »Aber so leid es mir tut, gnädige Frau, der Verfärbung der Nägel und der Lippen nach und an Hand verschiedener Merkmale besteht wohl kaum ein Zweifel, daß Frau Loring keines natürlichen Todes gestorben ist. Die Polizei wird zweifellos eine Obduktion vornehmen. Ich möchte dem ersten Augenschein nach eine Art Arsenvergiftung vermuten. Es kann natürlich auch ein anderes Mittel sein, das läßt sich so rein äußerlich nicht feststellen. Ich nehme an, der Gerichtsmediziner hat darin wohl mehr Erfahrung.«
»Und wir müssen wirklich die Polizei im Haus haben?«
»Das läßt sich nicht umgehen, gnädige Frau. Es ist ja auch wohl in Ihrem eigensten Interesse. Am besten, Sie rufen gleich an.« – »Jetzt mitten in der Nacht?«
Die Stimme von Dr. Bergmeier klingt etwas ungeduldig. »Selbstverständlich. Sie können schließlich nicht bis morgen warten.«
Jetzt endlich sagt Franz etwas. »Natürlich nicht. Ich rufe sofort an.«
»Ich komme mit«, sagt Dr. Bergmaier, »dann kann ich gleich ein paar Worte dazu sagen.«
»Aber Herr Doktor«, sagt die Fränze ganz verzweifelt, »Sie denken wirklich, daß so etwas geschehen ist? Daß sie es selbst getan hat?«
»Ich weiß es nicht, gnädige Frau. Es wird Sache der Polizei sein, das zu ermitteln. Aber es läßt sich jetzt nichts mehr daran ändern. Und ehe die Todesursache nicht genau festgestellt ist, wird die Leiche nicht zur Bestattung freigegeben.«

»Wie schrecklich«, sagt die Fränze, »mein Gott, wie schrecklich. Und wie furchtbar für die Kinder.«
»Die Fenster sind geschlossen hier, nicht wahr?« fragt Dr. Bergmaier noch. »Die Läden sind vorgelegt?«
»Ja.«
»Dann gehen wir hinaus und schließen die Tür von außen ab. Es darf niemand herein. Hm. Es ist sowieso schon manches . . . ich meine, es wäre besser gewesen, wenn Sie die Tote nicht ins Haus gebracht, sondern da gelassen hätten, wo Sie sie gefunden haben. Na ja, nicht mehr zu ändern jetzt. Also gehen wir.«
Nebenan wird es still. Mein Herz klopft ganz oben im Hals, und ich habe das Gefühl, daß mir jetzt gleich übel wird. Die Leiche, hat er gesagt. Die Leiche wird nicht zur Bestattung freigegeben. Die Leiche ist Valeska. Die schöne, charmante, lebensprühende Valeska. Sie ist also wirklich tot. Bis jetzt hab' ich immer noch gedacht, es kann nicht wahr sein, es müßte ein Irrtum sein.
»Merkst du was?« flüstert Ina. »Der Doktor hat auch den Eindruck, daß etwas nicht ganz geheuer ist. Er glaubt auch nicht, daß sich Valeska das Leben genommen hat. Er kannte sie ja schließlich gut genug und wußte, was für ein Typ sie war. Nein, glaub mir, Pony, es hat sie einer umgebracht.«
»Ach, Ina, es ist schrecklich. Wer denn bloß?«
»Das wird sich schon zeigen.»
Wir kauern eine Weile noch schweigend im Dunkeln. Obwohl ich jetzt das Jäckchen anhabe, klappern meine Zähne immer noch.
»Was machen wir?« fragt Ina. »Bleiben wir gleich hier, bis die Polizei kommt? Das wird eine Weile dauern, bis die sich aufgerappelt haben. Du kennst doch den alten Inspektor Kraus. Vielleicht schicken sie erst mal einen Schutzmann rauf. Ich kann mir nicht vorstellen, daß die jetzt mitten in der Nacht sehr aktiv sind.«
Aber ich möchte eigentlich nicht hier im Dunkeln sitzen bleiben, mit der toten Frau nebenan. Mir ist unheimlich.
»Wir könnten jetzt mal reingehn«, sagt Ina. »Du hast ja gehört, sie haben von außen abgeschlossen.«
»Nee«, sage ich entschieden, »Ina, nee, bloß nicht. Ohne mich. Und wenn sie uns dann erwischen, denken sie wo-

möglich, wir haben sie umgebracht. Und überhaupt ... nee, ich will nicht.«
Ina hat anscheinend auch nicht viel Lust, die tote Valeska zu besuchen. Ganz abgesehen davon, daß es wahrscheinlich schwierig ist, das Regal von hinten wegzuschieben. Und dann kriegen wir es ja nie mehr hin. Nein, das geht nicht.
»Dann schauen wir, daß wir rauskommen, ohne daß uns jemand sieht. Und verrate niemand unseren Platz hier. Ich geh' jetzt mal rauf, ich muß irgendwo eine Taschenlampe haben, die hol' ich.«
Wir kommen ganz leicht wieder raus. Alle sind vorn, wollen hören, was Dr. Bergmaier sagt und wie Franz mit der Polizei telefoniert.
Aber die Fränze hat sich schon wieder was Neues ausgedacht.
Das Gewimmel im Haus, die vielen fremden Leute gehen ihr erheblich auf die Nerven. Wenn schon Skandal auf Franzenshöh, dann ohne fremde Zeugen. Sie bespricht mit Direktor Gleis, daß er jetzt mit seinen Schäflein hinüberwechselt in heimische Gefilde. Der ist auch damit einverstanden. Ihm langt es für heute abend, sicher ist er müde und keineswegs erpicht darauf, noch ein Verhör durch die Polizei über sich ergehen zu lassen.
»Wir sind ja wohl auch kaum von Nutzen hier«, sagt er. »Wir haben nicht mehr gesehen und wissen nicht mehr als Sie selbst auch. Es tut mir so leid für Sie, gnädige Frau, daß der Abend so ein schreckliches Ende genommen hat. Es war ein so gelungenes Fest. Und nun dieses tragische Unglück.«
So reden sie noch eine Weile hin und her, dann rüsten sie zum Aufbruch.
Die Jungens sind nur mäßig begeistert, daß sie nach Hause sollen, für sie ist das Ganze ziemlich spannend, und sie hätten ganz gern noch miterlebt, wenn die Polizei kommt. Aber die Erwachsenen nehmen gern die Gelegenheit wahr, der bedrückten Atmosphäre zu entfliehen. Sie können ja hier doch nichts mehr tun.
Kurz darauf sind alle verschwunden. Wir sind unter uns. Aber die Fränze hat nicht die Absicht, mit uns den Fall zu diskutieren.

»Ihr geht jetzt alle schlafen. Und zwar sofort«, sagt sie energisch. Und auf ein schwaches Protestgemurmel hin: »Keine Debatte. Ich wüßte nicht, was ihr hier noch verloren habt. Ich wünsche niemanden mehr hier unten zu sehen.«
Wenn sie so redet, ist nicht viel zu machen. Der Franz pflichtet ihr bei. Er sagt: »Wirklich, geht schlafen, Kinder. Ihr könnt hier nichts mehr helfen. Es wird auch zuviel für euch. Es handelt sich ja nur noch um eine reine Formsache.«
Ina und ich schielen mit Bedauern zu unserer Klassentür. Schade, wir hätten gern gehört, wie es weitergeht. Wir können uns eigentlich gar nicht vorstellen, was nun passiert. Valeska ist tot. Das ist eine Tatsache. Es besteht der Verdacht, daß sie keines natürlichen Todes gestorben ist. Die Polizei wird feststellen, woran sie gestorben ist. Und dann? Was geschieht dann?
Wir trödeln noch eine Weile herum, aber die Fränze fährt uns ziemlich unfreundlich an, Ina und mich, die anderen sind schon hinaufgegangen. Gerade wie wir auf der Treppe sind, kommt Bork von draußen herein.
»Nana, Herr Bork«, sagt Franz. »Sie sind noch hier? Ich dachte, Sie wären mit den anderen nach Hause gefahren.«
»Nein«, sagt Bork langsam, »ich bin geblieben. Ich glaube, es ist . . . ich denke, daß ich hier gebraucht werde. So wie die Dinge liegen, müssen Sie ja nun doch die Wahrheit erfahren.«
»Die Wahrheit?« fragt die Fränze rasch. »Welche Wahrheit?«
Wir sind oben an der Treppenbiegung, jetzt sind wir außer Sichtweite, doch wir bleiben stehen, um zu hören, von welcher Wahrheit Bork spricht. Und was wir hören, haut uns fast um.
»Ich bin . . .«, beginnt er, stockt noch einmal und sagt dann klar und deutlich: »Valeska ist – war meine Frau.«

Ein herrlicher Tag, genau wie gestern. Keine Wolke ist am Himmel. Und Sonntag ist auch. Ich stehe am Fenster und schau hinunter. Feli liegt noch im Bett, aber Margit ist schon fertig angezogen. Sie ist blaß und aufgeregt und sagt, daß sie die ganze Nacht nicht geschlafen habe. Es wäre überhaupt nicht ruhig geworden im Haus, erzählt sie. Zu meiner Schande muß ich gestehen, daß ich schließlich doch eingeschlafen bin und nichts mehr gehört habe. Spät genug war es ja. Wir haben noch lange über das ganze Unglück geredet.

Jetzt am Morgen kommt einem alles erst recht ungeheuerlich vor. Ist es wirklich wahr? Valeska ist tot? Ich habe das Gefühl, alles sei nur ein böser Traum gewesen, und wenn wir jetzt hinuntergehen, wird alles sein, wie es gestern früh war, nichts hat sich verändert.

Aber dann sehe ich die fremden Männer unter den Bäumen hervorkommen, ein mittelgroßer blonder ist es, sein Gesicht kann ich nicht sehen, und daneben ein langer dünner. Franz ist bei ihnen. Er redet sehr eifrig, wie es scheint, er wedelt mit den Händen in der Luft herum. Die beiden anderen hören zu. Sicher sind sie von der Polizei. Und vermutlich waren sie am See der Lilofee.

Ina kommt herein. Sie war bereits unten und ist informiert. »Kommissar Linckmann ist da«, berichtet sie, »gerade vorhin eingetroffen. Und noch einer, ein Junger, Kriminalassistent Giebler. Dr. Bergmaier glaubt nicht an Selbstmord. Er meint, Valeska sei nicht der Typ dafür. Er hat selber angerufen bei diesem Kommissar, den er persönlich kennt, und hat ihn gebeten, mal herauszukommen.«

»Woher weißt du das schon wieder alles?«

»Dr. Bergmaier hat es mir eben selber erzählt.«

»Ist er denn noch da?«

»Nicht noch. Wieder. Er kam mit dem Kommissar heraus. Der hat nämlich zuerst bei ihm haltgemacht und mit ihm gesprochen, ehe er herkam.«

»Und was sagt der Kommissar?«

»Bis jetzt wahrscheinlich noch gar nichts. Er hört sich erst mal an, was die anderen sagen. Seht zu, daß ihr fertig werdet. Wir werden alle verhört.«

»O Ina, das ist schrecklich«, jammert Margit. Sie ist totenbleich und hat Ringe unter den Augen. »Was wird denn das bloß geben? Ich sollte doch heute mit Mutti abreisen.«
»Das geht jetzt natürlich nicht.«
»Aber ich – ich habe sie doch nicht umgebracht.«
»Das kann man nicht wissen«, meint Feli vom Bett her. »Du hast doch eine Wut auf Valeska gehabt, das hab' ich deutlich gemerkt. Als sie gestern nach der Aufführung mit uns allen anstoßen wollte, bist du einfach weggegangen. Was hast du denn für einen Grund gehabt?«
Schau dir einer die kleine Kröte an. Sie kann es nicht verwinden, daß man Margit allgemein als die bessere Schauspielerin bezeichnet hat.
Margit starrt sie mit weit aufgerissenen Augen an. »Aber Feli!« sagt sie entsetzt.
»Unser kleiner Detektiv in der Westentasche«, sagt Ina spöttisch. »Steh lieber auf, Diva. Es ist durchaus nicht gesagt, daß eine schlechte Schauspielerin einen guten Kriminalisten abgibt. Denken war noch nie deine starke Seite.«
»Ihr blöden Ziegen«, sagt Feli wütend. »So schlau wie ihr bin ich schon lange. Und daß etwas nicht gestimmt hat mit Margit und ihrer Mutter, habe ich gleich gemerkt. Was war denn das für eine Szene vorgestern auf der Treppe? Und warum hat Pony hinterher gesagt, ich dürfte niemand etwas davon erzählen? Da steckt doch was dahinter.«
Margit ist weiß bis in die Lippen. Sie stürzt auf das Bett zu, greift mit beiden Händen nach Feli und schüttelt sie wütend.
»Sag das noch einmal. Laß meine Mutti aus dem Spiel. Laß meine Mutti aus dem Spiel. Wer ihr was tut, den bringe ich um.«
Wir sind im ersten Moment ganz fassungslos, Ina und ich. Die sanfte Margit und solch ein Ausbruch. Wir ziehen sie von Feli weg, und Ina sagt vorwurfsvoll:
»Mensch, Margit, was soll denn das? Nimm dich doch zusammen.«
Margit antwortet nicht. Sie zittert heftig, und dann fängt sie plötzlich an zu weinen, wild und hemmungslos, verzweifelt.
Ina nimmt sie in die Arme und wiegt sie hin und her wie ein kleines Kind. »Nun, nun«, flüstert sie beruhigend, »Mar-

git, was ist denn? Nimm dich doch zusammen. Du wirst deine Nerven brauchen.«

»Was heißt das?« fährt Margit wild auf und starrt jetzt auch Ina böse an.

»Nichts heißt es, als daß wir alle aufgeregt sind und Ruhe bewahren müssen. Es hat doch keinen Zweck, daß wir uns gegenseitig verrückt machen.«

»Ihr habt es jedenfalls gehört«, sagt Feli und streckt die Beine aus dem Bett, »ihr seid Zeugen, nicht? ›Wer meiner Mutter etwas tut, den bringe ich um‹, hat sie gesagt. Das ist sehr interessant, finde ich.«

»Halt die Klappe und steh auf«, fährt Ina sie an. »Und kümmere dich nicht um Dinge, für die du zu dämlich bist.«

»Das wird sich ja zeigen, wer hier dämlich ist«, sagt Feli, sie krabbelt aus dem Bett, nimmt ihren Morgenrock und stelzt zur Tür. »Jedenfalls seid ihr Zeugen. Ihr habt gehört, was sie gesagt hat.«

Wir drei bleiben schweigend zurück. Margit weint nicht mehr, sie schaut mit trostloser Miene vor sich hin. Dann fragt sie uns: »Glaubt ihr so etwas auch?«

»Quatsch«, sage ich. »Keiner von uns glaubt etwas. Und daß Feli spinnt, ist ja nichts Neues. Du solltest gar nicht auf sie hören.«

»Aber sie wird das der Polizei auch sagen, das von Mutti.«

Hm. Damit ist allerdings zu rechnen.

»Und dann werden sie mich fragen«, fährt Margit leise fort. »Was soll ich denn da bloß sagen?«

»Am besten die Wahrheit«, sagt Ina vorsichtig. »Es hat keinen Zweck, irgend etwas zu vertuschen. Wenn es dann herauskommt, wird es nur noch schlimmer.«

»Sie werden Mutti verdächtigen.«

Dagegen läßt sich nicht viel sagen. Ich bin ja diesem Verdacht auch schon nachgegangen. Aber wer Frau Berger sieht, der kann im Ernst nicht glauben, daß sie jemand töten könnte, auch nicht so eine Feindin, wie es Valeska für sie war. Und schließlich – wer hat denn schon immer ein Giftfläschchen parat in der Handtasche? So was muß man doch vorbereiten.

Ina ist ungeduldig. »Wir müssen runtergehen. Wir verpassen die wichtigsten Dinge.«

»Ich bin fertig«, sage ich. Lange Hosen und eine leichte

Bluse, das ist ja wohl ein standesgemäßer Anzug für ein Verhör, nehme ich an.
»Ich mag nicht runtergehen«, sagt Margit störrisch.
»Schön, dann bleibst du eben hier.«
»Ich will auch nicht mit Feli allein bleiben«, sagt sie mit einem feindlichen Blick auf Felis Bett.
Ina seufzt. »Na gut, dann gehst du rüber zu mir. Pat ist auch noch oben. Sie kann sich auch nicht entschließen, runterzugehen. Obwohl ich nicht einsehen kann, warum wir nicht wenigstens frühstücken sollen.«
»Daß du überhaupt daran denken kannst«, meint Margit vorwurfsvoll.
»Mein liebes Kind, es ist niemand damit gedient, wenn wir Hungers sterben. Und der Kommissar wird keinesfalls davon begeistert sein, wenn wir alle mehr oder weniger hysterisch sind. Mit irgend jemand muß er ja schließlich vernünftig reden können. Also geh rüber zu Pat. Aber du bist okay, Pony, ja?«
»Klar, Mensch.« Aber an der Tür zögere ich noch einmal kurz. »Ist sie . . . ich meine – wo ist sie?«
»Sie ist nicht mehr da. Sie wurde schon vor zwei Stunden zur gerichtsmedizinischen Untersuchung abtransportiert. Und jetzt komm endlich. Ich möchte wissen, was da unten vor sich geht.«

Verhöre

Zunächst einmal gibt es nichts Besonderes zu hören und zu sehen. Im Speisesaal ist gedeckt wie immer. Aber es sind heute große Lücken an den Tischen. Die Mädels wirken alle bedrückt und übermüdet, alles tuschelt und redet durcheinander.
Die Fränze kommt herein, überfliegt uns mit einem scharfen Blick. »Wo sind die anderen?« fragt sie. »Das ist kein Hotel hier. Wer jetzt nicht zum Frühstück kommt, kriegt nichts mehr. Richtet das bitte aus.« Und damit verschwindet sie wieder.
Ich gehe ihr nach. Sie hat schon die Hand auf die Klinke von Franzens Arbeitszimmer gelegt, dreht sich um und fragt scharf: »Was wollen Sie?«

»Nichts«, sage ich unschuldig. »Raufgehen und den anderen ausrichten, was Sie gesagt haben.«
Sie nickt kurz und geht in das Zimmer hinein. Ich kann gerade noch erspähen, daß alle drin sind, der Kommissar mit seinem Adjutanten oder wie man das nennt, Franz und Bork auch.
Auf der Treppe begegnet mir Marcelle. Auch sie sieht aus, als hätte sie diese Nacht nicht geschlafen. »Was gibt es?« fragt sie. Sie ist jetzt keine Lehrerin mehr, nur eine verängstigte junge Frau.
»Allerhand«, erwidere ich. »Ein richtiger Kommissar ist da. Es gibt eine große Untersuchung. Wir werden alle verhört.«
»Mein Gott, glauben die wirklich, daß sie – daß jemand ihr etwas getan hat?«
»Ich weiß nicht. Glauben Sie, daß sie es selbst getan hat?«
Marcelle hebt ratlos die Schultern. »Eigentlich nicht. Aber die andere Vorstellung ist ja noch viel furchtbarer. Kann es denn nicht sein, daß sie wirklich . . . daß es ein ganz natürlicher Tod ist?« Geradezu flehend ist ihre Stimme.
»Es sah eigentlich nicht so aus, nicht?«
»Aber, Pony, das ist ja schrecklich. Wenn ich denke . . .«
Sie spricht nicht aus, was sie denkt. Wir sehen uns eine Weile schweigend an. Ihre Lippen zittern ein wenig, und Angst und Entsetzen stehen deutlich in ihrem Gesicht geschrieben.
»Sieh mich nicht so an, Pony«, sagt sie dann. »Du denkst doch nicht etwa . . . Ich kann doch nichts dafür, ich habe das doch alles nicht gewußt.«
»Aber jetzt wissen Sie es, das mit Bork, nicht?«
»Ja, jetzt weiß ich es. Wenn er es nur früher gesagt hätte. Ich konnte ihn die ganze Zeit nicht begreifen, aber nun verstehe ich alles.« Sie hat vergessen, daß ich nur Schülerin bin. Sie möchte jetzt nur mit irgend jemand über das alles sprechen, mit jemand, der ihr nicht feindlich gesonnen ist.
»Sie waren nicht geschieden. Sie waren immer noch verheiratet. Er hat es mir heute nacht erzählt.«
»Sie waren nicht geschieden?«
»Nein. Sie hat ihn verlassen, schon vor Jahren. Wegen eines anderen Mannes. Dann hat er sie einmal kurz wiedergesehen, doch dann hat er jahrelang nichts von ihr gehört.

Sie war wohl im Ausland. Es war eine große Überraschung für ihn, als sie im Frühjahr hier auftauchte, sagt er. Sie kam seinetwegen.«

»Woher wußte sie, daß wir gerade eine Turnlehrerin suchten?«

»Ich weiß auch nicht. Sie wollte wieder mit ihm zusammen leben. Er . . .«

Unten geht eine Tür auf, und der Herr Kommissar erscheint auf der Bildfläche. Er wirft einen langen Blick zu uns herauf, die wir oben auf der Treppe stehen und miteinander geflüstert haben. Jetzt starren wir allerdings beide zu ihm hinunter wie zwei hypnotisierte Kaninchen.

»Ich suche Fräulein Moreau«, sagt er langsam.

Marcelle muß erst schlucken, ehe sie antworten kann. »Ja«, sagt sie dann leise, »das bin ich.«

»Hätten Sie wohl ein paar Minuten Zeit für mich, Fräulein Moreau?« Was für ein höflicher Mensch! Eigentlich sieht er sehr sympathisch aus, gar nicht wie ein Kriminalkommissar. Sein Haar ist blond und dicht, sein Gesicht rund und freundlich, nicht mal sein Blick ist scharf und mißtrauisch. Mit dem kann man sicher reden, ohne Angst zu haben.

Ich gebe Marcelle einen kleinen Schubs, und sie steigt die Treppe vollends hinunter.

»Wir gehen am besten da hinein«, sagt der Kommissar und weist auf die Tür zur Bibliothek.

Er läßt Marcelle den Vortritt, doch ehe er die Tür schließt, schaut er noch einmal zu mir herauf, die rechte Augenbraue ein wenig hochgezogen, und nun blitzt doch eine gewisse Schärfe aus seinem Blick, so daß ich es vorziehe, um die Treppenbiegung zu verschwinden.

Aber nur bis die Tür unten ins Schloß fällt. Dann bin ich wie der geölte Blitz in der Diele. Im Moment ist keiner da. Ina zu holen, wäre zu umständlich. Sicher kommen da noch andere angekleckert, wenn ich sie herausrufe. Und ohne weiter zu überlegen, bin ich in unserem Klassenzimmer drin und dann im nächsten. Leise wie ein Mäuschen, der Kommissar hat bestimmt scharfe Ohren.

Die Tür hinter dem Schrank ist glücklicherweise noch angelehnt von gestern. Ich quetsche mich atemlos auf den Boden und halte mein Ohr an die Ritze zwischen Schrank

und Wand. Gott sei Dank, der Kommissar hat eine laute Stimme.
»Aus Straßburg«, höre ich ihn gerade liebenswürdig sagen, »Sie sind also Elsässerin, Fräulein Moreau. Es macht Ihnen daher keine Mühe, sich mit mir deutsch zu unterhalten.«
»Nein«, erwidert Marcelle leise, »keineswegs.«
»Straßburg ist eine schöne Stadt«, plaudert der Kommissar, »ich bin vor zwei Jahren dort gewesen. Sind Sie dort aufgewachsen?«
»Nur zum Teil«, Marcelle spricht sehr leise, ich habe Mühe, sie zu verstehen. »Später lebten wir in Paris. Mein Vater stammte aus Paris.«
»Aha, ah so«, läßt sich der Kommissar vernehmen. »Na, Paris kenne ich noch nicht. Aber ich hoffe, daß ich noch einmal hinkomme. Ja, Fräulein Moreau, um zur Sache zu kommen . . . Sie sind schon lange hier in diesem Internat?«
»Seit zwei Jahren.«
»Und vorher? Wo waren Sie vorher?«
»Ich arbeitete in einem Internat in Genf. Und zuvor lebte ich, wie ich schon sagte, in Paris.«
»Hatten Sie in Paris auch schon unterrichtet? Ach, Verzeihung, da waren Sie ja wohl noch zu jung dazu?«
»Ich habe erst später ein pädagogisches Seminar besucht und einige Semester Sprachen studiert. Als junges Mädchen war ich zunächst als Krankenschwester ausgebildet worden.«
»Als Krankenschwester? Interessant. Wie kamen Sie darauf?«
»Wie man als junges Mädchen eben auf so etwas kommt. Man hat gewisse Ideale, man möchte Gutes tun, den Menschen helfen . . .«
»Und warum gaben Sie diesen Beruf, den Sie offenbar aus Neigung ergriffen hatten, dann so plötzlich auf?«
Sie zögert eine Weile mit der Antwort, dann spricht sie so leise, daß ich es kaum verstehen kann: »Es hatte persönliche Gründe.«
»Darf man fragen . . .?«
Ein kleines nervöses Lachen. »Wenn ich ehrlich bin, waren es sogar zwei Gründe. Erstens war ich auf die Dauer dem Anblick leidender und sterbender Menschen nicht gewachsen; es machte mich selber ganz krank.«

Sie hat ein gutes Herz, die kleine Marcelle. Ein weiches Herz. Den Eindruck machte sie ja eigentlich immer schon.
»Und der zweite Grund?«
»Ich war verlobt mit einem jungen Arzt, er arbeitete in dem gleichen Krankenhaus wie ich. Und er . . .«
»Ja? Was geschah mit ihm?«
»Nun ja, was eben so geschieht. Er verließ mich. Eine andere gefiel ihm besser.«
Eine kleine Pause entsteht im Nebenzimmer.
Die arme Marcelle hat wirklich Pech mit ihren Männern. Im Augenblick tut sie mir schrecklich leid.
»Aha. Soso«, läßt sich der Kommissar vernehmen. »Und dann sattelten Sie kurzerhand um und wurden Lehrerin?«
»Ja. Ich habe Kinder immer gern gehabt. Und ich glaube, ich komme gut mit jungen Menschen aus.«
Doch, das tut sie. Kann man nichts gegen sagen. Wir mögen sie eigentlich alle gut leiden.
»Dann war also, wenn ich das recht verstehe, die Tätigkeit in Franzenshöh erst Ihre zweite Stellung als Lehrerin?«
»Ja.«
»Und da Sie Elsässerin sind und gut deutsch sprechen, war es naheliegend, daß Sie einmal in Deutschland arbeiten wollten.«
»Ja.«
»Nun gut. Seit wann kannten Sie Valeska Loring?«
»Seit sie vor einem Vierteljahr hier ihre Stellung antrat.«
»Sie sind ihr vorher nie begegnet?«
»Nein.«
»Es wäre ja immerhin möglich, da Sie beide im gleichen Beruf arbeiteten und im Ausland tätig waren.«
»Nein, ich habe sie vorher nie gesehen.«
»Welchen Eindruck hatten Sie von der neuen Kollegin?«
»Oh, ich fand sie sehr – sehr nett.« Es klingt nicht ganz überzeugend.
»Wußten Sie damals oder zu irgendeinem späteren Zeitpunkt, daß Valeska Loring eigentlich Valeska Bork hieß und die Frau Ihres Kollegen Dr. Bork war?«
»Nein, das haben wir alle nicht gewußt.«
»Wer ist alle?«
»Nun, hier wir alle vom Internat, die anderen Lehrer, der Direktor, die Mädchen.«

»Es wäre eine interessante Tatsache gewesen, nicht wahr?«
»Ja.«
»Übrigens, Herr Dr. Franzen wußte es.«
»Er wußte es?«
»Ja, seit drei Tagen. Er fuhr mit Frau Bork nach München, und bei der Gelegenheit erzählte sie es ihm. Sie nahm ihm aber das Versprechen ab, es zunächst für sich zu behalten. Denn sie hatte die Absicht, am Abend des Sommerfestes, also gestern abend, diese Tatsache allen bekanntzugeben. Herr Dr. Bork behauptet, von dieser ihrer Absicht nichts gewußt zu haben. Hat Ihnen Herr Dr. Franzen, vielleicht unter dem Siegel der Verschwiegenheit, das Geheimnis verraten?«
»Nein. Nein, bestimmt nicht.«
»Was glauben Sie, wäre geschehen, wenn Valeska Bork ihre Absicht verwirklicht und gestern abend hätte wissen lassen, daß sie in Wahrheit die Frau von Dr. Bork ist?«
»Oh, es wäre eine große Überraschung gewesen, denke ich.«
»Nur eine Überraschung?«
»Nein, nicht nur das. Eine etwas peinliche Überraschung.«
»Man könnte es schon fast als kleinen Skandal bezeichnen, was meinen Sie, Fräulein Moreau? Im allgemeinen erwartet man ja wohl von Lehrern, also von Erziehern der Jugend, daß ihr Privatleben tadellos ist, klar und durchsichtig gewissermaßen. Oder sind Sie nicht dieser Ansicht?«
»Doch. Selbstverständlich.«
»Wenn sich nun plötzlich herausstellt, daß eine Lehrerin unter falschem Namen hier lebt und daß einer der Lehrer mit ihr verheiratet ist, obwohl er dies bisher verschwiegen hatte und auch gesonnen schien, dies weiterhin unter allen Umständen verborgen zu halten, wenn zwangsläufig dadurch ans Licht kam, daß diese Ehe eine etwas, nun sagen wir, fragwürdige Angelegenheit war, glauben Sie, daß dies auf die jungen Mädchen, deren Erziehung Ihnen allen anvertraut war, einen guten Eindruck gemacht hätte?«
»Nein«, sagt Marcelle heftig, »natürlich nicht. Warum fragen Sie mich das?«
»Dazu kam, daß dieser Lehrer sich seit längerer Zeit für eine andere Dame interessierte, ebenfalls Lehrerin an die-

sem Internat, was wohl auch den Schülerinnen nicht verborgen geblieben ist.«

»Doch«, ruft Marcelle jetzt ziemlich laut, »es hat niemand etwas gewußt. Das war erst in letzter Zeit, seit sie hier war, seit Frau Loring hier war, da herrschte so eine ungute Atmosphäre, und da haben wohl auch die Mädels etwas gemerkt.«

»Eine ungute Atmosphäre, so«, sagt der Kommissar langsam. »Nennen wir das Kind doch beim rechten Namen. Sie waren eifersüchtig auf Frau Loring.«

Kleine Pause. Dann sagt Marcelle leise: »Ja. Ich war eifersüchtig. Und ich konnte mir das alles nicht erklären.«

»Was konnten Sie sich nicht erklären?«

»Daß er auf einmal so verändert war. Daß er mir aus dem Weg ging und sich mit ihr traf. Ich mußte doch annehmen . . .«

»Sprechen Sie nur weiter. Sie mußten annehmen, daß er sich von Ihnen zurückzog und sein Interesse Frau Loring zuwandte. Sie hatten also allen Grund, eifersüchtig zu sein. Haben Sie nie versucht, mit ihm darüber zu sprechen, eine Erklärung zu verlangen?«

»Er war so verändert. Und er ging mir aus dem Weg. Einmal sagte er mir, ich solle Vertrauen haben, es habe sich nichts zwischen uns geändert.«

»Mehr sagte er nicht?«

»Nein. Ich glaubte es ihm auch nicht.«

»Die Bindung zwischen Ihnen war eine – sehr nahe?«

Darauf schweigt Marcelle.

»Entschuldigen Sie diese indiskrete Frage. Ich habe bloß eben überlegt, daß es doch gar nicht so einfach gewesen sein kann. Drüben das Internat, hier das Pensionat, dazu die vielen neugierigen Kinderaugen, das muß doch ziemlich schwierig gewesen sein.«

Marcelle tut einen Seufzer, der kommt wirklich aus tiefstem Herzen. »Das kann man wohl sagen.«

»Wenn Sie sich nun wirklich, äh, gern mochten, dann wäre es doch am einfachsten gewesen, zu heiraten. Sie haben doch sicher daran gedacht?«

»Ja. Ich habe daran gedacht.«

»Und was sagte er dazu?«

»Wir haben nicht mehr darüber gesprochen, nachdem er

mir einmal zu Anfang sagte, er könne jetzt aus einem bestimmten Grunde nicht heiraten, aber ich sollte ein wenig Geduld haben. Es würde sich alles arrangieren.«

»Na ja.« Kommissar Linckmann überlegt eine Weile, dann sagt er nicht ohne Herzlichkeit: »Die Männer machen sich das Leben leicht, was? Haben Sie denn nicht nach dem Grund gefragt?«

»Nein.«

»Diese Zurückhaltung macht Ihnen alle Ehre. Nicht jede Frau wäre so geduldig und verständnisvoll. Zumindest wäre sie von Neugier geplagt gewesen, was hinter dieser Bemerkung stecken könnte. Jedenfalls nehme ich das an, so weit meine ich die weibliche Psyche zu verstehen. Irre ich mich?«

»Nein. Sie wissen sehr gut, Herr Kommissar, daß Sie sich nicht irren. Neugier wäre das mindeste, was eine Frau in diesem Zusammenhang plagen könnte. In Wirklichkeit plagt sie noch viel mehr.«

»Zum Beispiel?«

»Warum quälen Sie mich? Sie wissen es selbst sehr gut. Mißtrauen, Zweifel an der Liebe des Mannes, Zweifel an sich selbst, ach . . .«, die Stimme versagt ihr, sie schweigt. Weint sie etwa?

»Nun, nun Fräulein Moreau«, kommt die warme, gütige Stimme des Kommissars, wirklich, er spricht wie ein Vater mit ihr, »ich will Sie gewiß nicht quälen, und ich verstehe das alles sehr gut. Ich verstehe auch, daß es in Ihrem Fall besonders schwierig war.«

»Ja, das war es«, fällt Marcelle ihm leidenschaftlich ins Wort. »Sie haben es vorhin ganz richtig erkannt. In einer anderen Umgebung, als freie berufstätige Frau hätte ich das alles großzügiger betrachten können. Aber in meinem Beruf und unter den gegebenen Umständen war es auf die Dauer untragbar. Trotz aller Liebe.«

»Sie haben ihn also sehr geliebt?«

Es kommt keine Antwort. Aber vielleicht hat sie genickt, denn der Kommissar fährt fort: »Und Sie lieben ihn noch. Er macht ja einen sehr sympathischen Eindruck. Wenn er auch im Moment etwas verstört sein mag. Aber jetzt haben Sie sich wohl ausgesprochen, wie?«

»Das ist nicht ganz der richtige Ausdruck. Ich habe erfahren, was er die ganze Zeit vor mir und vor allen anderen verborgen hat. Ich habe es erfahren bei dieser schrecklichen Gelegenheit. Zu mehr war noch keine Zeit und hatte auch keiner von uns das Herz.«

»Natürlich. Nun, Fräulein Moreau, fassen wir kurz zusammen. Sie wußten bis heute nacht nicht, warum Dr. Bork nicht geneigt war, die Bindung zu Ihnen zu legalisieren. Aber Sie liebten ihn und hatten keinen Grund, an seiner Zuneigung und an seiner Treue zu zweifeln, bis Frau Bork, oder nennen wir sie weiter Frau Loring, hier auftauchte. Sie mußten annehmen, er hätte seine Neigung dieser Dame zugewandt, Sie waren eifersüchtig, Sie waren unglücklich, Sie wünschten die Rivalin zum Teufel.«

»Ja«, ruft Marcelle heftig, »ja, das ist alles wahr. Aber ich habe sie nicht getötet.«

»Hm. Aber Dr. Bork hatte immerhin ein Motiv dafür. Nehmen wir an, er liebte Sie, er wünschte, Sie zu heiraten. Plötzlich taucht seine seit langer Zeit verschollene Frau hier auf, ganz überraschend, sie will ihn zwingen, die Gemeinschaft mit ihr wiederaufzunehmen, Sie zu verlassen, allen zu bekennen, daß seine Frau ihn einmal verlassen hat und nun zurückkehrt, um wieder mit ihm zu leben. Sie hatte versucht, mit ihm unter vier Augen darüber ins reine zu kommen, er hatte abgelehnt, und nun wollte sie ihn dadurch zwingen, daß sie vor einer großen Gesellschaft, vor seinen Kollegen, seinem Chef, vor seinen Schülern die Wahrheit ihres Verhältnisses bekanntgab. Es hätte einen Eklat gegeben, einen Skandal. Ohne Zweifel wäre Dr. Bork damit unmöglich gemacht worden, er hätte seine Stellung hier verlassen müssen, er hätte Sie verloren, kurz, es war alles so angelegt, daß er sich in die Enge getrieben vorkam und nur in einem Verzweiflungsschritt einen Ausweg sah. Das erscheint alles recht logisch, nicht wahr?«

»Nein«, schluchzt Marcelle, »nein, er hat es nicht getan. Gewiß nicht. Er hat es mir gesagt heute nacht, daß er es nicht getan hat.«

Mir klopft das Herz bis zum Hals. Das ist alles schrecklich aufregend und ganz furchtbar. Die arme Marcelle. Der arme Bork. Was müssen sie ausgestanden haben! Wir haben das Ganze als amüsanten Zeitvertreib angesehen, und dabei war es bitterer Ernst. Und wenn man sich alles recht

überlegt, dann hätte er wirklich Grund genug gehabt, Valeska umzubringen.
»Schön, Fräulein Moreau, nehmen wir mal an, er hat Ihnen die Wahrheit gesagt. Dann sagen Sie mir, wer kann Frau Loring getötet haben. Ermordet, Fräulein Moreau. Bedenken Sie, es handelt sich um Mord. Wer sonst hier hatte ein Motiv?« Kalt und schneidend klingt jetzt die freundliche Stimme des Kommissars. »Wer, Fräulein Moreau?«
»Ich weiß es nicht«, sagt Marcelle leise und stockend. »Ich weiß es wirklich nicht. Ich gebe zu, wir beide, Bork und ich, wir hatten ein Motiv, aber wir haben es nicht getan.«
»Sie können das allenfalls von sich selbst mit Bestimmtheit behaupten, Fräulein Moreau. Nur Sie selbst wissen, ob Sie die Wahrheit sprechen. Ich zum Beispiel weiß es nicht. Und mein Amt hier verbietet mir, Ihnen bedingungslos zu glauben. Das sehen Sie ein, nicht wahr?«
»Ja«, haucht Marcelle. Und nach einer Pause: »Aber kann es denn nicht Selbstmord gewesen sein? Oder ein ganz natürlicher Tod?«
»Ein natürlicher Tod scheidet aus. Das haben die ersten Untersuchungen bereits ergeben. Eine Vergiftung liegt vor. Es ist jetzt meine Aufgabe zu untersuchen, ob Mord oder Selbstmord vorliegt. Nach allem, was ich bis jetzt über die Tote erfahren habe, erscheint ein Selbstmord sehr unglaubwürdig. Wenn es aber Mord war, dann gibt es einen Mörder. Und den werde ich finden, Fräulein Moreau, seien Sie dessen gewiß.«
Es bleibt totenstill nebenan nach diesen Worten. So still, daß ich meine, der Kommissar müßte mein Herz klopfen hören.
Mörder! Zum erstenmal ist dieses grauenhafte Wort ausgesprochen worden. Ein Mörder ist hier unter uns. Mir ist ganz kalt. Ich wünschte, ich könnte hier raus. Ich will gar nichts mehr hören. Ich graule mich schrecklich.
Nebenan wird ein Stuhl gerückt. »Nun gut, Fräulein Moreau, fürs erste sind wir miteinander fertig. Überlegen Sie sich alles, was wir gesprochen haben, und auch das, was wir nicht gesprochen haben. Wenn Sie mir noch etwas zu sagen haben, dann sagen Sie es mir bald. Je eher, um so besser.«

Von Marcelle kommt kein Ton mehr. Ich höre Schritte, die Tür geht auf, die Tür geht zu. Stille. Ich wage mich nicht zu rühren. Sind sie alle beide raus aus dem Zimmer, oder ist der Kommissar noch drin? Wenn bloß Ina hier wäre, dann wäre mir nicht so unheimlich zumute. Aber ich kann auf keinen Fall jetzt aufstehen und rausgehen, ich könnte so leise machen, wie ich wollte, wenn der Kommissar nebenan ist, hört er es.
Wenn bloß keiner reinkommt und mich hier hocken sieht. Dann denken sie am Ende, ich habe Valeska umgebracht. Das bringt mich auf eine neue Idee. Ist es denn sicher, daß es einer von den Großen war? Die Mädels lieben Bork auch. Jede, kann man sagen. Und eifersüchtig waren wir auch, erst auf Marcelle, dann auf Valeska. Aber der Gedanke ist absurd. Da müßte eine schon reichlich überspannt und hysterisch sein wie zum Beispiel die gute Feli. Ein paar andere Verrückte haben wir zwar auch noch. Weiß man denn, was in so einem Kopf vorgeht?
Aber das ist doch alles Unsinn. Man kann leicht mal jemand zum Teufel wünschen, aber bis man ihn wirklich um die Ecke bringt, das ist noch ein weiter Weg. Und dann das Gift! Das muß man schließlich erst mal haben. Wenn ich heute jemand umbringen wollte, wüßte ich beim besten Willen nicht, wie ich mir Gift verschaffen sollte. Das kauft man ja nicht beim nächsten Kaufmann.
Nebenan ist es totenstill. Der Kommissar ist wohl doch mit hinausgegangen. Ob ich jetzt hier abhaue?
Doch ehe ich mich hier aufgerappelt habe, geht nebenan wieder die Tür.
»Wir gehen am besten hier herein«, höre ich die Stimme des Kommissars. »Es wird Zeit, daß wir mal ein paar Worte unter vier Augen sprechen, denke ich.« Wen hat er jetzt am Wickel? Der Gesprächspartner tut vorerst keinen Pieps. Stühle werden gerückt, der Kommissar räuspert sich.
»Tja. Was ich bis jetzt zu hören bekommen habe, gibt zwar ein reichlich buntes Bild. Aber nicht eben ein widerspruchsvolles. So wie die Dinge liegen, läßt sich der Fall am klarsten und überzeugendsten von einer Seite her aufrollen. Das sehen Sie wohl ein?«
Es kommt keine Antwort, und der Kommissar fährt fort:

»Eine Frage zuvor, Herr Bork. Halten Sie es für möglich, daß Ihre Frau Selbstmord begangen hat?«
Bork ist es also. Nach einer kleinen Pause antwortet er dem Kommissar: »Offen gestanden, nein.«
»Diese Offenheit macht Ihnen alle Ehre. Denn Sie wissen ja selbst gut genug, daß Sie am meisten belastet sind.«
»Ja. Ich weiß es.«
»Ich habe eben mit Fräulein Moreau gesprochen. Über die – eh, Beziehung zwischen Ihnen beiden bin ich unterrichtet. Es wird Sie daher nicht überraschen, wenn ich Ihnen sage, daß ich außer Ihnen auch Fräulein Moreau des – Mordes verdächtigen muß.«
Vor Mord macht er eine wirkungsvolle kleine Pause und spricht dann das Wort sehr betont und nachdrücklich aus.
Bork fährt auch gleich auf. Erregt sagt er: »Herr Kommissar, lassen Sie Fräulein Moreau aus dem Spiel. Ich versichere Ihnen, sie hat damit nichts zu tun.«
»Wie können Sie mir das versichern, Herr Dr. Bork«, die Stimme des Kommissars klingt jetzt sehr kühl. »Oder wollen Sie ein Geständnis ablegen? Haben Sie Ihre Frau getötet?«
»Ich habe sie nicht getötet«, sagt Bork leise.
»Können Sie mir dann sagen, wer außer Ihnen und Fräulein Moreau einen Grund gehabt hätte, Ihre Frau zu vergiften?«
»Nein.«
»Nun also. Sagen Sie selbst, Herr Dr. Bork, Sie sind ein Mann mit logischem, geschultem Verstand, sagen Sie selbst, ob sich eine andere Möglichkeit bietet außer der, Sie oder Fräulein Moreau oder möglicherweise Sie beide zusammen zu verdächtigen.«
»Nein«, sagt Bork laut und heftig, »nein, ich sehe auch keine andere Möglichkeit. Aber ich habe es nicht getan und ich kenne Marcelle gut genug, ich meine, ich kenne Fräulein Moreau gut genug, um mit Bestimmtheit sagen zu können, daß auch sie es nicht getan haben kann.«
»Die Praxis meines Berufes hat mich gelehrt, Herr Doktor, daß man nie von einem anderen Menschen mit Gewißheit sagen kann, man kenne ihn. Man sieht nicht in das Herz und in den Kopf eines anderen hinein. Auch da nicht, wo man zu lieben glaubt, wo man meint, alles zu wissen.

Wenn ich einen Mord untersuche, frage ich zunächst nach dem Motiv. Und Motive zu einem Mord habe ich bisher nur bei Ihnen und bei Fräulein Moreau entdecken können. Sie können mir auch keinen Hinweis in einer anderen Richtung geben.«

»Sie sprechen von Mord, Herr Kommissar. Ist es denn sicher, daß es Mord war?«

»Es war kein natürlicher Tod. Soviel hat die Untersuchung bis jetzt unwiderruflich ergeben.«

»Und vielleicht – vielleicht hat sie es doch selbst getan?«

»Sie haben mir vor wenigen Minuten gesagt, daß Sie dies nicht für möglich halten.«

»Ja, das habe ich gesagt. Aber *Sie* sagten eben, man könne nie in das Herz und in den Kopf eines anderen Menschen hineinblicken. Valeska war nicht der Typ aufzugeben. Das war immer mein Eindruck von ihr. Aber vielleicht habe ich mich getäuscht.«

»Gut, sprechen wir von ihr. Wann haben Sie geheiratet?«

»Anfang der fünfziger Jahre.«

»Was taten Sie damals?«

»Ich stand kurz vor Beendigung meines Studiums, das ich erst einige Zeit nach dem Kriege hatte beginnen können.«

»Sie waren Soldat?«

»Ja. Ich war die letzten beiden Jahre des Krieges eingezogen, ich war ein halbes Jahr in Gefangenschaft und kehrte dann in meine Heimat zurück. Meine Eltern lebten noch. Darum ging ich zurück.«

»Sie stammen aus Weimar, wie ich erfahren habe?«

»Ja. Ich studierte in Erfurt, und dort lernte ich auch Valeska kennen. Sie war noch ein sehr junges Mädchen, sie stammte aus guter Familie und wurde sehr von ihren Eltern behütet, was ihr nicht besonders gefiel. Denn sie hatte den Kopf voll phantastischer Ideen. Sie wollte zum Theater gehen, sie wollte Tänzerin werden. Aber damals waren die Zeiten ja auch nicht so einfach. Schließlich ließ sie sich als Sportlehrerin ausbilden. In Ostdeutschland wurde der Sport ja sehr gefördert, und Valeska war schon während ihrer Schulzeit eine großartige Turnerin, hatte verschiedene Preise als Schwimmerin gewonnen und ähnliches mehr.«

»Wenn ich sie richtig beurteile, war nach allem, was ich bisher gehört habe, die Laufbahn einer Lehrerin wohl nicht besonders gut für sie geeignet.«

»Das stimmt. Sie sagte mir damals schon, kaum daß wir uns kennengelernt hatten, daß sie in den Westen gehen wolle und ein ganz anderes, ganz großartiges Leben beginnen würde.«

»Sie war vermutlich ein hübsches Mädchen?«

»Ein sehr hübsches Mädchen.«

»Und Sie hatten sich also in sie verliebt?«

»Ja. Ich war selbst noch jung und relativ unerfahren . . . Ja, ich gebe es zu, ich verliebte mich sehr heftig in sie.«

»Und dann heirateten Sie also.«

»Ja. Valeska tat es wohl hauptsächlich, um selbständig zu werden und nicht mehr unter dem strengen Regiment ihres Vaters leben zu müssen.«

»Wollen Sie damit sagen, daß es von ihrer Seite aus nicht die große Liebe war?«

»Ich weiß es heute nicht mehr. Damals glaubte ich es natürlich. Und einige Zeit lang waren wir sehr glücklich. Aber vom ersten Tag unserer Ehe an versuchte sie mich zu überreden, daß wir in den Westen gehen sollten.«

»Und Sie wollten nicht?«

»Doch, eigentlich schon. Wer wollte es nicht? Aber ich hatte gerade meine erste Stelle als Lehrer angetreten; und es war ja mit gewissen Schwierigkeiten verbunden. Man nannte es Republikflucht, und wenn man erwischt wurde, waren die Folgen reichlich unangenehm.«

»Aber dann wagten Sie die Flucht doch?«

»Valeska zuerst. Sie reiste eines Tages nach Ostberlin, um eine Freundin zu besuchen, und von dort fuhr sie, was viele damals taten, mit der S-Bahn hinüber in den Westen. Es war ja noch vor dem Bau der Mauer.«

»Und sie kam nicht zurück?«

»Nein. Sie schrieb mir, ich solle auch kommen.«

»Und dann flohen Sie also auch?«

»Nicht gleich. Es war nicht so einfach, wie sich das heute anhört. Außerdem machte mir meine Arbeit Freude. Ich war ein junger Lehrer, der noch eine Menge Ideale hatte. Ich fühlte mich für die Kinder verantwortlich. Ich wollte eigentlich die Stellung in meiner Schule nicht aufgeben.«

»Und dann taten Sie es doch, aus Liebe, nehme ich an?«

»Man muß es wohl so nennen. Ich folgte ihr ungefähr ein dreiviertel Jahr später, auf einem anderen Weg. Ich ging nachts zu Fuß über die Grenze. Und ich war nicht sicher, ob ich nicht doch wieder genauso heimlich zurückkehren würde. Es war während der Ferien, wissen Sie. Und vielleicht wäre es gar nicht aufgefallen, daß ich einige Tage nicht anwesend war. Meinen Bekannten hatte ich gesagt, ich würde eine Wanderung durch den Thüringer Wald machen.«
»Sie fanden Ihre Frau in Berlin?«
»Ja, sie lebte mit einem anderen Mädchen zusammen, das in einem Nachtklub arbeitete.«
»Und Ihre Frau?«
»Sie trat in dem gleichen Nachtklub auf. Sie tanzte.«
»Und das gefiel Ihnen nicht?«
»Nein. Es gelang mir, sie wieder zur Vernunft zu bringen. Und nachdem ich ihr versprochen hatte, im Westen zu bleiben, nahm sie sogar ihr Studium wieder auf. Allerdings konnten wir nicht in Berlin bleiben, dort konnte ich keine Anstellung finden, und es dauerte noch eine ganze Weile, bis ich überhaupt wieder angestellt wurde. Es waren gewisse Formalitäten zu erledigen, die durch den Wechsel von der einen Welt in die andere notwendig geworden waren. Wir landeten schließlich in Göttingen, wo Valeska studierte und ich eine Zeitlang in einem anderen Beruf arbeiten mußte.«
»In welchem?«
»Ich arbeitete als Fahrer in einer Speditionsfirma. Und wir verdienten natürlich nicht sehr viel, das heißt, Valeska verdiente gar nichts, und was ich verdiente, war in jener Zeit nicht gerade üppig.«
»Und wie fand sich Ihre Frau mit diesem Leben ab, das ja offenbar gar nicht ihren Vorstellungen entsprach?«
»Sie war sehr unzufrieden. Wir hatten viel Streit. Man muß eigentlich ehrlich zugeben, daß unsere Ehe damals bereits zerstört war.«
»Und wie ging es weiter?«
»Ich bekam eine Anstellung, als Lehrer wieder, in einer Kleinstadt in der Lüneburger Heide. Und das war dann das Ende.«
»Das Ende?«

»Ja. Praktisch das Ende unserer Ehe. Denn Valeska erklärte mir klar und bündig, sie denke nicht daran, in irgendeinem Kaff zu versauern und dort die Lehrersfrau zu mimen. Ich ging allein.«
»Und sie blieb in Göttingen?«
»Nicht lange. Sie wagte dann den ganz großen Sprung in eine andere Welt. Sie reiste nach Paris und blieb dort.«
»Eine unternehmungslustige junge Dame.«
Das kann man wohl sagen. Auch eine Tochter aus guter Familie, die mal so eben über die Hürden hüpft. Komisch, es passiert doch eigentlich immer wieder dasselbe. Aber sich Valeska als Lehrersfrau in irgendeiner Kleinstadt vorzustellen, ist wirklich absurd.
Bork spricht weiter. Er hat sich wohl eine Zigarette angezündet; ich kann es hören, wie er einige Male heftig den Rauch ausstößt, er spricht sehr schnell, seine Stimme klingt erregt. Die Erinnerung an jene Zeit belastet ihn wohl immer noch sehr.
»Als ich das nächste Mal Ferien hatte, fuhr ich nach Paris. Ich wollte es noch einmal versuchen. Aber es war hoffnungslos. Sie trat am Place Pigalle in einem reichlich schrägen Laden auf, es war nicht direkt Striptease, was sie machte, aber . . . nun ja, etwas in dieser Art.«
Bork räuspert sich. Seine Stimme klingt belegt. Es fällt ihm offenbar schwer, darüber zu reden. Kann man ja verstehen. Eine ziemliche Biene, diese seine Gattin.
»Ein Mann war doch sicher auch im Spiel?« fragt der Kommissar erbarmungslos.
»Ja«, gibt Bork zu, »sie lebte mit einem Mann zusammen, und da gab ich es auf. Ich kehrte nach Deutschland zurück und bemühte mich, zu vergessen.«
»Von Scheidung wurde nicht gesprochen?«
»Doch, natürlich. Aber das war ihr gar nicht so wichtig. Das könne man gelegentlich erledigen, sagte sie leichthin, sie würde sich dann schon bei mir melden. Und ich hatte auch gar keine Lust, viel mit ihr zu reden, ich war sehr wütend.« Er schweigt und fügt nach einer Weile leise hinzu: »Und sehr unglücklich.«
Während ich gespannt zuhöre, versuche ich mir den jungen Bork vorzustellen. Das ist gar nicht so einfach. Wir kennen ihn als überlegenen, selbstsicheren Mann; alles

das, was wir an ihm so bewundern, seine Gelassenheit, den gewissen Charme, die leichte Ironie manchmal, diese ganze wohlgereifte attraktive Männlichkeit – so hat es Ina einmal spöttisch ausgedrückt –, all das war wohl damals noch nicht vorhanden. Er war ein junger Mann, der eine Frau liebte, die ihn offensichtlich nicht ganz für voll nahm. Wenig Geld hatte er sicher auch, denn damals waren die Lehrergehälter ja wohl noch recht bescheiden, wie ich gehört habe.

»Sie hatte mich zuvor auch schon betrogen. Damals in Berlin. Das erfuhr ich später von dieser Freundin, mit der sie zusammengelebt hatte«, fügt Bork bitter hinzu. »Nun ja, ich hatte mein Lehrgeld bezahlt. Und eines Tages hatte ich das Gefühl, ich müsse mich von dieser Belastung frei machen, die meine gescheiterte Ehe für mich bedeutete. Ich ging für längere Zeit ins Ausland. Ich war in Ägypten, später in Indien, ich arbeitete eine Zeitlang als Journalist, in Indien sogar bei einer Filmgesellschaft. Und als ich diese Art von Abenteuerleben satt hatte, kehrte ich nach Europa zurück und hatte das Glück, durch einen Mann, den ich in Indien kennengelernt hatte – einen Engländer, mit dem ich mich gut angefreundet hatte –, eine Anstellung in einer deutschen Schule in London zu erhalten. Ich hatte Valeska endlich vergessen.«

»Aber Sie waren immer noch mit ihr verheiratet?«

»Sie werden es kaum für möglich halten, Herr Kommissar, aber auch das vergaß ich. Ich hatte genug von der Ehe. Ich wollte sowieso nicht wieder heiraten.«

Das ist alles unbeschreiblich spannend und aufregend, ein ganzer Roman. Dieser Bork! Wirklich ein toller Bursche. Schade, daß Ina nicht hier ist! Ich muß aufpassen, damit ich ihr alles genau erzählen kann. Aber ich habe diesen Gedanken noch nicht zu Ende gedacht, da taucht sie plötzlich in der Tür zum Nebenzimmer auf. Ich lege den Finger auf die Lippen, aber sie hat vorsorglich schon die Schuhe ausgezogen und kommt auf Strümpfen lautlos herangehuscht. Sie macht ein fragendes Gesicht, und ich schlage die Augen zur Decke und hebe dramatisch die Hände zum Himmel. Das heißt so viel wie: toll, einfach toll!

Ina quetscht sich neben mich auf den Boden. Im Nebenzimmer geht das Gespräch weiter.

»Und Sie wollen sagen, daß Sie seit jener Begegnung in Paris nie mehr etwas von Ihrer Frau gehört haben?« fragt der Kommissar.
»Nein, das will ich nicht sagen. Ich traf sie vor . . . warten Sie, ja, vor sechs oder sieben Jahren, eben in London. Ganz zufällig. Ich war damals erst kurze Zeit in England.«
»Zufällig, sagten Sie?«
»Mein Ehrenwort. Auch in einer so großen Stadt wie London kann man sich zufällig treffen. Es war vor dem Schaufenster eines Geschäftes in der Bond Street. Sie war schöner denn je, sehr elegant gekleidet, lebendig und voller Schwung. Sie erzählte mir sofort, daß sie nun den Mann ihres Lebens gefunden habe, sie lebe mit ihm zusammen, liebe ihn über alles und würde ihn heiraten. Zunächst allerdings müßte er sich scheiden lassen, er war nämlich noch verheiratet.«
Das ist ja wohl der Gipfel! Das muß Margits Vater gewesen sein.
»Wir saßen lange zusammen in einem kleinen Pub und redeten wirklich ernsthaft über unsere Scheidung, die sie nun gerne haben wollte. Wir unterhielten uns ganz friedlich, ganz freundschaftlich. Ich gab ihr meine Adresse und erklärte mich bereit, jederzeit, in England oder in Deutschland, ganz wie es ihr beliebe, eine Gentleman-Scheidung durchzuführen.«
»Aha. Und dann?«
»Nichts. Seitdem habe ich nichts mehr von ihr gehört oder gesehen, bis sie vor einem Vierteljahr hier auftauchte.«
»Es war ein Schock für Sie?«
»Das kann man wohl sagen. Aber es lag auch eine gewisse Folgerichtigkeit darin. Ich empfand es geradezu als eine Fügung des Schicksals, wenn ich mich mal so hochgestochen ausdrücken darf. Denn ich hatte mich zu jener Zeit in Gedanken viel mit Valeska beschäftigt. Auch damit, wo sie sein könnte und wie ich sie erreichen könnte.«
»Und woher kam das? Nachdem Sie sich angeblich jahrelang nicht um den Aufenthaltsort und den Lebenslauf Ihrer Frau gekümmert hatten?«
»Es kam einfach daher, daß es den Anschein hatte, ich würde nun seßhaft werden, es gefiel mir hier, ich hatte wieder Freude an meinem Beruf, und schließlich dachte ich

daran, dieses neue ruhige Leben, das ich jetzt führte, durch eine Ehe zu vervollkommnen.«

»Aha. Fräulein Moreau.«

»So ist es. Ich hatte in ihr einen Menschen gefunden, mit dem ich mich gut verstand, ich war das rastlose Leben müde, ich wollte sie heiraten. Sie erwartete es wohl auch von mir. Mit gutem Recht.«

»Ja, es war wohl alles ein bißchen kompliziert. Fräulein Moreau hat mir das schon erzählt. Wieso kam es eigentlich, daß Sie Fräulein Moreau nichts davon erzählten, daß Sie noch gebunden waren?«

»Ich weiß es eigentlich selbst nicht. Vielleicht fürchtete ich, sie dadurch zu verlieren. Auch schien es mir so unglaubwürdig, wenn ich plötzlich von dieser verschollenen Frau sprechen würde. Ich verstand mich selbst nicht mehr, daß ich mich all die Jahre nicht darum gekümmert hatte.«

»Nun, das ist auch nicht ganz leicht zu verstehen. Aber noch eine andere Frage, Herr Doktor. Sie gebrauchten vorhin das Wort, Sie wollten seßhaft werden. Wie meinen Sie das?«

»Ich bin jetzt immerhin schon seit beinahe drei Jahren im Internat Gleis. Ich war mit einem Freund, der heute in München lebt und der Ihnen diese Angaben gern bestätigen wird, von London aus nach München gekommen. Zunächst war es nicht so leicht für mich, eine geeignete Position zu finden, Sie wissen ja, wie das so ist. Man betrachtete mich im Kultusministerium als eine Art Außenseiter und wußte nicht so recht, was man mit mir anfangen sollte. Ich wurde vertröstet, mal gelegentlich hierhin oder dorthin empfohlen, und so kam ich eines Tages mit Direktor Gleis zusammen, der gerade einen Lehrer für meine Fächer suchte. Wir waren uns vom ersten Augenblick an sympathisch, und so ist es geblieben. Ich arbeite heute noch gern im Internat Gleis. Ich gebe offen zu, daß es für mich, der ich so lange ein freies Leben führte, in vieler Beziehung angenehmer ist, dort zu arbeiten als an einer höheren Lehranstalt in der Stadt. Die Arbeit hier bei den Mädchen kam später hinzu und ... – nun ja, alles übrige wissen Sie.«

»Sagen wir, ich weiß einiges. Ich kenne das äußere Bild, so wie es sich darstellt und so, Herr Dr. Bork, wie Sie es mir

geschildert haben. Eines jedenfalls kann ich als Schlußfolgerung aus Ihrer Erzählung festhalten. Ihre Frau war ein Störenfried hier. Für Sie und für Fräulein Moreau.«
Eine kleine Pause. Dann sagt Bork langsam: »Das ist nun das Resultat, das für Sie von meiner Erzählung übrigbleibt.« Es klingt niedergeschlagen und mutlos.
»Natürlich«, erwidert der Kommissar ungerührt. »Für mich zählen nur Tatsachen. Und nun kommen wir zu dem Teil der Geschichte, der mich am meisten interessiert. Wie war das nun, als Ihre Frau hier war? Wie Sie mir bereits sagten, hatte Ihre Frau den Wunsch, die eheliche Gemeinschaft mit Ihnen wiederaufzunehmen.«
»Ja, allerdings«, sagt Bork erbittert, »diesen Wunsch äußerte sie.«
»Und Sie? Wie stellten Sie sich dazu?«
»Ich betrachtete es als eine Anmaßung, eine Unverschämtheit, grob gesagt. Nachdem sie all die Jahre so gelebt hatte, wie es ihr paßte, mich einfach in die Ecke gestellt hatte, kam sie jetzt hier an, holte mich aus dieser Ecke heraus und erwartete, daß ich dies akzeptieren sollte.«
»Wie begründete sie diese veränderte Einstellung zu Ihnen?«
»Zunächst mit Gefühlen. Sie habe schon lange Sehnsucht nach mir gehabt, ich sei ihre einzige richtige Liebe gewesen, das wisse sie inzwischen ganz genau. Die Zeit, unsere Jugend sei schuld gewesen, daß wir auseinandergekommen seien. Wir sollten einen Strich unter das Vergangene ziehen und noch einmal von vorne beginnen. Sie machte das alles sehr geschickt. Aber ich bin nicht mehr so harmlos wie damals.«
»Sie lehnten also ab.«
»Ja. Entschieden und deutlich, wenn ich auch anfangs durchaus versuchte, mich gütlich und freundschaftlich mit ihr zu einigen.«
»Anfangs, sagten Sie?«
»Ich sagte anfangs, Herr Kommissar. Womit ich nicht gesagt haben will, daß ich die einzig mögliche Alternative zu gütlichem Zureden darin sehe, den Gesprächspartner umzubringen.« Das klang scharf.
Der Kommissar brummt darauf nur: »Hm.«
»Valeska war eine sehr schöne und eine sehr charmante

Frau«, fährt Bork fort, »jedermann hier wird Ihnen das bestätigen. Auch jetzt noch. Oder sogar jetzt erst recht. Und sie wußte verdammt gut, wie man einen Mann nehmen muß. Aber sie konnte mich dennoch nicht mehr erreichen. Es war zuviel Bitterkeit angesammelt, und die Gleichgültigkeit ihr gegenüber, die sich schließlich daraus entwickelt hatte, ließ mich schärfer sehen und machte mich immuner gegen ihre Reize, als es Haß oder Bitterkeit je hätten tun können.«

»Ihre Frau gab sich jedoch nicht geschlagen?«

»Nein. Sie erklärte mir später in aller Offenheit, sie habe das Herumvagabundieren satt, sie wolle jetzt wissen, wo sie hingehöre, so jung sei sie auch nicht mehr, ich sei schließlich ihr Mann, und sie könne nicht einsehen, warum wir nicht wieder zusammen leben könnten. Ich sagte, daß ich mich scheiden lassen wolle.«

»Davon wollte sie nichts wissen?«

»Nein. Auf meinen Einwand, daß ich ja Scheidungsgründe genug hätte, sagte sie unverfroren, dafür müßte ich erst einmal die Beweise erbringen, was mir wohl schwerfallen dürfte. Tatsache sei, daß ich ins Ausland gegangen sei und sie ihrem Schicksal überlassen habe. Nun, das war natürlich alles sinnloses Geplänkel. Eine Scheidung hätte ich zweifellos erreichen können, und ich war auch fest dazu entschlossen. Nur wünschte ich keinen Skandal, sondern hoffte, doch mit der Zeit ihre Einwilligung zu erreichen, daß man die ganze Sache im gegenseitigen Einverständnis und ohne großes Aufsehen hätte abwickeln können.«

»Das gelang Ihnen aber nicht?«

»Nein. Ganz im Gegenteil. War sie anfangs noch bemüht, sich im guten mit mir auseinanderzusetzen, sich auch möglichst von ihrer besten Seite zu zeigen, so war sie in letzter Zeit in zunehmendem Maße obstinat und bösartig, drohte mir, machte mir Szenen. Wie ich inzwischen erfahren habe und Sie ja auch, Herr Kommissar, beabsichtigte sie, gestern bei dem Fest die ganze Gesellschaft vor die vollendete Tatsache zu stellen und bekanntzugeben, daß sie meine Frau sei.«

»Ja. Herr Dr. Franzen wußte davon. Sie, Herr Doktor, haben behauptet, Sie hätten es nicht gewußt. Bleiben Sie dabei?«

»Ich gebe Ihnen mein Wort, Herr Kommissar, ich habe es nicht gewußt. Ich könnte es wirklich zugeben, denn ich bin belastet genug, dies würde auch keine Rolle mehr spielen. Aber sie hatte mich nicht auf diesen Auftritt vorbereitet, mit gutem Grund, denn sie mußte schließlich damit rechnen, daß ich umgehend das Fest verlassen hätte und sie damit um ihren großen Coup gekommen wäre. Das ist doch durchaus logisch, nicht wahr?« Seine Stimme klingt geradezu bittend.
»Hm«, brummt der Kommissar wieder. »Und Fräulein Moreau? Kann Sie es gewußt haben?«
»Nein, sicher nicht.«
»Nun, Herr Dr. Franzen kann es ihr erzählt haben. Um sie darauf vorzubereiten vielleicht.«
»Sie haben ihn sicher danach gefragt?«
»Ja. Er behauptet, es niemand gesagt zu haben, nicht einmal seiner Frau. Es ist etwas unwahrscheinlich. Denn ihm konnte es doch nur unangenehm sein, wenn sein Fest dadurch gestört würde. Er behauptet, Frau Loring eindringlich gebeten zu haben, von ihrem Vorhaben Abstand zu nehmen. Sie soll gesagt haben, sie wolle es sich noch überlegen. Nun etwas anderes: Sie bleiben dabei, daß Fräulein Moreau bis heute nacht, nach Auffindung der Toten, nicht gewußt hat, daß Valeska Loring Ihre Frau sei?«
»Nein. Sie hat es nicht gewußt.«
»Frau Loring wußte aber, daß Sie und Fräulein Moreau befreundet waren?«
»Ja. Frauen haben ja dafür einen sechsten Sinn. Sie wußte es, nachdem sie kaum einige Tage hier war. Vielleicht hat sie auch mit jemand darüber gesprochen, sich erkundigt, was weiß ich. Und ich hatte die Dummheit gemacht, als sie mich darauf ansprach, ihr zu sagen, daß ich Fräulein Moreau heiraten wolle, sobald ich geschieden sei.«
»Aha, das war natürlich ein Fehler. Das versteifte ihren Widerstand gegen eine Lösung der Ehe.«
»Genau. Ich hätte sie besser kennen sollen.«
»Etwas würde mich noch interessieren, Herr Doktor: Wo fanden diese Aussprachen zwischen Ihnen und Ihrer Frau statt? Doch kaum hier im Hause?«
»Nein, natürlich nicht. Nicht hier und nicht drüben im Internat, sondern meist unterwegs, in meinem Wagen, in Lo-

kalen oder an irgendeinem anderen neutralen Platz. Allzu häufig sprachen wir übrigens gar nicht zusammen. Es war, wie Sie ganz richtig vermuten, etwas schwierig, unauffällig zusammenzukommen, dann scheute ich ihre Attacken, fand auch bald heraus, daß diese Gespräche nichts nutzten und daß mir wohl nichts anderes übrigbleiben würde, als einen Anwalt zu nehmen und schlimmstenfalls mit aller Energie und ohne Rücksicht die Scheidung zu betreiben. Ich war dieses nutzlose Reden müde. An meinem Standpunkt würde sich doch nichts ändern.«
»Warum haben Sie Fräulein Moreau nicht die Wahrheit gesagt?«
»Sie haben mich das schon einmal gefragt, Herr Kommissar«, sagt Bork gequält, »ich weiß es jetzt selbst nicht mehr. Ich wollte sie nicht beunruhigen, wollte ihr das ganze Theater ersparen, wollte sie auch nicht unsicher machen. Vergessen Sie nicht, daß wir hier ein Haus voll junger Mädchen haben, lauter neugierige Augen, denen nichts so schnell entgeht. Ich wunderte mich sowieso die ganze Zeit, daß die Kinder nicht schon alles herausbekommen haben. Sie *ahnen* nicht, Herr Kommissar, wozu junge Mädchen fähig sind.« Das letzte ist ein Stoßseufzer aus tiefstem Herzensgrund. Der Kommissar läßt darauf ein kleines Lachen ertönen.
Ina und ich sehen uns an. Ina zieht eine Grimasse. So unrecht hat er nicht. Übrigens wußten wir ja auch so ziemlich alles. Bloß eben gerade nicht, daß er mit Valeska verheiratet war. Aber sonst waren wir informiert. Wir wissen sogar noch mehr als der Kommissar. Nämlich, daß er sich mit Valeska in dem Haus eines Freundes traf, bei Stephan Jorgen. Und daß dieser Jorgen die schöne Valeska von früher kannte, sicher wüßte er auch einiges Interessante über sie zu erzählen. Ich hab' ja immer den stillen Verdacht, er hat auch mit ihr mal was gehabt. Damals auf dem Tennisplatz, als er sie das erste Mal sah, schien er doch recht begeistert von dem Wiedersehen. Am selben Tag noch waren sie beide bei ihm im Haus, Valeska und Bork. Dieser verdammte Stephan hat mir das nie richtig erzählt. Denn *er* hat bestimmt gewußt, daß die beiden verheiratet sind, manche Bemerkung, die er so nebenher gemacht hat, erhält jetzt für mich ihren Sinn. Er hat's gewußt. Und er muß

auf Borks Seite gewesen sein. Später hat er sich gar nicht mehr so begeistert über Valeska geäußert.
»Ja, ich kann es mir denken«, sagt der Kommissar. »Ich verspreche mir sogar einiges von der Beobachtungsgabe der jungen Damen. Ich habe die Absicht, mich mit ihnen zu unterhalten.«
»Mit allen?« fragt Bork entsetzt.
»Es müssen nicht unbedingt alle sein. Aber wie soll ich es anstellen, die herauszufinden, die mir etwas Brauchbares sagen kann?«
»Das weiß ich auch nicht«, meint Bork. »Jedenfalls haben Sie noch einen anstrengenden Tag vor sich.« Das klingt ein wenig schadenfroh.
»Das fürchte ich auch. Übrigens habe ich mir sagen lassen, daß die jungen Damen Sie alle ins Herz geschlossen hatten, Herr Doktor. Dr. Franzen drückte es so aus: Bork ist der Held aller Mädchenträume hier.«
Ina tippt mit dem Finger an die Stirn. Auch ich finde das höchst unangebracht von dem dämlichen Franz, solche hochtrabenden Worte zu gebrauchen. Wir haben Bork ein bißchen angehimmelt. Na ja, und? Held aller Mädchenträume! Leben wir vielleicht im vorigen Jahrhundert?
Bork sagt: »Das ist schon sehr romantisch ausgedrückt. Sicher, manche der Mädchen schwärmen ein bißchen für mich, aber junge Mädchen haben immer einen Lehrer, für den sie schwärmen. Das gehört dazu. Vergessen Sie nicht, in diesem Alter haben Mädchen eine sehr lebhafte Phantasie und schon eine ganze Menge gut entwickelter, wenn auch noch ganz unverbrauchter Gefühle. Da muß einfach ein Ventil her. Neben Filmstars, Schlagersängern, Sportgrößen ist meist eben ein Lehrer, den man täglich sieht, das naheliegendste.«
»Hm. Und was sagten die jungen Damen zu Ihren – na ja, sagen wir mal, näheren Beziehungen zu den hier unterrichtenden Lehrerinnen? Denn das ist ihnen doch auch kaum entgangen. Fräulein Moreau meinte, die jungen Damen hätten darüber überhaupt in letzter Zeit Bescheid gewußt.«
»Ja, sie wußten wohl, daß ich mit Fräulein Moreau befreundet war, aber auch nicht mehr. Sie konnten kaum viel dahinter vermuten. Allerdings, als Valeska kam und die

Atmosphäre voller Unruhe war, da hörten und sahen sie doch wohl manches, was ihnen besser verborgen geblieben wäre. Zweifellos fanden sie das alles sehr interessant.«

»Und eifersüchtig waren sie sicher auch? Jedenfalls die eine oder andere.«

»Bestimmt. Wenn sie gerade nichts Wichtigeres zu tun hatten, waren sie wohl auch mal ein wenig eifersüchtig.«

Er soll bloß nicht so angeben. Er redet von uns, als wenn wir ein Haufen Halbidioten seien. Hat er sich vielleicht selber nicht blödsinnig genug benommen in den letzten Wochen und Monaten?

»Na gut, Herr Doktor, lassen wir das alles jetzt mal beiseite. Über die Situation, soweit es Sie, Ihre Frau und Fräulein Moreau angeht, kann ich mir jetzt ungefähr ein Bild machen. Von den letzten Monaten, meine ich. Sprechen wir jetzt mal vom gestrigen Tag. Ich bin soweit über den Ablauf des Festes unterrichtet. Wann sind Sie beispielsweise gestern hier eingetroffen?«

»Ich? Am Nachmittag. Es muß so gegen sechs gewesen sein. Vielleicht auch etwas später. Die Kaffeetafel war bereits vorbei, das Konzert im Gang.«

»Und Frau Loring?«

»Sie war wohl von Anfang an dabei, nehme ich an.«

»Haben Sie mit ihr gesprochen?«

»Ja. Sie belegte mich gleich mit Beschlag, als ich kam.«

»Demonstrativ?«

»In gewisser Weise, ja. Es kam ihr wohl immer darauf an, Marcelle – ich meine, Fräulein Moreau zu zeigen, daß sie den Vorrang habe.«

»Aha. Und wie benahm sie sich?«

»Oh, sie schien sehr vergnügt zu sein. Gesprächig und heiter, sie tat so, als gebe es keine Spannung zwischen uns.«

»Und Sie?«

»Nun, ich mußte wohl oder übel mit ihr sprechen und ebenfalls den Anschein erwecken, als sei alles in Ordnung. Ich wollte sie auch keinesfalls provozieren, ich war nie sicher, was sie dann tun würde.«

»Befürchteten Sie, daß sie eventuell dann – nun, sagen wir, eine Szene heraufbeschwören würde?«

»Das fürchtete ich stets, ja. Es war ihr zuzutrauen.«

»Und Fräulein Moreau?«
»Sie ließ sich nichts anmerken. Aber sie machte doch einen etwas niedergeschlagenen Eindruck. Ich kenne sie gut genug, um zu merken, wie ihr zumute war.«
»Und von dem Plan Ihrer Frau, die Wahrheit Ihrer Beziehung aufzudecken, wußten Sie also nichts?«
»Nein.«
»Sie sagte es Ihnen auch nicht im Laufe des Nachmittags oder Abends?«
»Nein. Ich versichere Ihnen nochmals, Herr Kommissar, ich wußte nichts davon. Allerdings . . .« Er zögert.
»Allerdings?«
»Nun, offen gestanden, ich fürchtete so etwas immer. Nicht erst gestern.«
»Und warum glauben Sie, hat sie so lange gezögert, es zu tun?«
»Ich glaube, sie hatte Angst vor mir. Daß all ihre Reize keine Wirkung mehr auf mich ausübten, das hatte sie wohl inzwischen bemerkt. Sie mußte damit rechnen, daß ich ebenso rücksichtslos vorgehen würde, wenn sie erst einmal rücksichtslos war. Wenn schon ein Skandal, dann konnte es mir gleich sein, ob er ein wenig größer wurde.«
»Ihr Entschluß, sich scheiden zu lassen, stand also fest.«
»Ja. Er stand fest.« – »Und Sie haben ihr das gesagt?«
»Ja. Nicht nur einmal.«
»Hm. Herr Dr. Franzen hat Ihnen keine Andeutung gemacht, daß er Bescheid wußte?«
»Nein. Ich bemerkte nur, daß er nervös war und sich etwas unbehaglich fühlte. Ich führte es darauf zurück, daß er – nun, daß er Streit mit seiner Frau gehabt hatte. Eben wegen Valeska.«
»Ja, die gemeinsame Fahrt nach München. Er erzählte es mir.«
»An sich war ja nichts dabei. Es war wohl nur etwas ungeschickt, daß beide erst am nächsten Tag zurückkamen. Zusammen.«
»Frau Dr. Franzen war vermutlich eifersüchtig, wie?«
»Vermutlich. Obwohl das natürlich Unsinn ist. Aber es machte keinen guten Eindruck. Die Mädchen registrieren so etwas natürlich genau. Er mußte sich sagen, daß es einen schlechten Eindruck macht.«

»An sich wäre die Tätigkeit von Frau Loring hier mit Beginn der großen Ferien beendet gewesen, nicht wahr? Dr. Franzen sagte mir, daß sie den Wunsch geäußert hatte, für ganz hier zu bleiben. Wußten Sie das?«
»Ja. Sie sagte es mir kürzlich.«
»Und was war Ihre Meinung dazu?«
»Nun, ich konnte mir denken, daß Dr. Franzen es wahrscheinlich vorziehen würde, wenn Frau Jennewein wieder hier arbeitete. Sie ist schon seit Jahren hier tätig und ist sehr beliebt bei den Mädchen.«
»Das ist die Dame, die das Baby bekommen hat?«
»Ja. Bis zu Beginn des neuen Semesters wird sie sicher wieder zur Verfügung stehen.«
»Gut. Kehren wir zurück zum gestrigen Tag. Es wurde dann wohl ein Theaterstück aufgeführt, wie ich gehört habe. Wo befand sich Frau Loring währenddessen?«
»Ich weiß es nicht.«
»Nicht in Ihrer Gesellschaft?«
»Nein. Ich habe das Stück nur zum Teil gesehen, ich war – ich war nicht eben in bester Verfassung. Außerdem wollte ich versuchen, in Ruhe ein paar Worte mit Fräulein Moreau zu sprechen. Ich war entschlossen, ihr die Wahrheit zu sagen.«
»Sieh an. Und taten Sie es?«
»Nein. Ich konnte sie während des Stückes nicht treffen, sie half wohl den jungen Leuten bei Umziehen, und dann war sie plötzlich verschwunden.«
»Sie war verschwunden?«
»Ja. Wie sie mir später sagte, war sie hinauf in ihr Zimmer gegangen, um eine Tablette zu nehmen, sie hatte Kopfschmerzen.«
»So. Davon hat sie mir nichts gesagt.«
»Es ist ja wohl auch nicht so wichtig.« Borks Stimme klingt irritiert.
»Gewiß nicht. Und wo war Frau Loring während dieser Zeit?«
»Ich weiß es wirklich nicht. Ich kümmerte mich auch nicht darum. Ich ging etwas in der Umgebung des Hauses spazieren. Am liebsten hätte ich das Fest ganz verlassen.«
»Haben Sie Frau Loring im Laufe des Abends noch einmal gesehen?«

»Ja. Nach dem Ende des Stücks, bevor der Tanz begann, versammelten sich die Lehrer an drei großen Tischen, die direkt vor der Terrasse standen. Es gab ein Bowle und ein kaltes Büfett.«
»Saß man dort lange zusammen?«
»Das ist verschieden. Manche saßen gar nicht dort, manche kurze Zeit, andere den ganzen Abend.«
»Und Frau Loring war auch dabei?«
»Ja, am Anfang sah ich sie. Ich war auf dem Wege dahin. Als ich sie sah, kehrte ich jedoch wieder um.«
»Warum? Nachdem Sie behaupten, nichts von ihrer Absicht gewußt zu haben, ihr wahres Verhältnis bekanntzugeben, kann ich das nicht ganz einsehen. Oder wußten Sie es doch und wollten Sie ihr keine Gelegenheit zu ihrem Auftritt geben?«
»Ich habe Ihnen schon einige Male gesagt, daß ich es nicht wußte. Aber ich hatte einfach keine Lust, wieder eines der sinnlosen Gespräche zu führen. Und ich wußte, daß sie sich sofort an mich heften würde, wenn ich kam. Also ging ich gar nicht hin.«
»Was taten sie statt dessen?«
»Nichts Besonderes. Ich schlenderte umher, sprach gelegentlich mit jemand, und als der Tanz begann, belegten mich meine Schülerinnen mit Beschlag.«
Das war ich gewesen. Ich hatte ihn zuerst mit Beschlag belegt, wie er es ausdrückte. Das klingt nicht gerade sehr liebenswürdig. Ich dachte, er hätte gern mit mir getanzt. Den werde ich gerade noch mal holen, da kann er warten, bis er schwarz wird.
»Sie wollen also sagen, Sie haben während des ganzen Abends nicht am Tisch der Lehrer Platz genommen?«
»Doch. Später einmal. Für kurze Zeit. Da war Valeska aber nicht zu sehen.«
»Hm. Befand sich Fräulein Moreau zu Beginn des Tanzes am Tisch der Lehrer?«
Bork zögert. Dann sagt er:
»Ich glaube, ja.«
»Wenn jemand Frau Loring das Gift heimlich gegeben hat, könnte es dann nicht bei dieser Gelegenheit gewesen sein?«
»Ich kann es mir nicht vorstellen. Es war ja immer eine

Menge Leute herum. So etwas ist doch nicht so leicht zu machen, ohne daß es jemand sieht.«
»War es sehr hell auf diesem Platz?«
»Nnnein, sehr hell war es nicht. Die Beleuchtung bestand ja nur aus Lampions und kleinen Laternen.«
»Nun also. Angenommen, jemand wußte, wo das Glas von Frau Loring stand, konnte er so nicht schnell eine Tablette oder ein Pulver hineingeben? Wäre das so unmöglich?«
»Unmöglich – unmöglich wohl nicht. Aber es kommt mir reichlich unwahrscheinlich vor.«
»Die Lehrer tanzten doch auch. Es wäre doch möglich gewesen, daß vielleicht einmal vorübergehend niemand am Tisch war. Sicher hat doch Frau Loring auch getanzt.«
»Ich kann mich nicht erinnern, sie tanzen gesehen zu haben. Aber sie hat sicher getanzt.«
»Hatte Frau Loring unter den Herren, die gestern hier anwesend waren, einen besonderen Verehrer?«
»Das weiß ich nicht. Zweifellos hatte sie eine starke Wirkung auf Männer. Aber die Lehrer vom Internat Gleis kannten sie kaum, und hier im Haus käme wohl niemand in Frage.«
»Herr Dr. Franzen vielleicht?«
»Herr Dr. Franzen ist immer sehr aufgeschlossen einer hübschen Frau gegenüber. Aber das – das ist wohl nur oberflächlich. Schließlich ist seine Frau ja da.«
»Eben«, sagt der Kommissar trocken. »Mich wundert es daher, wie es zu der Fahrt nach München kam.«
»Ich nehme an, Herr Dr. Franzen hat Ihnen Näheres dazu gesagt.«
»Das hat er.«
Schade, das haben wir nicht gehört. Hätte mich mal sehr interessiert, wo der gute Franz seine Nächte verbringt, wenn er in München bleibt. Ob er das dem Kommissar erzählt hat?
Nebenan bleibt es eine Weile still.
»Tja«, sagt der Kommissar dann. »Viel weiter bin ich noch nicht. Es tut mir leid, Herr Dr. Bork, Sie sind nach wie vor schwer belastet. Fräulein Moreau auch. Darf ich damit rechnen, daß Sie heute hier zu meiner Verfügung bleiben?«
»Bitte sehr.«

»Noch etwas. Unter den Gästen, die gestern hier waren, kannte davon jemand Frau Loring?«

»Mir ist nichts darüber bekannt.«

»Und wie war das Verhältnis zwischen Frau Loring und den Schülerinnen? Gab es da irgendwelche Spannungen? Hatte es Ärger gegeben?«

»Nicht daß ich wüßte.«

Ina und ich schauen uns wieder beredt in die Augen. Wir könnten dem Kommissar einiges erzählen, was ihn interessieren würde. Aber wir werden uns hüten.

»Ja«, sagt der Kommissar und lacht ein wenig, »ich könnte nicht behaupten, Herr Doktor, daß Sie etwas vorbringen, das Sie entlastet.«

»Das bedauere ich sehr. Mir wäre es sehr sympathisch, wenn ich etwas wüßte.«

»Da fällt mir noch ein . . .«

Aber wir erfahren nicht mehr, was dem Kommissar eingefallen ist. Nebenan klopft es, jemand kommt herein und teilt dem Kommissar mit, daß er am Telefon verlangt wird. Stühlerücken. »Damit wären wir zunächst einmal fertig, Herr Dr. Bork«, sagt der Kommissar. »Aber wie gesagt, wir sprechen uns noch.«

Dann ist es wieder still. Wir lauschen noch eine Weile mit angehaltenem Atem, doch von nebenan kommt kein Ton mehr.

Anscheinend sind alle draußen.

»Mensch«, flüstert Ina, »das ist ein Ding.«

»Du hast den Anfang nicht gehört. Erst hat er Marcelle verhört. Und dann war die ganze Ehegeschichte von Bork und Valeska dran. Ich kann dir sagen, die war vielleicht ein Luder.«

Ich mache den Mund schnell wieder zu. So redet man nicht über jemand, der tot ist. Und ich – ja, ich konnte Valeska eigentlich ganz gut leiden. Auch jetzt noch. Wahrscheinlich kommt es daher, daß ich selber ein bißchen abenteuerlich veranlagt bin. O ja, das bin ich. Ich kann es irgendwie verstehen, daß es ihr nicht lag, die biedere Lehrersfrau zu mimen. Hätte er sich gleich denken können. Da muß man ein anderes Kaliber heiraten, wenn man das erwartet, nicht so ein Vollblut wie Valeska.

»Erzähl mal«, drängt Ina.

»Nicht hier. Ich bin schon ganz krumm und lahm. Gehen wir wieder mal raus.«
»Aber vielleicht gehen die Verhöre weiter?«
»Da kommen wir schon wieder rein. Jetzt müssen wir mal sehen, was draußen los ist. Wir sind ja gar nicht auf dem laufenden. Vielleicht haben sie inzwischen noch einen umgebracht, und wir wissen es gar nicht.«
Ich sage das als Witz. Ein schlechter Witz, zugegeben. Aber ich konnte nicht ahnen, daß bitterer Ernst daraus werden würde.

Margit ist weg

Es ist ein Sommersonntag, wie er im Märchenbuch steht. Aber keiner von uns denkt an Spazierengehen oder Tennisspielen oder Baden. Alles lungert im oder um das Haus herum oder ist sogar noch in den Zimmern oben.
Wir gucken unten mal in den Speisesaal hinein, dann wollen wir Kugelchen in der Küche einen Besuch machen, aber die Fränze erwischt uns auf der Treppe, die ins Souterrain führt, und fragt barsch: »Was wollt ihr?«
»Wir wollen Frau Kugler guten Morgen sagen«, meine ich unschuldig.
»Macht, daß ihr weiterkommt«, sagt sie unfreundlich. »Habt ihr nichts zu tun? Keine Schularbeiten?«
Sie ist noch greulicher als sonst. Und sie sieht aus, als wenn sie gestorben wäre. Wenn ich der Kommissar wäre, tät ich mich mal intensiv mit ihr unterhalten. Sie sieht doch genau aus wie eine Giftmischerin. Zutrauen täte ich es ihr bestimmt. Ich glaube, sie haßt jede hübsche Frau, und eine wie Valeska, die sich von ihr nicht einschüchtern läßt, erst recht. Daß ihr Alter mit Valeska in München über Nacht geblieben ist, das ist nun mal eine Tatsache, ob nun dabei was passiert ist oder nicht. Wir treten den Rückzug an. Die Fränze sieht uns scharf nach, also gehen wir nach oben. Auf der Treppe treffen wir Elly, das Hausmädchen.
Wir ziehen sie ein Stück mit rauf und fragen: »Gibt's was Neues bei euch unten?«
»Dicke Luft«, flüstert Elly. »Die Alte spuckt Gift und Galle. Und Frau Kugler ist auch geladen.«

»Warum denn?«
»Der Polizeimensch hat einen Riesenkrach gemacht, weil wir das Geschirr abgewaschen haben.«
»Siehste«, sage ich befriedigt, »hab' ich mir gleich gedacht.«
»Aber wir konnten doch nicht alles stehen- und liegenlassen.«
»Natürlich. In so einem Fall schon.«
»Er hat uns alle verhört. Mirka hat gleich angefangen zu weinen. ›Ich war's nicht, ich war's nicht‹, hat sie immerzu geplärrt. Der blöde Trampel, als wenn jemand was von der will.«
»Na ja, sie ist halt sehr dumm. Und Sie, Elly?«
»Ich? Gott, ich weiß ja nichts. Ich hab' halt gesagt, was ich von Frau Loring wußte. Daß ich sie gut leiden konnte, daß sie immer nett und freundlich war und daß sie halt viel Post gekriegt hat.«
»Hat sie das?«
»Ja, ziemlich. Am meisten von allen. Außer dem Chef natürlich. Aber das haben die wohl selber schon gesehen. Das Zimmer von ihr ist ja abgeschlossen. Der junge Polizeimensch hat alles genau durchsucht. Und wissen Sie, was die dabei entdeckt haben?« Elly haucht jetzt bloß noch.
»Nee, was denn?«
»Daß schon jemand in ihrem Zimmer gewesen seim muß. Heute nacht oder gestern abend noch. Ich hab's zufällig gehört, wie der Junge es dem anderen gesagt hat. Ich war nebenan beim Zimmeraufräumen, und die Tür war nur angelehnt.«
»Sie meinen, daß heute nacht jemand in Valeskas Zimmer war?«
»Ja. ›Schweinerei‹, hat der Kriminaler gesagt. ›Verdammte Schweinerei.‹«
»Woher wollen sie wissen, daß jemand im Zimmer war?«
»Die Schubladen waren durchwühlt. Und ein kleiner Koffer war aufgebrochen. Da drin hatte sie nämlich ihre Briefe. Ich hab' das mal gesehen.«
»Und die Briefe waren weg?«
»Weiß ich nicht. Sie sind dann beide in das Zimmer rein und haben die Tür zugemacht. Da hab' ich nichts mehr gehört.«

»Woher hat sie denn die viele Post bekommen?« fragt Ina. »Ach, von überall her. Aus dem Ausland auch. Sie hat eben sicher überall viele Verehrer gehabt. So hübsch wie sie war und so nett. Es ist zu traurig, daß sie tot ist.« Elly verdrückt ein paar Tränen und schnupft geräuschvoll durch die Nase.

Von oben her kommt Feli. Sie geht vorbei, ohne uns eines Blickes zu würdigen. Mit leicht schwingenden Hüften, à la Gina Lollobrigida. Das übt sie nämlich immer. Hoffentlich fliegt sie die Treppe runter.

Wir gucken zuerst in mein Zimmer, da ist keiner. Dann gehen wir zu Pat hinüber. Sie liegt angezogen auf dem Bett und starrt in die Luft. Und sie ist allein.

»Wo ist Margit?«

»Sie ist nach Starnberg runter zu ihrer Mutter.«

»Owei«, sage ich. »Warum hast du sie weggelassen?«

»Sie war nicht zu halten. Sie hat sich furchtbar aufgeregt.«

»Du hast doch niemand was gesagt wegen Margits Mutter?«

Pat winkt ab. »Das wissen alle. Feli hat gesorgt für Verbreiterung.«

»Feli? Die weiß doch gar nichts.«

»Sie weiß, daß zwischen Margits Mama und Valeska war böses Blick voller Haß und daß beide kennen sich. Genügt doch.«

Ja, das genügt. Es sieht aus, als würde Bork demnächst etwas entlastet.

»Und was will Margit bei ihrer Mutter?«

»Weiß nicht. Erzählen, was passiert. Vielleicht davonlaufen.«

»Na, das wäre ein schöner Blödsinn. Kinder, haltet ihr es denn für möglich, daß Frau Berger Valeska vergiftet hat?«

Nein, das halten wir alle drei nicht für möglich. Wir halten es ja noch immer nicht für möglich, daß Valeska wirklich vergiftet wurde. Daß sie wirklich tot ist.

»Was machen wir bloß?« frage ich.

»Wir werden Kellermann suchen«, sagt Ina, »und ihn hinterherschicken. Er soll Margit zur Vernunft bringen. Weiß er eigentlich etwas?«

»Möglich«, sage ich. »Sie haben doch gestern einen Mondscheinspaziergang gemacht.«

»Was haben sie?«
Ich erzähle schnell von Margits Tränenausbrüchen, und daß Kellermann sie daraufhin tröstend ins Gebüsch führte.
»Und du glaubst, sie hat ihm alles erzählt?«
»Ich weiß es nicht. Aber vielleicht hat sie. Wenn sie doch verliebt in ihn ist.«
»Na, jetzt hat sie andere Sorgen.«
Ich gucke zum Fenster raus, und was sehe ich da? Unsere gute Feli im Gespräch mit dem Kommissar. Na, da hat er ja die richtige erwischt. Sie spreizt sich und hat sich affig, legt den Kopf zurück und klappt die Augendeckel rauf und runter, als hätte sie Großaufnahme. Was die ihm wohl alles erzählen wird. Kommissar zu sein ist eigentlich auch kein leichter Beruf.
»Da, schau«, sage ich zu Ina. »Unsere Diva spielt in einem Kriminalfilm.«
»Na«, meint Ina, »jetzt wird's verwickelt. Und nun brauchen wir Kellermann sofort. Er muß runter und den beiden sagen, daß sie von selber raufkommen. Ehe der Kommissar sie holen läßt. Versteht ihr?«
Aber wo ist Kellermann? Ganz einfach, in seinem Zimmer. Er hört sich unseren Eilbericht schweigend an. Er sieht übernächtigt aus, blaß, mit ratlosen Augen. Ach, der arme Dichter. Sein Premierenerfolg geriet schnell in Vergessenheit.
Er hält es kaum mehr für nötig, uns etwas vorzumachen. Er hat Margit heute schon gesucht. Beim Frühstück war sie nicht, und sonst war sie auch nirgends zu sehen. Über die Geschichte mit Valeska und Margits Mutter ist er unterrichtet, Margit hat ihm in ihrem aufgelösten Zustand gestern abend noch alles erzählt. Und jetzt ist er natürlich restlos verwirrt.
»Sind Sie schon verhört worden?«
»Flüchtig«, sagt er.
»Haben Sie dem Kommissar was davon gesagt, das mit Margits Mutter?«
»Nein, natürlich nicht.« Es klingt unsicher. Er hat sich also auch Gedanken darüber gemacht.
»Ich hab' bloß Angst, daß die beiden etwas Dummes machen«, sagt Ina. »Vielleicht einfach abreisen oder so. Herr Kellermann, Sie müssen runterfahren nach Starnberg, ins

Hotel Seehof, da wohnt Margits Mutter. Am besten ist es, sie kommen beide herauf. Der Kommissar weiß jetzt doch Bescheid.«
»Ja«, sagt er zögernd. »Aber Sie denken doch nicht im Ernst, daß – daß Frau Berger damit etwas zu tun hat?«
»Unsinn«, sagt Ina. »Bestimmt nicht. Sie haben sie doch gesehen, sie ist genauso ein blondes Seelchen wie Margit. Das ist nicht der Typ für eine Gewalttat.«
Na, von wegen blondes Seelchen. Wenn ich an Margits Wutausbruch heute früh denke, da war alles dran.
»Giftmord ist ja eigentlich keine Gewalttat«, sagt Kellermann düster. »Man sagt, daß Giftmorde meist von Frauen begangen werden.«
»Mensch, Kellermann«, ruft Ina respektlos, »was ist denn mit Ihnen los? Sie denken doch so was nicht im Ernst?«
»Nein, eigentlich nicht. Es ist nur ... – wissen Sie, daß Frau Berger in einer pharmazeutischen Fabrik arbeitet? Im Labor. Wenn der Kommissar das erst weiß ...«
Er spricht nicht weiter. Auch wir sagen nichts. Stimmt ja, das von der pharmazeutischen Fabrik hat Margit mal erzählt. Jetzt fällt es mir wieder ein. Hm. Da liegt wahrscheinlich Gift in rauhen Mengen rum. Da kann man sicher mal was einstecken, wenn man gerne möchte.
»Ich kann mir nicht vorstellen, daß man für gewöhnlich mit einem Giftfläschchen auf Reisen geht«, meint Ina, »auch wenn man in einem Labor arbeitet.«
»Sie hat ja nicht gewußt, daß sie Valeska hier treffen wird«, füge ich hinzu.
»Hat sie's wirklich nicht gewußt?« fragt Kellermann. »Margit hat mir erzählt, sie hat die Bilder nach Hause geschickt, die ich neulich unten im Strandbad aufgenommen habe. Da war Frau Loring mit drauf.«
»Verflixt«, sage ich, »das klingt ja scheußlich. Aber vielleicht hat sie sie nicht erkannt auf dem Bild. Sie war doch vollkommen überrascht vorgestern auf der Treppe. Nicht, Ina?«
»Ja«, sagt Ina. »Das war sie. Jedenfalls schien es so.«
»Ich will ja damit keinen Verdacht aussprechen«, sagt Kellermann gequält. »Ich meine nur – man denkt doch unwillkürlich darüber nach.«
Ja, es ist wahr. Man denkt darüber nach.

»Also los«, sage ich, »fahren Sie jetzt lieber runter. Sie haben doch ein Fahrrad. Sagen Sie nichts von einem Verdacht oder so. Sagen Sie nur, Feli hat hier herumposaunt, daß irgend etwas los war mit Valeska und Frau Berger, und daß es besser ist, wenn Margit wieder heraufkommt und die Mutter – ja, ich weiß auch nicht. Was meinst du, Ina?«
»Wie ich sie kenne, wird sie Margit nicht allein lassen und mit heraufkommen.«
»Ob ich überhaupt weg darf?« fragt Kellermann.
»Bis jetzt hat noch niemand gesagt, daß wir alle Hausarrest haben. Versuchen Sie's halt. Wenn Sie jemand fragt, sagen Sie, Sie wollen spazierenfahren. Oder einen Freund in Starnberg besuchen oder irgend so was.«
Aber Kellermann kommt wirklich nicht weg. Als er sich eben auf sein Rad schwingen will, taucht der Kommissar plötzlich um die Hausecke auf. Dem entgeht anscheinend gar nichts.
»Was haben Sie vor?« fragt er Kellermann freundlich.
Der kriegt einen roten Kopf. »Oh, nichts – nichts weiter«, stottert er. »Ein bißchen spazierenfahren. Das Wetter ist so schön.«
»Bleiben Sie lieber hier«, meint der Kommissar genauso freundlich wie zuvor. »Die Damen sind nicht mehr im Hotel. Ich habe bereits anrufen lassen.«
Kellermann wird womöglich noch röter. Aber er macht keinen Versuch, seinen Schwindel aufrechtzuerhalten.
»Abgereist?« fragt er mit entsetzter Miene.
Der Kommissar zuckt die Schultern. »Das Gepäck ist jedenfalls noch da. Aber vielleicht sollten wir beide uns noch ein wenig miteinander unterhalten. Wenn Sie wollen, im Freien, denn das Wetter ist wirklich schön, da haben Sie ganz recht.«
Mit dummen Gesichtern sehen wir den beiden nach, wie sie um das Haus verschwinden. Der arme Kellermann. Das haben wir ihm eingebrockt. Wir haben jetzt nicht einmal eine Möglichkeit zu hören, was sie reden. Keine gute Idee von dem Kommissar, die Verhöre im Freien abzuhalten.

Der nächste, der uns über den Weg läuft, ist der Chef persönlich. Herr Dr. Franzen. Unser lieber Franz.
Er kommt auf die Terrasse heraus, gerade als wir ins Haus wollen. Auch er sieht blaß und angegriffen aus und hat Ringe unter den Augen. Sicher ist er die ganze Nacht nicht ins Bett gekommen. Seine Hand, die die Zigarette hält, zittert.
»Na, Kinder«, sagt er, mit einem müden kleinen Lächeln, »wie geht's euch heute morgen?«
»Gemischt«, sagen wir.
Er nickt. »Mir auch. Mir ist noch immer so, als ob ich träume. Als könnte das alles nicht wahr sein.«
Wir machen ernsthafte Gesichter und bleiben neben ihm stehen. Gedankenvoll blicken wir alle drei in den hellen Sommertag hinaus.
Dann geschieht etwas Überraschendes. Er zieht sein Etui aus der Tasche und bietet uns an: »Zigarette?«
Jetzt bleibt uns wirklich mal die Spucke weg. So was gibt's doch gar nicht. Das verstößt kraß gegen die Hausregeln.
Er lächelt müde. »Heute dürft ihr schon mal. Ich weiß ja, daß es euch auch mitnimmt.«
Wir greifen beide zu, sagen artig danke. Er gibt uns Feuer. Dann paffen wir schweigend alle drei. Wenn das die Fränze sieht!
»Es ist wirklich scheußlich«, fängt er dann an. »Wie gesagt, ich komme mir vor, als stände ich gar nicht auf der Erde. Als sei dies nicht mein Haus, meine Schule, mein Park. Als wäre es eine verhexte unwirkliche Welt, und ich müßte aufwachen und alles sei vorbei.«
Mein, sagt er. Mein Haus, mein Park. Eigentlich gehört ja der ganze Zinnober ihr. Aber das vergißt man wohl mit der Zeit.
»Ja«, sagt Ina, »uns geht es auch so. Irgendwie ist es eine verrutschte Situation, nicht?«Er guckt irritiert. »Verrutschte Situation? Wie meinst du das, Kind?« Der Franz duzt uns meist, und wir mögen es von ihm ganz gern.
»Na ja«, sagt Ina. »Vornehmes Pensionat, nicht? Alles Töchter aus gutem Hause. Und dann passiert so was.«
»Ja«, sagt er, »da hast du recht. Ich glaube noch immer

nicht, daß es – eh, Mord war. Es ist mir zu unwahrscheinlich.«
»Aber daß sie es selber getan hat, ist doch auch unwahrscheinlich.«
»Eben. Es paßt so gar nicht zu ihr. Sie war doch so ein lebensbejahender Mensch, immer heiter, immer strahlend.« Er schüttelt bekümmert den Kopf.
Dieses *war*! Ich kann es nicht mehr hören. Eigentlich ist es schrecklich. Gestern noch hieß es *ist*. Kaum ist ein Mensch tot, spricht jeder in der Vergangenheit, ganz selbstverständlich. Von einem Tag auf den anderen wird lebendige Gegenwart Vergangenheit. Tote Vergangenheit. So ergeht es jedem von uns einmal. Ich friere plötzlich trotz des warmen Sommertages.
Vater fällt mir ein. Damals war es auch so. Plötzlich hieß es: er *war*. Er *hatte*. Er *sagte*. Und für mich war er noch immer da. Für mich ist er ja heute noch da.
Ein würgender Kloß sitzt mir plötzlich in der Kehle. Ich muß meine Lippen fest zusammenkneifen, sonst fange ich an zu heulen. Tod ist schrecklich. Sterben ist schrecklich. Ich möchte nicht sterben. Ich möchte überhaupt nicht, daß irgend jemand stirbt. Nicht jemand, den ich kenne. Jemand zu töten, der eigentlich noch leben sollte und leben könnte, ist eine unvorstellbare Gemeinheit. Niemand hat das Recht dazu. Niemand.
Ich empfinde plötzlich wilden Haß auf Valeskas Mörder. Was immer sie getan haben mag und wie sie auch gewesen sein mag, keiner hatte das Recht, sie zu töten. Der Kommissar soll den Mörder finden, und er muß so hart bestraft werden, wie es möglich ist. Ich wünsche es.
»Der arme Bork«, sagt Franz. »Es sitzt ganz schön in der Patsche. Habt ihr das eigentlich gewußt?«
»Nicht, daß Valeska seine Frau war«, sagt Ina. »Daß irgend etwas los war mit den beiden, das wußten wir schon.«
»Ja«, gibt er zu, »das hat man ja gemerkt.«
»Sie wußten ja schon vorher, daß sie seine Frau ist«, platze ich heraus.
»Wieso? Wie kommst du darauf, Pony?«
Zu spät merke ich, daß ich zuviel gesagt habe. Offiziell weiß ich das ja nicht. Ina zischt warnend durch die Zähne.

»Na ja«, sage ich, »sie hat es Ihnen doch erzählt. Auf der Fahrt nach München.«
»Woher weißt du das?« fragt er mißtrauisch.
»Ich weiß nicht. Irgend jemand hat es gesagt.«
Er schaut mich forschend von der Seite an. »Es stimmt. Aber ich frage mich nur, woher du das erfahren hast.«
»Weiß ich auch nicht mehr«, sage ich lahm.
Glücklicherweise geht er nicht näher darauf ein. »Ich befand mich in einer schwierigen Situation«, erzählt er. »Sie wollte, daß ich sie fest engagiere. Aber ich bin ja an Frau Jennewein gebunden. Ich habe keinen Grund, sie einfach hinauszusetzen. Und dann merkte ich auch, daß es hier im Haus Unfrieden gab. Das konnte doch kein Dauerzustand sein.«
»Und Ihre Frau war ja sicher auch nicht damit einverstanden, nicht?« fragt Ina harmlos. »Nein«, gibt er ebenso harmlos zu, »sie mag Frau Jennewein sehr gern.«
»Und Frau Loring mochte sie weniger«, bohrt Ina weiter.
»Wohl nicht so sehr, da magst du recht haben.«
»Wie waren Sie eigentlich an Frau Loring gekommen damals?«
»Durch eine Empfehlung.«
»Komisch, nicht, daß das gerade so klappte. Und sie hat doch gewußt, daß Herr Bork hier ist.«
»Sicher, das hat sie wohl gewußt.«
»Woher denn?«
»Ach, das ist wohl nicht schwer zu erfahren. Wenn sie sich bei einer Schulbehörde erkundigt hat oder so. Man findet immer jemand, den man sucht.«
Ja, man findet immer jemand, den man sucht. Ob der Kommissar wohl den Mörder findet, den er sucht?
Wir schweigen alle drei wieder eine Weile. Dann sagt Franz: »Mir tut es so leid um euch, Kinder. Euer schönes Fest. Und nun seid ihr alle ganz verstört.«
Was das betrifft, er ist mindestens so verstört wie wir. Aber das ist ja auch kein Wunder.
»Wo ist der Kommissar eigentlich jetzt?« fragt er.
»Er hat Kellermann am Wickel.«
»Kellermann? Ach. Was will er denn von dem?«
»Kellermann wollte wegfahren, mit dem Rad. Aber der Kommissar erlaubte es nicht.«

»So. Wo wollte er denn hin?«
Ina zögert einen Augenblick, dann sagt sie die Wahrheit. »Er wollte Margit nachfahren.«
»Margit? Wo ist die denn?«
»Hinunter zu ihrer Mutter.«
»Hm. Das ist auch so was. Ich habe da so ein Gerede gehört. Stimmt es, daß Margits Mutter Frau Loring kannte?«
»Ja, das stimmt.«
»Ihr wußtet das?«
»Ja.«
Fanz schüttelt den Kopf. »Was hier so alles vor sich geht, wovon man keine Ahnung hat. Was hast du gesagt? Alles Töchter aus guten Familien. Eure Eltern würden sich wundern.«
Ja, das würden sie. Komisch ist nur, wie Franz darüber redet. Gar nicht wie ein bekümmerter Lehrer. Es scheint, er wundert sich auch. Und er ist mindestens so rat- und hilflos wie wir alle. So ist das eben mit den Großen. Wenn es ernst wird mit dem Leben, können sie einem auch nicht helfen. Da sind sie genauso arme Würstchen wie wir auch. Ulkig, so was zu entdecken.
Jetzt endlich passiert, worauf ich schon lange gewartet habe. Die Fränze erscheint im Türrahmen.
Sie mustert uns alle drei mit scharfem Blick, den Franz nicht anders als uns, als sei auch er ein unbotmäßiger Schüler.
»Nun?« fragt sie spitz. »Was soll das hier? Habt ihr nichts zu tun?«
Der Franz zieht genau wie wir seinen Kopf ein. Zweifellos war die Frage auch für ihn bestimmt.
Ina traut sich zu antworten. »Nein«, sagt sie kühn. »Es ist ja Sonntag.«
Die Fränze schaut sie giftig an. »Ihr könntet ein bißchen spazierengehen.«
»Dürfen wir nicht. Keiner darf weg.«
»Wer sagt das?«
»Der Kommissar.«
»So«, sagt die Fränze. Ihr suggestiver Blick liegt jetzt auf Franz allein. Er murmelt ein vages »Na ja« und geht hinter ihr ins Haus.
»Was machen wir nun wirklich?« frage ich Ina.

»Nichts. Es sei denn, wir hauen ab und suchen Margit. Jetzt merkt es keiner.«
Aber da tauchen Margit und ihre Mutter gerade am Tor auf. Sie gehen nebeneinander, Hand in Hand, zwei verschüchterte blonde, zarte Kinder. Wie Schwestern, denke ich wieder. Und wer sie so sieht, käme nie auf die Idee, daß sie auch nur eine Fliege töten könnten. Aber man kann nie wissen, so blonde Seelchen haben es manchmal in sich.

Geheimnis Gift

»Hallo«, sagen wir, als sie bei uns angelangt sind. Margit sagt gar nichts, ihre Mutter leise: »Guten Tag.«
Ich betrachte sie prüfend. Sie ist blaß und sieht ziemlich verstört aus, aber das zarte Oval ihres Gesichtes ist so rein und unschuldig wie gestern, die großen Augen sind voller Fragen und Angst. Sieht so eine Mörderin aus? Nein, ich glaub' es einfach nicht.
»Was gibt es? Weiß man schon etwas?«
Wir schütteln den Kopf.
»Es ist so schrecklich«, sagt sie leise. Nichts von Genugtuung in ihrer Miene, nichts von befriedigter Rache.
»Warum sind Sie heraufgekommen?« fragt Ina.
»Oh, ich – ich dachte, es wäre besser so. Ist es verkehrt?«
»Nein, es ist goldrichtig.«
»Ich kann Margit doch nicht allein lassen.«
»Warum bist du weggelaufen, Margit?«
»Ich hab's nicht mehr ausgehalten. Ihr wart verschwunden, und immerzu kam jemand und wollte mit mir reden. Feli hat wohl etwas herumgetratscht.«
»Das hat sie. Und mit dem Kommissar hat sie auch schon palavert.« Besser, Frau Berger ist vorbereitet. »Er dürfte wohl jetzt Bescheid wissen.«
»Was meint ihr? Was weiß er?« fragt Frau Berger ängstlich.
»Nun, auf jeden Fall doch, daß Sie Valeska kannten und daß es irgendeine Mißstimmung gegeben hat.«
Sie schweigt einen Augenblick, dann fragt sie: »Er denkt doch nicht etwa – ich meine, er wird mich doch nicht verdächtigen, damit etwas zu tun zu haben?«

»Sie wissen, gnädige Frau, daß er das tun wird«, sagt Ina langsam. »Sie sollten sich darauf vorbereiten. Wenn ich Ihnen einen Rat geben darf: Erzählen Sie am besten ehrlich, wie alles war. Wenn Sie etwas verschweigen oder etwas Falsches sagen, so ist das nur nachteilig. Es kommt doch heraus.«

»Ja«, sagt Frau Berger leise.

Margit ist wieder das Blut ins Gesicht geschossen. »Kein Mensch soll es wagen, meine Mutti zu verdächtigen. Ich will es keinem raten.«

»Kein Mensch will Ihrer Mutter etwas Böses tun«, sagt eine Stimme hinter uns. »Von verdächtigen, mein Fräulein, haben bisher Sie allein gesprochen. Haben Sie denn einen Verdacht?«

Der Kommissar steht hinter uns im Türrahmen. Das ist vielleicht ein gerissener Hund. Wir haben überhaupt nicht gehört, wie er gekommen ist.

Margit starrt ihn entgeistert an. Sie ist totenblaß, kein Wort kommt über ihre Lippen.

Der Kommissar wendet sich jetzt an Frau Berger. »Es ist sehr vernünftig, gnädige Frau, daß Sie heraufgekommen sind. Ich wollte gerade nach Ihnen schicken. Wenn es Ihnen recht ist, unterhalten wir uns ein bißchen.«

Frau Berger ist jetzt ruhig und gefaßt. Sie neigt leicht den Kopf. »Bitte sehr.« Sie geht mit dem Kommissar ins Haus hinein.

Margit, die wie erstarrt gestanden hat, löst sich mit einer heftigen Bewegung. »Ich komme mit!« ruft sie laut.

Der Kommissar dreht sich um. »Nein, mein Fräulein«, sagt er freundlich, aber bestimmt. »Sie bleiben. Wir beide sprechen uns später.«

Darauf fängt Margit an zu weinen.

»Nimm dich doch zusammen!« Ina gibt ihr einen Stoß. »Du benimmst dich wie eine Verrückte. Wenn jemand deine Mutter verdächtigt, dann bist du allein schuld. Seit heute früh hast du einen Rappel. Damit wird doch nichts gebessert.«

»Ach, Ina«, schluchzt Margit unglücklich.

Frau Berger und der Kommissar sind in der Bibliothek verschwunden. Ina und ich sehen uns an. Wir müssen sehen, daß wir in unser Schulzimmer kommen. Aber leider ist das

im Moment nicht möglich. Die Diele ist außerordentlich bevölkert. Eine Menge neugieriger Augen haben die Vorgänge der letzten Minuten genau verfolgt. Und jetzt starren sie teils mitleidig, teils schadenfroh die weinende Margit an. Kellermann kreuzt auch auf.
»Margit«, sagt er leise, »wein doch nicht. Beruhige dich bitte. Es geschieht ihr ja nichts.«
Na bitte, er duzt sie und nennt sie einfach Margit. Jetzt bin ich bloß neugierig, ob sie vielleicht Eduard zu ihm sagt. So heißt der Unglückswurm nämlich.
Aber Margit sagt gar nichts. Sie schaut ihn nur stumm an, und mit was für einem Blick, er könnte den ganzen Nordpol zum Schmelzen bringen. Jedenfalls wirkt seine Gegenwart beruhigend auf sie, sie hört auf zu weinen.
Ina wirft einen Blick auf all die wartenden Zuhörer ringsum. Dann ergreift sie Kellermann am Arm und zerrt ihn wieder auf die Terrasse hinaus.
»Los, kommt mit«, sagt sie. »Hier kann man ja keine Wort reden.«
Wir schlendern ums Haus herum, alle vier.
»Erzählen Sie«, sagt Ina. »Was wollte der Kommissar von Ihnen?«
»Er hat mich ganz schön ausgequetscht. Ich mußte ihm den ganzen gestrigen Tag schildern und die Leute, die hier waren, und von uns allen hier erzählen. Dann fragte er mich natürlich wegen Margit und Frau Berger.«
»Was will er denn von uns?« ruft Margit zitternd.
»Ich sag' dir doch, daß Feli gequatscht hat. Was wußte er?«
»Nichts Näheres. Nur daß Frau Berger und Frau Loring sich zu kennen schienen und daß es irgend etwas gegeben hatte.«
»Und was haben Sie erzählt?«
»Nichts. Ich habe gesagt, ich wüßte darüber nichts.«
»Und er hat Ihnen das geglaubt?«
»Ich weiß es nicht. Ich glaube nicht.«
Hm, wenn ich mir den guten Kellermann so betrachte, glaube ich es auch nicht. Er kann gar nicht gut schwindeln. Sicher hat er jedesmal rote Ohren gekriegt, wenn er die Unwahrheit sagte. Ich weiß gut, wie schwer es ihm fallen mag, die Unwahrheit zu sagen. Er ist so ein Typ. Er muß Margit wirklich sehr gern haben.

»Was meinst du«, frage ich Margit, »wird deine Mutti ihm alles erzählen?«
»Ich weiß es nicht. Ihr habt ja gesagt, sie soll.«
»Und du? Was wirst du sagen?«
Sie preßt die Lippen zusammen. »Ich? Nichts. Keinen Ton.«
»Das wäre ziemlich dämlich. Er wird dich bestimmt nachher gleich verhören. Und zwar ohne daß du vorher mit deiner Mutti sprechen kannst.«
Margit starrt mich entsetzt an. »Warum denkst du das?«
»Das ist doch klar, Mensch. So machen die das immer. Hast du noch nie einen Kriminalroman gelesen?«
Margit sagt gar nichts mehr. Aber sie sieht aus, als ob sie gleich umklappen würde.
»Du bist ein schrecklicher Schlappschwanz«, sagt Ina tadelnd. »Nimm jetzt deinen Grips zusammen und laß dich nicht so gehen.«
Kellermann guckt vorwurfsvoll bei Inas barschem Ton. Und dann legt er wie selbstverständlich den Arm schützend um Margit.
»Schön«, sagt Ina, »wir überlassen sie Ihnen. Reden Sie ihr gut zu. Sie soll vernünftig sein und sich wie ein erwachsener Mensch benehmen.«
Wir wenden uns wieder dem Haus zu. Doch Ina dreht sich noch mal um. Mit einem Grinsen sagt sie: »Aber schmust nicht zu ungeniert hier rum. Es ist heller Tag und *noch*, Herr Doktor, ist Margit Ihre Schülerin.«
Kellermann bekommt einen roten Kopf, auch Margit wird rot und schaut Ina empört an. Aber die hat erreicht, was sie wollte, Margit ist etwas von ihrer Verzweiflung abgelenkt.
Leider glückt es uns wieder nicht gleich, auf unseren Horchposten zu gelangen. Es scheint, alles treibt sich heute in der Diele rum. Daß den Kommissar das nicht nervös macht, wenn das ganze Grünzeug hier rumhopst! Wir reden also zum Schein hier und da ein bißchen. Natürlich wollen alle wissen, was nun wirklich mit Margit und ihrer Mutter los ist. Die tollsten Sachen werden vermutet. Feli muß gräßlich übertrieben haben. Wir sagen, daß wir gar nichts wissen. Aber natürlich glaubt es uns niemand.
Bork lehnt an der Tür zum Sprechzimmer und unterhält sich mit Franz. Er muß doch sicher auch gehört haben, was

neuerdings hier besprochen wird. Ob er erleichtert ist, daß er nicht mehr allein belastet ist?
Diesmal kommt die Fränze als helfende Großmacht. Sie segelt wieder mal durch die Diele und sagt nervös: »Was steht ihr denn alle hier herum? Geht hinaus oder hinein, aber bleibt nicht hier im Vorraum.«
Und wirklich verkrümelt sich alles ein bißchen, auch die Großen. Auf diese Weise gelingt es uns, in unser Klassenzimmer hineinzuschlüpfen.
Natürlich haben wir viel verpaßt. Das ist schade. Wo sind sie denn jetzt angelangt?
Frau Bergers Stimme klingt erregt. »Wenn ich das gewußt hätte, daß Sie versuchen, mir daraus einen Strick zu drehen, hätte ich Ihnen gar nicht erzählt, wo ich arbeite.«
»Wozu sollte das gut sein?« fragt der Kommissar friedlich. »Das hätten wir sowieso erfahren. Das wäre für Sie nur noch peinlicher gewesen.«
»Nun also. Wenn ich es Ihnen doch von selbst gesagt habe, dann können Sie doch daraus entnehmen, daß es so nicht sein kann, wie Sie vermuten.«
»Meine liebe Frau Berger, jemand müßte schon sehr töricht sein, wenn er versucht, etwas zu verschweigen oder zu vertuschen, was sich nicht verschweigen und vertuschen läßt. Ihr Arbeitsplatz in dem Labor einer pharmazeutischen Fabrik ist eine Tatsache. Ich halte Sie für klug genug, sich selbst zu sagen, daß es besser ist, ich erfahre diese Tatsache von Ihnen.«
»Nun, Sie haben sie erfahren. Was gibt es darüber noch zu reden?«
»Oh, möglicherweise eine ganze Menge. Fahren wir fort. Erzählen Sie mir noch mehr über die Arbeitsweise in diesem Labor.«
»Ich habe Ihnen doch schon gesagt, was wir dort an giftigen Stoffen benutzen, ist keineswegs jedem zugänglich.«
»Es sei denn, er arbeitet damit.«
»Auch dann nicht. Oder glauben Sie, ich könnte einfach eine beliebige Menge in meine Tasche stecken und mitnehmen? Darüber wird genau Buch geführt.«
»Was man mitnimmt?«
»Nein«, ruft sie nervös, »über das, was da ist.«
»Nun«, der Kommissar spricht ganz gemütlich. »Ich kann

mir vorstellen, daß ein – ein – sagen wir mal, ein Material, mit dem gearbeitet wird, das gewissermaßen zum täglichen Gebrauch gehört, doch mit einer gewissen Lässigkeit gehandhabt wird. Das ist schließlich überall so.«
»Ja, vielleicht kommt es in einer Zuckerraffinerie nicht auf ein Pfund Zucker an und in einer Mühle nicht auf ein Pfund Mehl. Das kann man doch nicht vergleichen.«
»Mit was für Stoffen arbeiten Sie denn?«
»Oh, das ist verschieden. Es wird alles mögliche verwendet. Sie wissen ja, daß die meisten Heilmittel in einer gewissen Dosierung Gifte enthalten. Daraus ergibt sich ja meist die Heilwirkung.«
»Soll sich ergeben«, brummt der Kommissar dazwischen. »Ich hab' ja nicht viel übrig für die Giftmischerei.«
»Es würde zu weit führen, wenn ich Ihnen das alles im einzelnen aufzählen würde.«
»Oh, keineswegs, es interessiert mich sehr.«
Frau Berger ist zunehmend nervöser geworden. Sie spricht fahrig, ihre Stimme flattert. »Nun, da sind gewisse Lähmungsgifte, dann die Barbiturate, die man für Schlafmittel verwendet, Arsenbestandteile sind meist in den blutbildenden Präparaten enthalten und . . .«, sie stockt, »ach, es hat doch keinen Zweck, daß ich Ihnen das aufzähle. Es handelt sich ja immer nur um ganz geringe Mengen, es kommt auf das Mischungsverhältnis an und . . . Überhaupt, was soll das alles? Ich sage Ihnen, ich habe Frau Loring nicht vergiftet. Ich wußte ja gar nicht, daß sie hier ist. – Und für gewöhnlich nehme ich keinen Giftschrank auf die Reise mit.«
»Aber es wäre immerhin möglich. Wenn Sie wollten, könnten Sie?«
»Nein. Ich habe Ihnen doch schon gesagt, daß alle Giftstoffe unter Verschluß und unter Bewachung stehen.«
»Ja, wenn ich Sie aber richtig verstanden habe, so sind Sie selbst es, die für diese gefährlichen Dinge verantwortlich ist.«
»Zum Teil ja.«
»Hm. Etwas anderes. Sie sprachen von einem Mischungsverhältnis. Es scheint, wir haben es auch hier mit einer Mischung zu tun.«
»Wie meinen Sie das?«

»Nun, ich bin inzwischen benachrichtigt worden, daß das Gift, das Frau Lorings Tod verursachte, sich keineswegs mit einem bestimmten Namen bezeichnen läßt. Es handelt sich um keine glatte Arsenvergiftung, um keine Blausäurevergiftung, keine der bekanntesten Giftsorten, wenn ich einmal so sagen darf, trifft hier zu. Die Untersuchung hat ergeben, daß sich die Spuren mehrerer Gifte im Körper befanden, und zwar in einer derart raffinierten Dosierung, in einer *Mischung*«, er betont dieses Wort, »die nach einer gewissen Zeit sehr plötzlich den Tod herbeiführt, ohne daß der Vergiftete vorher viel davon merkt. Ein wenig Schwindel höchstens, ein wenig Kopfweh, und dann ganz zuletzt Übelkeit und ein heftiger Krampf, der unmittelbar zum Tod führt. So ähnlich drückte es der Fachmann am Telefon aus. Jedenfalls soweit er es bisher übersehen kann. Er sagte wörtlich: Ich bin etwas ratlos, ich kann diesen Stoff nicht bei einem Namen nennen. Es gibt höchstens eine Formel dafür, die wir hoffen, noch zu finden. Tatsache ist, daß nur ein Chemiker oder ein Arzt oder sonst irgend jemand, der Bescheid weiß, dieses Zeug zusammengemixt haben kann. Was sagen Sie dazu, Frau Berger?«
Frau Berger schweigt.
»Sie sind doch Chemikerin, nicht wahr?«
Sicher hat sie genickt, denn der Kommissar fährt fort: »Hm. Wenn wir die Formel schon hätten, könnten Sie sie mir vielleicht erläutern.« Eine kleine Pause, dann rasch und scharf: »Oder wissen Sie die Formel bereits, Frau Berger?«
»Nein!« ruft sie verzweifelt. »Nein, ich weiß sie nicht. So glauben Sie mir doch, ich weiß es bestimmt nicht.«
Gut, daß Margit das nicht hört. Die hätte wohl längst einen Tobsuchtsanfall bekommen. Mir wird auch abwechselnd kalt und warm. Das klingt ja wirklich abscheulich.
»Aber Sie werden mir doch zugeben, Frau Berger«, sagt der Kommissar, »daß dies alles höchst merkwürdig ist. Das geheimnisvolle Gift, Sie arbeiten in einem Labor, in dem verschiedene Gifte verarbeitet werden, und mehrere verschiedene Gifte führten zu Frau Lorings Tod. Und Sie sind gerade hier. Sie haßten die Tote, Sie hatten einen Grund, sie zu hassen, wie ich zugebe, eine stichhaltigen Grund. Sie hatten also ein Motiv für die Tat, und wie wir

gesehen haben, auch eine Möglichkeit, sich ohne große Schwierigkeiten Gift, sehr wirkungsvolles Gift, zu beschaffen.«
»Nein, das habe ich nicht!« ruft Frau Berger. »Erkundigen Sie sich bei meiner Firma. Fragen Sie, ob dort auch nur ein Gramm irgendeiner gefährlichen Substanz vermißt wird.«
»Ich habe noch in keinem Labor gearbeitet, Frau Berger«, sagt der Kommissar, »ich habe auch noch nicht mit Gift experimentiert, es sei denn im Geiste, bei der Aufklärung von Verbrechen, aber ich bin trotzdem nicht davon überzeugt, daß in einem Betrieb wie dem Ihren jedes Gramm kontrolliert wird. Weil es einfach nicht zu kontrollieren ist. Außerdem weiß ich immerhin so viel, daß ein Gramm ja schon eine verhältnismäßig große Menge ist. Soviel ich weiß, genügt manchmal schon ein hundertstel oder ein tausendstel Gramm. Oder irre ich mich da?«
»Nein«, kommt es leise.
»Sehen Sie. Solch eine winzige Menge läßt sich einfach nicht kontrollieren. Die Mischung war raffiniert, sagte unser Chemiker. Raffiniert!«
Stille nebenan. Eine lange Stille. Und die Stimme des Kommissars, fast väterlich gütig, zuredend: »Ein Geständnis, Frau Berger, würde Ihre Lage wesentlich erleichtern. Denken Sie auch an Ihre Tochter. Die junge Dame schien vorhin reichlich mit ihren Nerven fertig zu sein. Es ist eine Qual für ein junges Mädchen, so etwas lange mitzumachen.«
»Ich habe nichts zu gestehen«, flüstert Frau Berger. »Wirklich nichts. Ich habe Ihnen alles gesagt, was ich weiß, und alles, was zu sagen ist.«
Die Sache mit diesem merkwürdigen Gift beschäftigt uns natürlich sehr.
»Was mag das bloß für ein komisches Zeug sein?« sagt Ina. »So was kriegt man doch nirgends zu kaufen. Wenn die auf der Polizei nicht mal wissen, was das ist, die haben doch sicher alle Erfahrung der Welt. Ein bißchen weiß ich ja auch Bescheid durch meinen Vater. Schließlich kann sich jemand eventuell *ein* Gift besorgen, aber gleich mehrere Sorten. Und dann noch zu wissen, wie man das richtig mischt. Was sagst du dazu, Pony?«
»Ich kann es mir auch nicht erklären. Eigentlich kann das

ja wirklich nur jemand zusammenmischen, der das studiert hat. Aber hier ist doch niemand, der so was weiß und kann. Kein Arzt, kein Chemiker, kein Apotheker. Bork hat bestimmt keine Ahnung davon.«
»Außer Margits Mutter. Es sieht ziemlich schlecht aus für sie, findest du nicht?«
»Ich glaube nicht, daß sie so etwas täte. Der einzige Arzt, der hier war, ist Dr. Bergmaier.«
»Na, das ist erst recht Unsinn. Er mochte Valeska gut leiden.«
»Ist auch Unsinn. Ich meine nur.«
»Aber Marcelle. Denk doch mal nach, sie war Krankenschwester. Sie könnte schon eine Ahnung davon gehabt haben.«
»Na, sie wird kaum seit zehn Jahren alle möglichen Giftsorten mit sich herumschleppen.«
»Aber wer sonst?«
Ja, wer sonst ?
Was der Kommissar mit Margit spricht, hören wir nicht. Er ist nämlich gleich aus der Bibliothek hinausgegangen auf den Rasen hinter dem Haus, wo Margit mit Kellermann ist. Wir beobachten es durchs Fenster. Kellermann muß gehen, und der Kommissar spricht mit Margit. Sie sagt nicht viel, schüttelt nur immer wieder den Kopf. Er beugt sich zu ihr, redet auf sie ein, sicherlich tut er es sehr freundlich. Aber sie sieht ihn gar nicht an.
Dann spricht der Kommissar noch mal kurz mit Franz, dann mit der Fränze, und dann schwingt er sich in sein Automobil und fährt fort.
Was bedeutet das nun wieder?
»Schließlich ist er auch nur ein Mensch«, meint Ina. »Vielleicht will er Mittag essen oder mal in Ruhe telefonieren oder einen Schnaps trinken. Vielleicht auch sich alles durch den Kopf gehen lassen.«
Sein Assistent, oder wie man das nennt, bleibt natürlich da. Auch noch zwei andere Polizisten aus Starnberg lungern hier herum. Muß schon ein gefährliches Haus sein, dieses Pensionat für höhere Töchter.
Übrigens gibt es bei uns auch Mittagessen. Wirklich und wahrhaftig, es gibt Mittagessen. Die Fränze läßt es nicht zu, daß vollkommene Unordnung einreißt. Der Gong er-

tönt wie immer. Keiner von uns hat allerdings richtigen Appetit. Außer Burgl, die futtert drauflos wie immer. Und die Kleineren auch. Margit kommt nicht zum Essen. Sie ist mit ihrer Mutter oben in unserem Zimmer.
Aber Marcelle ist da. Bork ißt auch mit uns. Er sitzt neben ihr, beide reden nicht viel, sie sehen bedrückt aus. Aber man sieht auf einmal, daß sie zusammengehören. Er sieht sie besorgt an und spricht leise mit ihr. Sie lächelt ihm tapfer zu. Wie ihnen wohl zumute sein mag? Jedenfalls sind sie jetzt nicht mehr allein verdächtig, das mag schon was wert sein.
Die Sache von dem geheimnisvollen Gift ist irgendwie durchgesickert. Vielleicht hat es der Kommissar dem Franz und der Fränze auch erzählt. Am Tisch der Lehrer sprechen sie darüber, ich schnappe einmal ein paar Brokken auf. Der alte Roß wird davon augenscheinlich sehr mitgenommen, er ist ganz blaß geworden, mitten beim Essen steht er plötzlich auf und verläßt den Raum, ohne ein Wort zu sagen. Er geht mit wankenden Schritten.
»Na, der hat heute schon wieder einen getankt«, flüstert Ina. »Der hat's gut, der weiß wenigstens, wie man seine Nerven beruhigt.«
Nach dem Essen wissen wir wieder nicht recht, was wir anfangen sollen. Wie geht's nun weiter? Kommt der Kommissar wieder? Oder ist er ganz weggefahren? Werden wir alle hier eingesperrt? Oder wird jemand verhaftet?
»Jetzt läuft erst mal der ganze Apparat«, klärt Ina mich auf. »Hier wird ja nicht allein gearbeitet. Valeskas Weg wird verfolgt. Über Bork, Marcelle und Frau Berger werden alle möglichen Einzelheiten zusammengeholt. Wahrscheinlich über alle hier.«
»Über uns auch?«
»Vermutlich.«
»Na, viel Spaß. Dann hören sie ja auch von meinem Bombenattentat. Dann bin ich dran.«
»Bomben sind ja hier keine geworfen worden.«
»Wenn Sie meinen Stiefvater fragen, der sagt bestimmt: Dieses Kind ist zu allem fähig.«
Wir gehen hinauf zu Margit und ihrer Mutter.
»Warum habt ihr nichts gegessen?« frage ich. »Das kann nicht gut sein. Wer weiß, was uns alles noch bevorsteht.«

Beide schütteln die Köpfe, zwei belämmerte blonde Seelchen. Sie können einem schon leid tun.
»Geht doch runter zu Kugelchen«, rege ich an. »Die hat sicher noch was. Die Fränze wird sich jetzt hingelegt haben, sie sah ja schon ganz käsig aus. Heute nacht hat sie überhaupt nicht geschlafen.«
»Ich kann nichts essen«, sagt Margit weinerlich.
Das bringt ihre Mutter zur Besinnung. »Du solltest aber etwas essen, Kind«, sagt sie, »Pony hat recht. Wir sind ja bloß noch zwei Nervenbündel.«
»Wißt ihr was«, sage ich, »wir gehen runter auf die hintere Terrasse und legen uns dort in die Liegestühle. Und dann organisiere ich was.«
Sie kommen wirklich mit runter. Ina und ich packen sie in die Stühle, und dann suchen wir Kugelchen unten in ihrem Reich heim.
Kugelchen sitzt am Küchentisch und meditiert. Die beiden Mädchen waschen ab.
»Nein, wißt ihr«, sagt Kugelchen, »daß so was hier passieren muß. Wenn ich denke, was wir immer für ein schönes ordentliches Leben hatten. Überhaupt früher, als die alten Herrschaften noch lebten.«
Die alten Herrschaften sind Fränzes Eltern, und sie stehen bei Kugelchen in hohem Ansehen. Die Fränze nicht so sehr. Und den Franz nimmt sie überhaupt nicht ganz für voll.
Es folgt eine längere Erzählung aus der guten alten Zeit. Wir hören uns das eine Weile an, aber dann, als sie mal Luft schöpfen muß, bringen wir schnell an, daß Margit und ihre Mutter dem Hungertod nahe sind. Das bringt Kugelchen auf die Beine und in die Gegenwart zurück.
Kurz darauf kommen wir gut ausgestattet auf die Terrasse zurück. Es ist so viel, daß wir beide auch noch mal mitessen können. Und jetzt schmeckt es uns besser als vorhin bei Mittagessen.
Die beiden Unglückswürmer essen übrigens auch ganz tüchtig. Sie bekommen etwas Farbe in die Wangen und werden lebendiger, man kann schon wieder vernünftig mit ihnen reden.
»Ihr glaubt doch nicht im Ernst, Kinder, daß ich so etwas – so etwas getan habe?« fragt Frau Berger einmal.

»Stuß«, sage ich. »Er muß halt alle Spuren verfolgen, nicht? Dafür ist er ja da. Er hat's auch nicht leicht.«
Nein, leicht hat er's bestimmt nicht, der nette, freundliche Kommissar Linckmann. Ob er schon eine Spur hat? Und wo ist er eigentlich geblieben?

Kriminalisten unter sich

Eine Stunde später liegen wir immer noch hier. Eigentlich ist es ganz friedlich, so ein schöner Sonntagnachmittag mit Sonnenschein, Bienensummen und was noch alles so dazugehört. Man könnte glatt vergessen, was passiert ist. Aber das Komische ist, man vergißt es nicht. Ich jedenfalls nicht. Es liegt so eine Unruhe in der Luft, ich habe immerzu das Gefühl, ich müßte eigentlich etwas unternehmen, ich weiß bloß nicht, was.
Margit ist eingeschlafen, wohl vor Erschöpfung und Angst und Sorgen. Auch ihre Mutter liegt mit geschlossenen Augen, ob sie schläft, weiß man nicht. Ina hat sich ein Buch geholt und liest. Sinnigerweise einen Kriminalroman. Die hat Nerven. Mir aber zuckt es in den Beinen. In meinem Kopf wirbeln die Gedanken. Das tun sie zwar meist, auch wenn weiter nichts Besonderes passiert, aber heute ist es ganz schlimm. Ich habe das Gefühl, alles ist verkehrt angefangen. Irgendwo ist eine Kurve, die wir verpaßt haben. Ina und ich bei unseren Überlegungen und der Kommissar genauso. Für ihn ist es ja noch schwerer. Er weiß weniger von dem ganzen Laden hier und von den Menschen als wir. Für uns müßte es eigentlich leichter sein, eine Spur zu finden. Man muß sich alles nur mal in Ruhe und der Reihe nach überlegen.
Einen Menschen töten, das ist schon eine ungeheuerliche Sache. Das tut man nicht wegen einer Kleinigkeit. Schließlich sind wir hier keine Berufsverbrecher. Ein Raubmord war es nicht. Und eine Affekthandlung ist Giftmord auch nicht. Ergo muß sich das jemand ganz gründlich überlegt haben. Er muß zu der Ansicht gekommen sein, daß Valeska ihm schade, daß sie ihm gefährlich sei. Gefährlich? Gefährlich war sie doch eigentlich für niemanden. Und schaden, wem konnte sie schaden? Bork wohl, und Mar-

celle in gewissem Sinne auch. Aber doch wieder nicht so nachhaltig, daß es einen Mord rechtfertigte. Quatsch, einen Mord rechtfertigt gar nichts. Aber Mörder denken wohl anders darüber. Sie war ihnen lästig, zugegeben. Aber genügt das? Beide sind nicht solch unterentwickelte Typen, daß man ihnen eine Gewalttat zutraut, soviel steht fest. Und was Frau Berger betrifft, so hat Valeska ihr geschadet. Sie *hat* ihr geschadet. Früher mal. Das ist lange her. Die Folgen sind natürlich heute noch spürbar. Sie hat ihren Mann verloren, und ihr Leben ist gewissermaßen verpfuscht. Wenn man mal annimmt, daß sie ihren Mann sehr geliebt hat und ihn behalten wollte. Warum sie sich wohl inzwischen keinen anderen angelacht hat? Sie ist doch eine hübsche Frau und noch gar nicht alt.

Na schön, lassen wir das beiseite. Sie hat Valeska gehaßt, nehmen wir an, all die Jahre lang hat sie sie gehaßt. Und jetzt trifft sie die Frau, die ihr den Mann genommen hat. Zufällig hat sie ein Giftfläschchen bei sich – warum eigentlich? – und nimmt die Gelegenheit wahr, die Rivalin um die Ecke zu bringen. Was hat sie davon? Den Mann kriegt sie deswegen nicht wieder.

Südamerika! Stephan fällt mir wieder ein. Wo mag der jetzt sein? Wie lange fliegt man bis nach Südamerika? Ob er schon da ist? Komisch, ich habe heute noch gar nicht an ihn gedacht. Und gestern war mir so, als hätte ich mich in ihn verliebt. Da sieht man mal, was es mit der ganzen Liebe auf sich hat. Ist alles halb so wild. Man braucht nur ein bißchen Abwechslung, dann wird man schnell damit fertig. Stimmt auch wieder nicht, schließlich war es keine richtige Liebe. Wir kannten uns ja kaum. Aber schade ist es trotzdem, daß er nicht mehr hier ist. Mit ihm möchte ich die ganze Geschichte mal besprechen. Vielleicht hätte er eine Idee. Er kannte ja Valeska auch. Vielleicht besser, als ich annehme.

Na weiter. Das waren also diese drei, die hauptsächlich verdächtig sind. Wer kommt noch in Frage? Die Fränze war eifersüchtig. Aber das war sie eigentlich immer. Hat wohl auch Grund dazu. Aber sie ist so ein kalter Brocken, ich kann mir nicht vorstellen, daß sie jemanden umbringt. Obwohl – um jemandem Gift in die Suppe zu schütten, braucht man wohl nicht besonders viel Temperament.

Dann er, Franz. Er mochte Valeska sehr gern, den Eindruck hatte ich immer. Wenn er nicht Angst vor seiner Frau gehabt hätte, wäre er sicher ohne weiteres bereit gewesen, auf Frau Jennewein zu verzichten und Valeska fest anzustellen. Sie wollte das. Was war nun auf der Fahrt nach München? Hier ist der Kommissar im Vorteil. Sicher weiß er einiges darüber. Ich weiß gar nichts. Franz hat ihm sicher erzählen müssen, wie das war und wo er die Nacht verbracht hat. Angenommen, er hat die Nacht gemeinsam mit Valeska verbracht – ist unwahrscheinlich, aber nehmen wir mal an –, dann kann sie auf der Heimfahrt gesagt haben: Entweder einen festen Vertrag oder ich sage alles Ihrer Frau. So eine Art Erpressung, nicht? Hätte er sie deswegen umgebracht? Der arme Franz. Sicher nicht. Und schließlich, wo hätte er das Gift hergehabt. Er hat bestimmt keine chemischen Kenntnisse, er weiß ja nicht mal, warum Königin Elisabeth den Leicester nicht geheiratet hat.

Das ist überhaupt so ein Problem mit dem Gift. Wer von allen hier konnte so was besitzen? Oder sich beschaffen? Von uns doch keiner, von uns Mädchen, meine ich.

Nun darf ich ja nicht vergessen, daß gestern abend eine Menge Leute hier waren. Leute, die man gar nicht kennt und über die man nichts weiß. Warum sollte nicht jemand darunter gewesen sein, der Valeska haßte und ihr übelwollte? Genau wie Margits Mutter sich plötzlich als Feindin Valeskas erwies, irgendwann von früher her.

Aber jetzt mal weiter die bekannten Leute. Die Lehrer. Fräulein Bayer mochte Valeska nicht besonders. Die hat sich manchmal über sie lustig gemacht. Aber die gute Alte würde bestimmt niemanden umbringen. Der alte Roß? Er ist jenseits von Gut und Böse, meiner Ansicht nach jedenfalls. Er hat sich nie um irgendwas gekümmert, was so vor sich ging. Ich kann mir nicht vorstellen, daß er mehr mit Valeska gesprochen hat als guten Morgen und Mahlzeit und gute Nacht. Kellermann? Er ist durch seine Freundschaft mit Margit näher in den Fall verwickelt. Valeska war schließlich der Anlaß, daß Margit von hier verschwinden sollte. Aber das erfuhr er erst später, zu einer Zeit, als Valeska vermutlich schon tot war. Vorher hatte er bestimmt nicht den geringsten Anlaß, Valeska was Böses zu wün-

schen. Die Lehrer vom Gleis? Ich gehe sie einzeln durch, aber ich weiß nichts darüber, daß einer in näheren Beziehungen zu Valeska gestanden hätte. Dann die Gäste ... Ich gebe es auf. Es sind einfach zuviel Leute hier gewesen gestern. Eins ist sicher, der Mörder hat sich das großartig ausgesucht. Geschickter hätte er es nicht machen können. Wenn es überhaupt einen Mörder gibt. Im Moment bin ich wieder geneigt, doch an einen Selbstmord zu glauben. Vielleicht hatte es Valeska einfach satt. Vielleicht wollte sie Bork einen Streich spielen. Sie konnte sich denken, daß man ihn verdächtigen wird. Ihn oder Marcelle. Und sie hat es aus purer Gemeinheit getan. Aber wer nimmt sich schon aus purer Gemeinheit das Leben? Schließlich ist man hinterher tot. Das läßt sich nicht mehr gutmachen.
Dann fällt mir ein, was Elly erzählt hat. Jemand hätte in Valeskas Sachen gewühlt. Also muß es doch einen Mörder geben. Es ist zum Verzweifeln.
Ich stehe leise auf und verdrücke mich. Ob ich mal ein Stück spazierengehe? Vielleicht fällt mir dabei was ein. Mein Vater ist immer spazierengegangen, wenn er ein neues Buch schreiben wollte. Er meinte, er hätte dabei die besten Einfälle. Geschmacklos, in diesem Zusammenhang an Vater zu denken.
Ina sieht mir nach, sagt aber nichts.
Ich gehe ums Haus rum, dann ein bißchen in den Park. Es ist jetzt ganz still überall. Seltsam, wenn man denkt, daß gestern hier ein Riesenrummel war. Und Valeska lebte noch. Sie saß unter uns in ihrem gelben Chiffonkleid, schön und strahlend, so gar nicht anzusehen wie jemand, der lebensmüde ist.
Wo mag denn das Gift drin gewesen sein? In einer Flasche? Oder in einem Papier? Eine Tablette vielleicht. Gemischt war es, sagte der Kommissar. Also ein Pulver. Oder doch eine Flüssigkeit. Dann müßte ein Fläschchen da sein. Oder ein Papier.
Na, wenn es da war, ist es längst verschwunden. Es hat bestimmt keinen Zweck, danach zu suchen. Das wird Kommissar Linckmann schon getan haben. Ob er sich was denkt bei der ganzen Sache, ob er schon eine Spur hat?
Plötzlich bleibe ich stehen. Der Schreck fährt mir in die Glieder, als ich merke, auf welchem Weg ich bin. Auf dem

Weg zum See der Lilofee. Nee, lieber doch nicht. Da graule ich mich bloß.
Ich schlage einen Bogen, und dann nähere ich mich dem See von der anderen Seite. Irgendwie übt er eine starke Anziehungskraft auf mich aus. Es juckt mich einfach, dort mal hinzugehen. Obwohl mir angst und bange ist.
Ich bleibe stehen, begucke mir die nächsten Bäume von oben bis unten.
Wie still es hier ist. Totenstill. Nicht mal Vögel singen. Vielleicht sollte ich doch wieder auf schnellstem Wege zum Haus zurückkehren.
Und dann bin ich am See. Lautlos pirsche ich mich heran, von hinten gewissermaßen, von der Seite, die dem Haus am entferntesten ist. Ich sehe das dunkle, träge Wasser durch die Stämme glitzern. Glitzern ist schon zuviel gesagt, es schimmert nur ganz leicht. Es ist ja eine dunkle Ecke hier, die Sonne kommt kaum her. Das Wasser ist richtig dunkelgrün. Sicher ist es moorig auf dem Grund. Wenn Valeska es selbst getan hat, liegt das Fläschchen vielleicht auf dem Grund des Sees. Aber wer soll da nachsehen?
Ich bleibe unter den letzten Bäumen stehen und schaue auf das Wasser. Es hat Valeskas letzte Seufzer gehört. Was hat der Kommissar gesagt? Erst merkt man nichts, dann eine plötzliche Übelkeit und ein Krampf, und dann ist man tot. Das muß sich also hier abgespielt haben. Dort drüben lag sie auf dem Boden, mit verzerrtem Gesicht, die Hand in die Erde gekrallt. Und jetzt hat man sie auseinandergenommen. Die Leiche, wie der Kommissar gesagt hat. Und alles untersucht. Und die Giftmischung in ihrem Körper gefunden. Wie das wohl jetzt aussehen mag?
Jetzt wird mir auch gleich übel. Bloß weg hier. Wenn ich bloß schon wieder am Haus wäre. Ich graule mich ganz schrecklich.
Ich drehe mich auf dem Absatz, um wegzulaufen, da sehe ich die Gestalt zwischen den Bäumen. Vor lauter Schreck stoße ich einen Schrei aus und bleibe wie angenagelt stehen. Der Kommissar ist es. Ich muß ihn wohl ziemlich entgeistert anstarren, denn er lächelt mir väterlich zu.
»Nun, kleines Fräulein, was machen Sie denn hier?« fragt er.

»Hab' ich jetzt einen Schreck gekriegt«, sage ich.
Er betrachtet mich prüfend. »Hm. Tut mir leid. Aber es interessiert mich doch, was Sie hier suchen.«
Er sieht recht menschlich aus. Die Jacke hat er ausgezogen und umgehängt, ihm ist wohl warm. Sein blondes Haar ist ein bißchen verstrubbelt, so als sei er sich nachdenklich durchgefahren.
Meine Angst ist verschwunden. Genaugenommen bin ich ganz froh, daß er hier ist. Allein war es zu unheimlich.
»Was ich hier suche?« frage ich keck. »Dasselbe wie Sie. Einen guten Einfall. Eine Spur.«
Er betrachtet mich amüsiert. »So. Spielen Sie Detektiv auf eigene Faust?«
»Ich überleg' mir das hin und her und komme zu keinem Ergebnis«, erkläre ich ihm eifrig. »Irgendwo ist eine Lücke. Es muß etwas sein, was wir nicht wissen. Denn alles, was bis jetzt entdeckt wurde, paßt nicht richtig zusammen.«
»Aha«, sagt er. Und dann: »Den Eindruck hab' ich übrigens auch.«
Nett, daß er das sagt. Überheblich ist er jedenfalls nicht.
»Es würde mich jetzt bloß interessieren, *was* Sie wissen«, sagt er.
»Einiges«, erwidere ich. »Ich weiß einiges, was Sie nicht wissen. Dafür wissen Sie verschiedenes, was ich nicht weiß.«
Jetzt lacht er sogar. »Vielleicht sollten wir unser Wissen austauschen.«
»Ja«, rufe ich begeistert, »das ist prima. Ich müßte zum Beispiel wissen, was Sie alles von den einzelnen Leuten erfahren haben.«
Er sieht mich etwas perplex an. »Du bist gut«, sagt er. Jetzt duzt er mich sogar.
»Wir könnten doch zusammenarbeiten«, meine ich. »Für Sie muß doch der ganze Laden hier ziemlich undurchsichtig sein. Sind doch alles Fremde für Sie. Ich kenne sie aber alle ganz gut.«
»Aha, das hat was für sich. Wie heißen Sie eigentlich?«
»Sie können ruhig du zu mir sagen«, erkläre ich großzügig. »Mir macht das nichts aus.«
»Sehr freundlich. Also, wie heißt du?«

»Pony. Pony Cremer. Und ich komme aus Düsseldorf.«
»Sieh mal an. Aus Düsseldorf. Und wie gefällt es dir hier bei uns in Bayern, Pony?«
»Prima. Ich bin gern hier.«
»Wie lang bist du schon in dem Laden, wie du sagst?«
»Seit Anfang März.«
»Dieses Jahr?«
»Ja.«
»Das ist nicht sehr lang.«
»Lang genug für das, was hier passiert ist. Valeska kam erst später. Frau Loring, meine ich.«
»Also dann schieß mal los. Erzähl mir, was du weißt.«
»Und sagen Sie mir dann auch, was Sie rausgekriegt haben?«
»Keine Nötigung. So was ist strafbar, Pony. Die Untersuchung führe ich hier. Ich wollte euch sowieso alle noch verhören.«
»Hab' schon drauf gewartet«, sage ich.
»Nun, mit einigen von euch habe ich schon gesprochen.«
»Ja, wie sind Sie eigentlich an Feli geraten? Hat die sich an Sie herangemacht? Da haben Sie gerade die dümmste erwischt.«
»Manchmal erfährt man von den Dummen mehr als von den Schlauen.«
Da kann was dran sein.
»Also?« sagt er.
»Was wollen Sie wissen?«
»Alles, was Sie über die hier Anwesenden wissen. Über die Leute, die gestern abend hier waren. Alles.«
»Na gut.« Und dann fange ich an. Ich gebe ein Porträt der Lehrer, von Franz und Fränze, von den Schülerinnen und was mir alles noch so einfällt.
Der Kommissar hört aufmerksam zu, manchmal allerdings grinst er. Dabei erzähle ich gar nichts Komisches, sondern schildere alles kurz und sachlich.
»Deine Ausdrucksweise ist sehr plastisch«, sagt er einmal. »Du hast recht gehabt. Jetzt kenne ich die Leute schon viel besser.«
Als ich fertig bin, überlegt er eine Weile. »Sag mal, eine Frage. Hältst du es für möglich, daß eine von den Schülerinnen einen so tiefen Groll auf – auf Valeska hegte, wie

du immer sagst, daß sie so etwas getan hätte? Du hast mir erzählt, daß die meisten von euch in diesen Bork verliebt sind. Nehmen wir mal an, so eine irregeleitete Zuneigung könnte zu einem Kurzschluß führen. Ihr seid ja wohl in einem recht kritischen Alter, da ist allerhand möglich.«
»Über die Pubertät sind wir eigentlich schon hinaus«, kläre ich ihn auf. »Bei Mädchen geht das schneller als bei Jungs.«
»Aha. Na, es sind ja auch Kleinere da, nicht?«
»Ja, schon. Aber dann hätte Marcelle ja auch umgebracht werden müssen.«
»Das ist logisch.«
»Vielleicht wird sie es noch«, fällt mir plötzlich ein.
Er schaut mich ehrlich erschrocken an. »Du hast Ideen.«
»Das war nur eine logische Schlußfolgerung. Aber denken Sie doch mal, wer von uns sollte denn an so ein Gift kommen? So komisches vertracktes zusammengemixtes Zeug.«
»Woher weißt du das? Daß es ein gemixtes Zeug ist?« Er schaut mich mißtrauisch an.
Ich gerate einen Augenblick in Verlegenheit. Aber dann erkläre ich kühn: »Margits Mutter hat es uns erzählt. Frau Berger, meine ich. Übrigens wurde bei Tisch davon gesprochen.«
»So«, sagt er. Es klingt irgendwie befriedigt.
»Wer hat denn schon so was.«
»Eben«, sagt er. »Das macht mir auch Kopfzerbrechen. Der einzige Mensch, der hier so was haben könnte, ist eben diese Frau Berger. Und ein Motiv hatte sie obendrein.«
»Aber Sie haben sie doch gesehen. Glauben Sie, daß sie so etwas tun würde?«
»Rein äußerlich nicht. Aber mein Beruf hat mich an allerhand Überraschungen gewöhnt.«
»Was hätte sie denn davon?«
»Hm. Diese Frage darf man sich in den wenigsten Fällen stellen. Welcher Mörder hat schon wirklich was davon? In den seltensten Fällen.«
»Höchstens wenn es um Geld geht.«
»Du sagst es. Doch das scheidet hier wohl aus.«
»Ich denke immer, am ehesten könnte es die Fränze getan haben.«

»Wer?«
»Frau Dr. Franzen. Sie war doch immer so eifersüchtig auf ihren Alten. Hat er Ihnen denn erzählt, was in München war mit ihm und Valeska?«
»Ja.«
Nichts weiter. »Sie wollen es mir wohl nicht erzählen?«
»Nein.«
»Schade. Hätte mich interessiert.«
»Das glaube ich. Aber ihr braucht eure Phantasie nicht weiter zu bemühen. Frau Loring hat bei einer Freundin übernachtet.«
»Ach? Sie hat eine Freundin in München? Wußte ich gar nicht.«
»Alles kannst du ja nicht wissen.«
»Haben Sie mit der schon gesprochen?«
»Nein. Er wußte weder Namen noch Adresse.«
»Aber Sie werden das doch nachprüfen?«
»Sicher. Jedenfalls haben wir erst mal nachgeprüft, wo er übernachtet hat.«
»Und?«
»Geht dich nichts an. Jedenfalls war es in Ordnung, soweit es unseren Fall betrifft.«
Ich denke über das ›soweit es unseren Fall betrifft‹ nach.
»Also bei einer Frau?« platze ich heraus. »Er hat doch eine Freundin in München. Hab' ich mir immer gedacht.«
Er lacht. »Du bist eine Nummer.«
»Weiß *sie* das? Die Fränze, meine ich?«
»Von mir weiß sie nichts, was sie nicht schon vorher gewußt hätte. Herr Dr. Franzen pflegt bei seinen Besuchen in München bei einem alten Freund zu nächtigen.«
»So«, sage ich enttäuscht. »Glaub' ich nicht.«
»Schön, dann glaubst du's eben nicht.« Und dann: »Bin ich froh, daß ich keine Tochter habe.«
»Haben Sie keine?« frage ich verwundert. »Aber verheiratet sind Sie doch?«
»Ja.«
»Da kann es ja noch werden. Schimpft Ihre Frau nicht, wenn Sie den ganzen Sonntag nicht zu Haus sind?«
»Doch, ich denke schon.«
»Und was machen wir jetzt?«
»Ja, was machen wir jetzt?« fragt er nachdenklich zurück.

»Gehn wir mal wieder vor. Jedenfalls war es mir ganz interessant, was ich von dir zu hören bekam. Obwohl du versucht hast, mir zu beweisen, daß alle bisher Verdächtigen reine Unschuldsengel sind.«
»Und ich habe gesagt, daß irgendwo eine Lücke ist. Valeska hat ein sehr bewegtes Leben geführt. Und sie hat viele Menschen gekannt. Vielleicht war es jemand, der gar nicht mehr hier ist.«
»Auch das noch. Es sieht so aus, als würde es eine lange Geschichte.«
Einträchtig pilgern wir zum Haus zurück. Dort ist es inzwischen wieder lebhafter geworden. Alles wimmelt in der Gegend herum. Wie sie mich mit dem Kommissar kommen sehen, kriegen sie alle Stielaugen.
»Du bist doch nicht verhaftet worden, Pony?« ruft Ina mir entgegen.
»Fräulein Pony hat den Fall mit mir durchgesprochen«, sagt der Kommissar mit ernster Miene.
Und plötzlich kräht die kleine dicke Burgl in die respektvolle Stille hinein. »Hast du ihm dann auch von deinem Freund vom Tennisplatz erzählt, der gestern hier war? Und der Valeska auch kannte?«

Der Nächste

Tableau! Alles spitzt die Ohren. Der Kommissar schaut mich überrascht an. »Wer ist denn das?«
»Och«, sage ich, »der! Der hat damit nichts zu tun.« Und dann zu Burgl: »Woher weißt du denn das?«
»Ich habe euch gesehen. Du bist gleich mit ihm verschwunden. Und dann warst du lange nicht zu sehen. Und deine ganzen Lose hattest du noch im Körbchen.«
»Für 'ne Sängerin bist du ganz schön helle«, sage ich. »Und ich hab' immer gedacht, du bist doof.«
»Nun mal los«, sagt der Kommissar, »erzähl mir das auch noch, Pony.«
»Nicht, wenn alle zuhören.«
Wir kehren also nochmals um und wandeln über die Wiese. Verfolgt von ungezählten neugierigen Augen.
Ich berichte kurz von Stephan, die erste Begegnung auf

dem Tennisplatz, dann überlege ich rasch. Soll ich das vom Haus auch erzählen? Daß Bork mit Valeska dort war? Belaste ich ihn damit? In gewisser Weise schon. Aber wenn ich nun schon mal mit der Polizei zusammenarbeite, muß ich auch alles erzählen.
Der Kommissar schüttelt einige Male den Kopf.
»Das ist ja interessant«, sagt er am Ende. »Aber du hast mich sehr enttäuscht, Pony. Warum hast du das zuerst verschwiegen?«
»Es hat damit doch nichts zu tun. Ich dachte nicht, daß es wichtig wäre.«
»Nein? Wirklich nicht? Irgendwie gehört es doch dazu, nicht?«
»Na ja.« Mir ist etwas mulmig zumute. Habe ich den Kommissar jetzt verärgert? Es ist wahr, ich habe ihm das alles nicht gesagt. Warum eigentlich nicht?
»Hm«, überlegt er. »Da war also noch jemand hier, jemand, der eure Valeska kannte. Von früher her. Genau das, was du vorhin angeregt hattest. Ein vielseitiger junger Mann, nach dem, was du erzählt hast. Bork hat auch keinen Ton davon gekräht. Ich muß ihn mir noch mal vornehmen. Und du weißt wirklich nicht, was zwischen diesem Jorgen und Frau Loring früher war? Oder jetzt noch war?«
»Nee, das hat er mir ja nie erzählt. Er hat mir eigentlich überhaupt nichts Richtiges erzählt. Er hat sicher gewußt, daß Bork und Valeska verheiratet waren.«
»Wir sollten uns vielleicht mal näher mit dem jungen Mann beschäftigen.«
»Der ist schon in Südamerika«, sage ich schadenfroh.
»Südamerika ist ja nicht aus der Welt. Wo denn genau?«
»Weiß ich auch nicht. Und Südamerika ist groß.«
»Du sagst es. Und eine Freundin hatte er auch?«
»Ja«, gebe ich widerwillig zu.
»Die ist ja wohl noch da?«
»Sicher doch.«
»In dem Haus, von dem du erzählst hast?«
»Weiß ich nicht.«
»Das werden wir uns dann mal ansehen. Ah, da ist ja Dr. Bork. Wie gerufen.«
Der Kommissar verläßt mich. Er steuert auf Bork zu und beginnt mit ihm einen Spaziergang über die Wiese.

Die anderen schauen mir mehr als neugierig entgegen. Ina macht eine vorwurfsvolle Miene.
»Was ist denn das?« fragt sie.
Ich kneife Burgl im Vorübergehen heftig in den Arm, daß sie quietscht wie ein abgestochenes Ferkel. Komisch, wie sich alle benehmen, wenn so was passiert. Einer ist dem anderen sein Deibel. Jetzt ist Stephan in der Sache mit drin. Das hat er mir zu verdanken. Dabei hat er bestimmt nichts damit zu tun, er hat nur mit mir gesprochen und mit sonst niemandem. Valeska hat er nur aus der Ferne gesehen.
Ich muß Ina natürlich jetzt auch alles erzählen. Sie ist beleidigt, weil ich das vor ihr verheimlicht habe.
»War eben eine Privatsache«, sage ich.
»Ach? Hast du dich in den verknallt?«
»Hm. 'n bißchen.«
»Sieh mal an.«
Aber es dauert gar nicht lange, da wird Stephan Jorgen nachhaltig entlastet. Da kommt nämlich Marcelle aus dem Haus gestürzt, totenbleich, mit wild aufgerissenen Augen, sie stammelt ein paar unverständliche Worte, greift mit den Händen in die Luft, taumelt, und ehe man noch verstehen kann, was sie sagt, fällt sie plötzlich um.
Großes Durcheinander. Alles umdrängt sie, Bork und der Kommissar haben es auch gesehen, sie kommen im Laufschritt über die Wiese, der Kommissar stößt heftig alle beiseite, kniet bei Marcelle nieder, reißt sie hoch, schüttelt sie, Bork ruft ihren Namen, alles redet und schreit durcheinander, der Kommissar sagt laut: »Verdammt!«, doch da schlägt Marcelle bereits die Augen wieder auf.
Fast schwarz sind ihre Augen, voller Angst und Entsetzen, sie flüstert: »Was ist denn?« Und dann, mit einem Aufschluchzen: »Ach!«
»Was haben Sie denn?« ruft der Kommissar. »Ist Ihnen nicht gut?«
»Nein«, stammelt sie, »nicht ich. Nicht ich. In meinem Zimmer, oben . . . Professor Roß. Ich glaube, er ist tot.«

In Marcelles Zimmer liegt der alte Roß verkrümmt am Boden. Kalkweiß das Gesicht, die Lippen und die Nägel blau verfärbt. Er ist wirklich tot. Genauso tot, wie Valeska gestern war.
Plötzlich ist die ganze versammelte Streitmacht der Polizei zugegen. Wir werden alle zurückgescheucht. Aber wir hören noch, was Marcelle berichtet.
Professor Roß, der das Zimmer neben ihr bewohnt, kam plötzlich herein, taumelnd, wie schwer betrunken. Er lallte: »Ich auch – ich auch – ich weiß, wer – sagen Sie – daß es – daß es . . .«, und dann war er plötzlich zusammengebrochen, ein Krampf hatte seinen Körper geschüttelt, und dann lag er reglos.
Der Gang oben wird abgesperrt. Wir müssen alle hinunter in die Diele. Vor der Tür steht ein Polizist, keiner darf hinaus. Aber daran denkt jetzt auch keiner. Wir sitzen zusammen wie die Hühner, wenn es donnert. Keiner sagt ein Wort. Und das Grauen kriecht durch das ganze Haus. Jetzt schüttelt uns alle die Angst.
Ein Mörder ist im Haus. Ein Mörder ist hier unter uns. Er ist noch da. Und er mordet weiter.
Plötzlich weiß ich auch, was es ist. Ich begreife alles. Es ist ein Verrückter! Ein Wahnsinniger! Einer von uns muß wahnsinnig sein. Und dieser eine unter uns mordet. Vielleicht haben wir alle schon dieses entsetzliche Gift in unserem Körper. Gleich wird noch einer umfallen und dann tot und zusammengekrümmt am Boden liegen. Vielleicht sind wir alle schon in einer Stunde tot. Vielleicht haben wir beim Mittagessen alle dieses Gift geschluckt, diese raffinierte Mischung, die erst nach einer gewissen Weile wirkt. Roß war der älteste, bei ihm hat es schnell gewirkt. Wir sind jünger, bei uns dauert es länger.
Der Reihe nach sehe ich sie alle an. Wer wird der nächste sein? Der Franz? Die Fränze? Bork? Oder eine von uns? Und wer, wer mordet hier?

Im Haus wird es sehr lebendig. Es dauert nicht lange, da fahren noch ein paar Wagen vor, diesmal wurde nichts verändert, und die übliche Untersuchung geht wohl da oben vor sich. Wir kriegen nichts davon zu sehen. Der Kommissar hat uns alle in den Speisesaal verbannt, niemand darf heraus.

Aber wir wollen auch gar nicht hinaus. Wir haben Angst. Ein paar von den Kleineren weinen. Jeder schaut auf einmal den anderen mißtrauisch an.

»Es muß ein Verrückter sein«, sage ich zu Ina.

Doch die schüttelt den Kopf. »Nee, aber der Roß hat was gewußt. Kannst du dich nicht erinnern beim Mittagessen? Als sie von dem Gift sprachen und er plötzlich aufstand und rausging? Ganz blaß und verstört? Er muß gewußt haben, wer so ein Gift gehabt hat.«

»Na, dann hätte er es doch gleich sagen können.«

»Das ist auch wieder wahr. Man müßte mal erfahren, was er dann gemacht hat, anschließend.«

»Wie hat er denn das Gift geschluckt?«

»Wahrscheinlich in seinem Wein. Hast du nicht gesehen, eine halbvolle Flasche Rotwein stand bei ihm auf dem Tisch.«

»Die werden sie jetzt untersuchen. Auch auf Fingerabdrücke und so.«

»Sicher.«

Margit und ihre Mutter sitzen auch bei uns. Frau Berger sagt leise: »Kein Mensch wird doch glauben, daß ich den alten Mann getötet habe, nicht? Eigentlich . . .«

»Eigentlich ist es eine Entlastung für Sie«, fährt Ina fort.

»Das habe ich auch schon gedacht. Am peinlichsten ist es für Marcelle. Sie wohnt direkt daneben.«

»Aber sie war doch ganz verstört, als sie herunterkam.«

»Na, das mußte sie ja, nachdem er in ihrem Zimmer lag.«

»Aber das, was sie von seinen letzten Worten gesagt hat?«

»Es war keiner dabei, der es gehört hätte. Er kann genauso rübergekommen sein, um ihr noch vorher den Hals umzudrehen.«

Ina hat schon manchmal eine unpassende Ausdrucksweise. Scheu blicken wir alle zu Marcelle hinüber, sie sitzt in

einer Ecke, neben Bork. Sie sprechen kein Wort, aber sie halten sich an der Hand wie zwei verirrte Kinder. Bork, fällt mir ein, verstand sich mit dem alten Roß auch ganz gut.
Ach, zum Teufel, mir reicht es jetzt. Am liebsten möchte ich von der ganzen Sache nichts mehr hören. Der arme alte Roß, er war immer so nett. Und geschimpft hat er nie.
Es dauert eine ganze Weile, bis sich wieder mal jemand um uns kümmert. Doch plötzlich kommt der Kommissar herein. Er bleibt an der Tür stehen und läßt seinen Blick über die hier Versammelten gleiten. Seine Miene ist ratlos und direkt ein bißchen verlegen. Muß peinlich für ihn sein, wenn ein zweiter Mord in einem Haus passiert, in dem er anwesend ist, um den ersten aufzuklären. Sehr peinlich. Wen wird er jetzt verhören? Bork? Oder Marcelle? Margits Mutter?
Aber er winkt mir.
Meine Knie sind etwas weich, als ich auf ihn zugehe. Ich spüre alle Blicke in meinem Rücken.
Wir gehen hinaus in die Diele und dann in die Bibliothek. Jetzt bin ich also mal auf der anderen Seite von der Tür.
»Nun?« fragt er. »Was kannst du mir sagen?«
Ich zucke die Schultern. »Eigentlich nichts. Ehrlich gestanden möchte ich am liebsten fort von hier. Ich fürchte mich.«
Er macht ein sorgenvolles Gesicht. »Ja,«, sagt er dann, »das kann ich verstehen. Und eigentlich kann ich es gar nicht verantworten, daß die Kinder hier im Haus bleiben. Aber wo soll ich hin mit euch?«
»Die Ferien beginnen sowieso in einigen Tagen. Viele fahren dann nach Hause. Soweit sie ein Zuhause haben. Sie könnten ja die Ferien gleich anfangen lassen.«
»Und was dann? Dann ist erst recht alles in alle Winde verstreut, und ich komme mit meiner Untersuchung nicht weiter.«
»Aber wir verhungern alle, wenn wir hierbleiben. Keiner ißt hier mehr was. Wissen Sie, was ich glaube?«
»Na?«
Ich entwickle ihm meine Theorie von dem Verrückten. Aber es leuchtet ihm nicht ein. Er schüttelt den Kopf.
»Jedenfalls hat sich der Kreis der Verdächtigen sehr ver-

ringert«, sagt er dann. »Eure Gäste von gestern scheiden aus. Es kann nur noch jemand sein, der heute hier ist.«
»Oder Roß hat Valeska vergiftet und jetzt sich selbst.«
»Hältst du das im Ernst für möglich?«
»Nee, eigentlich nicht. Ich wüßte nicht, warum. Ina meint, er hätte was gewußt.« Ich erzähle von der Szene beim Mittagessen.
»Ina ist gar nicht so dumm«, meint der Kommissar, »so ungefähr stelle ich es mir auch vor. Jetzt erzähle mal alles, was du von diesem Professor Roß weißt. Alles.«
Das ist nicht viel. Eigentlich ist er niemals in irgendeiner Beziehung aufgefallen. Eben gerade, daß er gern einen verlötet hat.
»War das Gift in der Rotweinflasche?«
»Ja, vermutlich. Woher weißt du das mit der Flasche?«
»Na, sie stand doch auf dem Tisch.«
»Konnte denn jeder in das Zimmer rein?«
»Sicher. Abgeschlossen wurde hier nie.«
Der junge Kriminalbeamte kommt herein und berichtet, daß eben ein Herr Beck hier eingetroffen sei, der eine von den Damen abholen wolle. Der Kommissar sieht mich fragend an, und ich erzähle ihm schnell von Rita und ihrem sogenannten Verlobten.
»So«, sagt er, »ist das nicht ein bißchen ungewöhnlich?«
»Bei Rita nicht. Sie ist schon viel erwachsener als wir. Und sie genießt manche Vorzüge. Franz, ich meine, Dr. Franzen hat eine Schwäche für sie. Wohl weil sie so hübsch ist. Und die Frau Doktor erlaubt ihr auch mehr als uns.«
»So. Dieser Herr Beck war gestern also auch da?«
»Ja. Er hat sich übrigens lange mit Valeska unterhalten. Vielleicht war Rita eifersüchtig.«
Der Kommissar macht die Tür zur Diele auf. Dort steht Herr Beck aus München, einigermaßen verdattert. Man hat ihm nicht gesagt, was los ist. Im selben Moment kommen sie von oben mit einer Bahre herunter. Mir wird ganz schwach. Jetzt tragen sie den armen alten Roß genauso weg wie Valeska. Und dann wird er auch auseinandergeschnitten. Nee, ich will nicht mehr. Ich hab' es satt.
Wir stehen alle stumm, bis die Träger mit ihrer schrecklichen Last draußen sind.
»Was – was ist denn hier los?« fragt Herr Beck ratlos.

»Allerhand«, sage ich.
Aber der Kommissar macht »Pscht« zu mir und sagt dann zu Beck: »Würden Sie bitte so freundlich sein, einen Moment zu mir hereinzukommen?«
Ich muß draußen bleiben. Horchposten zu beziehen, hat aber keinen Wert. Von dem wird er nichts erfahren, was ich nicht sowieso schon weiß.
Der junge Kriminalmensch und ich schauen uns eine Weile schweigend an.
»Schlimme Sache«, sagt er dann.
»Sehr schlimm«, bestätige ich. »Haben Sie oben irgendwas Interessantes entdeckt?«
Er gibt mir aber keine Auskunft. Na, der soll sich nicht so haben. Sein Chef arbeitet schließlich mit mir zusammen.
»Ich hab' immer gedacht, die Polizei beschützt die Leute«, sage ich spitz. »Wenn man jetzt schon ermordet werden kann, wenn ihr dabei seid, dann könnt ihr einpacken.«
»Sei nicht so frech«, sagt er mürrisch.
»Wo waren *Sie* denn, als das passiert ist?«
»Das geht dich gar nichts an.«
»Hören Sie mal, wenn ich Ihrem Chef gestattet habe, mich zu duzen, so heißt das noch lange nicht, daß das auf Sie ausgedehnt wird.«
Er schaut mich einigermaßen verdutzt an. Aber dann kommt ein anderer Polizist von oben herunter und redet was mit ihm. So wird es ihm erspart, nach einer geistreichen Antwort zu suchen. Wär' ihm sicher auch schwergefallen.
Jetzt kommt die Fränze an. Von unten kommt sie, aus dem Souterrain. Da mögen sie auch schön aufgeregt sein.
»Was machen Sie denn hier?« fragt sie mich mißtrauisch.
»Ich hatte soeben eine Unterhaltung mit dem Kommissar«, erkläre ich nonchalant. »Wahrscheinlich braucht er mich noch. Im Moment hat er Herrn Beck zum Verhör.« Ich komme mir schon vor wie die Assistentin der Kriminalpolizei.
»Herr Beck? Wo kommt der denn her?«
»Der kam eben hier an. Wie jeden Sonntag. Er wollte Rita abholen.«
»So. Und was hat er damit zu tun?«
»Er war schließlich gestern auch hier. Vermutlich ist es

dem Kommissar mal sehr interessant, die Meinung eines Betriebsfremden zu hören. Was der hier so von dem ganzen Laden denkt. Ich meine von uns hier. Rita hat ihm doch sicher manches ganz privat erzählt, nicht?«

»Was soll Rita ihm denn erzählt haben?« fragt die Fränze nervös.

»Was, weiß ich auch nicht. Vermutlich so ihre ganz persönlichen Eindrücke von uns allen hier. Ein paar Eindrücke schließlich wird sie ja haben, wenn sie auch ziemlich dämlich ist.«

»Sie sind ja reichlich aktiv«, sagt die Fränze zu mir.

»Notgedrungen«, sage ich. Ich werde mich von der nicht mehr einschüchtern lassen. Mit ihrer Herrlichkeit ist es sowieso vorbei. Ein Pensionat, in dem Morde am laufenden Band passieren, dürfte wohl in Zukunft kaum mehr frequentiert werden. »Uns ist allen reichlich mulmig, Frau Doktor«, rede ich weiter, »das werden Sie verstehen. Wir haben alle keine Lust, uns hier so nacheinander abmurksen zu lassen. Ich glaube nicht, daß unseren Eltern das recht ist.«

»Mein Gott, Kind . . .«, sagt die Fränze. Ganz zusammengesunken steht sie vor mir, grau im Gesicht, mit erloschenen Augen, mehr tot als lebend. Auf einmal tut sie mir leid. Für sie ist das ja alles noch viel schrecklicher. Und wenn sie auch ein altes Ekel ist, ein richtig böser Mensch ist sie ja doch nicht. Oder ist sie es doch? Hat sie es vielleicht doch selber getan?

Jetzt kommt der Kommissar wieder raus, hinter ihm dieser Beck. Er sieht sehr verstört aus. War wohl für ihn auch ein ziemlicher Schreck.

»Ich würde nun gern mal dieses Fräulein Rita sprechen«, sagt der Kommissar. Ehe sein Gehilfe sich rühren kann, bin ich schon an der Tür zum Speisesaal, reiße sie auf und rufe: »Rita! Dein Typ wird verlangt.«

Rita kommt, gemessen und hoheitsvoll wie immer, sie begrüßt mit würdiger Miene ihren Amigo und stelzt dann hinter dem Kommissar in die Bibliothek.

»Was will er denn von ihr?« fragt die Fränze aufgeregt.

»Nichts Besonderes«, beruhigt sie Herr Beck. »Wohl nur ein paar Routinefragen. Bestätigungen meiner Angaben, denke ich.«

»Und was hatten Sie zu berichten?« frage ich neugierig. Er guckt mich etwas erstaunt an, sagt aber dann brav: »Nichts Interessantes. Was mich hierherführt, ist ja bekannt. Ich erzählte nur, daß ich mit Rita verlobt bin, wie ich sie kennengelernt habe, was wir machen, wenn wir uns treffen, und dann wollte er meine Eindrücke von gestern wissen.«

Ich nicke. »Also hat der Kommissar von Ihnen nichts erfahren, was ihn weiterbringt.«

»Kaum. Ich habe den Eindruck, daß er ziemlich ratlos ist der ganzen Sache gegenüber.« Er wendet sich zu Fränze. »Ich bin erschüttert, gnädige Frau. Das ist ja furchtbar, was sich hier ereignet hat. Und gestern waren alle noch so vergnügt. Ich kann es mir gar nicht erklären.«

Na, sicher nicht. Der schon gar nicht. Die Fränze murmelt irgendwas und läßt sich auf kein näheres Gespräch ein. Ihr Blick hängt wie gebannt an der Tür zur Bibliothek. Hat sie Angst, Rita erzählt dem Kommissar, daß der gute Franz eine stille Liebe zu ihr hat und sich aufregt, wenn sie mit ihrem Verlobten ausgeht? Das ist schließlich kein Verbrechen.

»Sie haben sich doch gestern lange mit Valeska unterhalten«, sage ich zu Herrn Beck. »Wie war sie denn da?«

»Oh, ganz normal. Sehr freundlich und ganz vergnügt.«

»Worüber haben Sie sich denn unterhalten?« Ich komme mir wirklich schon vor, als hätte ich hier Verhöre zu führen.

Aber der gute Beck ist immer noch so konsterniert, daß er bereitwillig Auskunft gibt.

»Hauptsächlich sprachen wir von Reisen. Von Italien, das sie sehr gut kennt.« Er stockt und verbessert sich dann erschrocken. »Kannte.«

»So. Italien kannte sie gut. War sie öfter dort?«

»Es schien so, als habe sie lange dort gelebt. In den letzten Jahren.«

Ach, sieh mal an. Italien ist ja wohl das klassische Land der Giftmorde. Lucrezia Borgia und so. Aber Italiener waren gestern keine da. Vielleicht hatte sie sich das Gift doch selber mitgebracht. Aber der alte Roß?

»War Rita nicht eifersüchtig, weil Sie sich so gut mit Valeska unterhielten?«

»Rita? Nein. Warum? Frau Loring war auch zu Rita sehr freundlich. Soviel ich weiß, mochte Rita sie ganz gern.«
So. Was könnte ich denn noch fragen? Mir fällt nichts mehr ein. Jemand verhören ist gar nicht so einfach.
Der junge Assistent vom Kommissar steht abseits und betrachtet mich etwas erstaunt. Wahrscheinlich wundert er sich, was mich das alles angeht. Aber er traut sich nichts mehr zu sagen.
Das Verhör mit Rita dauert nicht lange, dann kommen die beiden wieder raus.
»Ja, gnädige Frau«, sagt der Kommissar, als er die Fränze sieht, »wir müssen uns jetzt klarwerden, was wir mit den Kindern machen. Offen gestanden hätte ich sie ganz gern aus dem Haus.«
»Wollen Sie damit sagen, daß die Kinder hier nicht sicher sind?«
»Nun, was die Sicherheit betrifft . . . Denken Sie an die Eltern. Solange ich nicht weiß, was hier gespielt wird, kann ich es kaum verantworten. Außerdem habe ich erfahren, daß ein Hungerstreik droht.« Dabei sieht er mich an.
Die Fränze wendet sich empört zu mir. »Was heißt das?« fragt sie scharf.
»Die Mädels haben Angst«, sage ich, wenn mir auch etwas zweierlei ist unter Fränzes Blick, »sie wollen nichts mehr essen hier.«
Die Fränze gibt keine Antwort, sie bleibt ganz still. Aber plötzlich laufen zwei große Tränen über ihre Wangen, ganz langsam rollen sie herunter. Und sie hebt nicht einmal die Hand, um sie fortzuwischen.
Wir stehen alle stumm und betreten. Wie vorhin schon tut mir die Fränze auf einmal ganz schrecklich leid. Sie ist doch ein armes Luder. Was hat sie schon vom Leben? Die Schule, oder vielmehr das Pensionat, war doch nun mal ihr Lebensinhalt. Sie hat sich wirklich um alles gekümmert, viel mehr als der Franz, der mit Mühe und Not seine paar Stunden gibt. Und jetzt auf einmal ist das alles kaputt. Zerbricht ihr unter den Händen. Und die Kinder, die sie bis jetzt betreut hat, wollen an ihrem Tisch nichts mehr essen. Mir tut sie verdammt leid.
Der Kommissar räuspert sich. »Ja, gnädige Frau, ich weiß auch nicht, wie wir das am besten machen. Es ist ja nun

wirklich ein sehr besonderer Fall hier. Wo ist denn Ihr Mann? Vielleicht könnte ich mit ihm die Angelegenheit mal besprechen.«
Die Fränze sagt mühsam: »Mein Mann ist vollkommen am Ende. Er hat sich etwas hingelegt. Er ist . . . Sie werden verstehen, er ist verzweifelt.«
Darauf bleibt es wieder eine Weile still. Der Kommissar hat es auch nicht leicht. Sicher hat er noch nie eine Morduntersuchung in einem Mädchenpensionat geführt. Und ebenso sicher würde er jetzt gern nach Hause gehen. Es ist schließlich Sonntag, und mal möchte er auch Feierabend haben. Aber er traut sich wohl nicht, uns hier allein zu lassen. Er könnte uns ja alle mitnehmen und inzwischen in seinem Gefängnis unterbringen, da kann uns wohl nichts passieren. Ob ich ihm das mal vorschlage?
In Franzens Arbeitszimmer klingelt das Telefon.
»Ist Ihr Mann da drin?«
»Nein. Oben«, sagt die Fränze.
Der Kommissar sieht seinen Assistenten an. »Gehen Sie mal ran.«
Durch die offene Tür hören wir, wie der Assistent sich meldet. »Pensionat Franzenshöh.« Dann sagt er: »Einen Moment, bitte.«
Er kommt zurück, sieht den Kommissar an und sagt: »Da ist eine Dame, die möchte Frau Loring sprechen.«

Die Freundin

Wir schauen alle interessiert auf. Komisches Gefühl, wenn jemand anruft, der einen sprechen möchte, der nicht mehr da ist. Endgültig nicht mehr da.
Aber der Kommissar ist wie elektrisiert. »Ah!« sagt er. Und dann steuert er selbst ans Telefon. Aber da er die Tür hinter sich schließt, hören wir nicht, was er redet.
Doch es dauert nicht lang, da kommt er wieder heraus.
»Die Freundin, bei der Frau Loring vor einigen Tagen übernachtet hat.« Es klingt befriedigt.
»Fahren wir hin?« fragt der Assistent eifrig.
»Nein. Ich habe angerufen, daß man einen Wagen schickt und sie herausbringt.«

Anscheinend verspricht er sich was davon. Und ich kapiere auch ziemlich schnell, warum. »Endlich mal jemand, der Valeska von der anderen Seite her kennt«, sage ich laut, »jemand von der Außenwelt.«
Der Kommissar nickt mir zu. »Du bist ein kluges Kind, Pony.«
Ich versuche ein bescheidenes Gesicht zu machen, bin aber ziemlich stolz. Ich habe wirklich Talent als Kriminalistin. Eins steht fest, dieses Verhör muß ich unbedingt mitkriegen. Wie fange ich das an?
Der Kommissar hilft mir. Er wendet sich zu mir, zu Rita und Herrn Beck und sagt: »Wenn Sie sich vielleicht jetzt wieder zu den anderen begeben würden, Herr Beck, Sie werden verstehen, daß es mir lieber ist, wenn heute niemand mehr das Haus verläßt. Wenn Sie aber Fräulein Rita noch etwas Gesellschaft leisten wollen, habe ich nichts dagegen. Nur nicht zu lange.« Und dann zu Fränze: »Gnädige Frau, ich habe eine große Bitte. Könnte ich wohl, das heißt, könnten wir, Herr Giebler und ich, eine Tasse starken Kaffee haben?«
»Selbstverständlich«, sagt die Fränze eilig, »ich mache sie Ihnen sofort.«
Das ist vielleicht ein mutiger Mann. Der läßt sich von der Fränze Kaffee machen. Na, den würde ich an seiner Stelle mit gemischten Gefühlen trinken. Aber auf die Idee kommt er anscheinend gar nicht, daß jemand die Kriminalpolizei persönlich vergiften könnte. Er zieht eine Zigarette aus der Tasche, klopft sie sorgfältig auf dem Fingernagel zurecht und steckt sie an. Ehe er in der Bibliothek verschwindet, sagt er zu mir: »Wenn ihr jetzt wieder hinauswollt in den Garten, bitte. Aber niemand verläßt das Grundstück.«
»Ich werde dafür sorgen«, sage ich mit Wichtigkeit.
Er nickt mir lächelnd zu und verzieht sich.
Die Mädchen wissen nicht viel mit der halben Freiheit anzufangen. Alles ist bedrückt, keiner traut sich, einen Schritt allein zu machen. Manche gehen in ihre Zimmer hinauf, mindestens immer paarweise. Die meisten sind hinten auf der Terrasse oder auf der Wiese. Rita lustwandelt mit ihrem Süßen ebenfalls dort.
»Ina«, sage ich, »wir müssen schauen, daß wir in die Klasse

kommen.« Und ich erzähle ihr rasch, wer erwartet wird. Aber es gelingt uns nicht. Einer von den Starnberger Polizisten hat auf dem Treppenabsatz Wache bezogen und kann die ganze Diele übersehen. Wir gehen an ihm vorbei in den ersten Stock hinauf in unser Zimmer, nach einer Weile gehen wir runter. Nichts zu machen.
»Du mußt ihn ablenken«, sage ich, »bloß für ein paar Sekunden in den ersten Stock locken, inzwischen bin ich drin.«
»Und ich?« fragt sie beleidigt.
»Anders geht's nicht. Oder weißt du was Besseres? Du kannst es höchstens nachher auf gut Glück probieren.«
»Schön. Aber warten wir noch eine Weile. Sonst fällt es auf.«
Wir gehen also wieder hinter das Haus. Es ist mittlerweile hoher Nachmittag. Und noch immer scheint die Sonne, noch immer ist es warm. Komisch, daß sich die Welt nicht verändert, wenn so schreckliche Dinge passieren. Nur wir verändern uns. Alles hockt oder steht oder geht lustlos umher, keiner weiß recht, was er tun und sagen soll. Und dann sehe ich die Fränze. Sie ist auf einmal auch hier draußen. Drüben am Rand der Wiese, unter den ersten Bäumen, geht sie langsam dahin. So wie man es von ihr noch nie gesehen hat. Die Hände auf dem Rücken, den Kopf gesenkt, geht sie über den weichen Rasen, sie scheint nichts von dem wahrzunehmen, was um sie herum vorgeht. Auch uns sieht sie nicht.
Ich bemerke, daß auch die anderen zu ihr hinübersehen. Es ist ein ungewöhnlicher Anblick. Bei dieser Gelegenheit fällt einem auf, daß man sie noch nie spazierengehen sah. Sie ist immer tätig, ihre Wege haben immer ein Ziel. Zum erstenmal dämmert es mir, wieviel Arbeit und Verantwortung doch auf ihr ruht. Daß alles hier wie am Schnürchen klappte, war ihr Werk. Und plötzlich ist es ihr aus der Hand genommen worden, plötzlich geschehen Dinge, auf die sie keinen Einfluß mehr hat. Es ist ein schwerer Schlag für sie. Sie tut mir immer mehr leid. Und immer weniger glaube ich, daß sie mit der ganzen Geschichte etwas zu tun hat.
Ina hat Marcelle und Bork in ein Gespräch verwickelt, ich beteilige mich nicht, sondern schlendere vors Haus. Und

komme gerade zurecht, als der Wagen aus München eintrifft. Ich ziehe mich unauffällig hinter die Büsche zurück und beobachte die Aussteigende. Eine Frau Ende Dreißig vielleicht, ganz gut aussehend, hellblonde Haare, zweifellos gefärbt, ziemlich stark zurechtgemacht. Sie trägt ein geblümtes Sommerkleid mit weitem Rock, weiße Schuhe und weiße Handschuhe. Nicht ganz Valeskas Stil, finde ich. Valeska war mehr Dame. Und natürlich viel hübscher.
Der Starnberger Polizist kommt heraus und nimmt sie in Empfang, natürlich schaut sie etwas unsicher drein. Wer hat schon gern mit der Polizei zu tun?
Aber das ist der richtige Moment für mich. Keine Zeit mehr, Ina zu holen. Mit zwei Sätzen bin ich an der Haustür, und als der Polizist an die Bibliothek klopft und, auf der Schwelle stehend, Meldung erstattet und Valeskas Freundin ins Zimmer treten läßt, bin ich schon durch die Diele gewitscht und in der Klasse drin. Hinter der Tür warte ich atemlos einen Moment. Kommt mir jemand nach? Nein, keiner hat was gemerkt. So clever sind die alle nicht.
Ich setz' mich auf den Boden, stemme die Füße an den Schrank und bin ganz Ohr.
Zunächst das übliche. Die Freundin läßt einen großen Wortschwall los, beklagt wortreich Valeskas Los, schluchzt ein bißchen, putzt sich die Nase, ruft einige Male: »Ich hab's ihr immer gesagt, sie soll nicht hier draußen bleiben. Man läuft einem Mann nicht nach. Und alte Geschichten soll man überhaupt nie wieder aufgreifen. Hatte sie auch gar nicht nötig, sie konnte Männer haben, soviel sie wollte. Und jetzt hat der Kerl sie umgebracht. Sicher ist diese Französin daran schuld, die wollte ihn für sich haben«, und so geht es noch eine Weile weiter. Eine angenehme Stimme hat sie gerade nicht, so laut und so grell, für meine Zwecke zwar ganz günstig, ich kann sie wenigstens gut verstehen. Ich wundere mich nur, wie Valeska zu so einer Freundin kam. Sie hätte sich auch was Besseres aussuchen können.
Aber das erfahre ich bald. Der Kommissar hört sich das eine Weile schweigend an. Dann bringt er die Aufgeregte mit einigen energischen Worten zur Ruhe und beginnt methodisch.

Sie heißt Charlotte Keinschmidt, Lotti genannt, wie sie bereitwillig hinzufügt, ist 38 Jahre alt, geschieden, wohnt in München-Schwabing und arbeitet dort in einem Nachtlokal an der Bar. »Um neun spätestens muß ich wieder in der Stadt sein«, meint sie.
Eine Bardame also. Komisch, wie die Leute manchmal zusammenkommen, eine Bardame und eine Lehrerin.
»Ah ja«, läßt sich jetzt der Kommissar vernehmen, »Sie kamen mir doch gleich bekannt vor. Hattet ihr nicht mal eine Messerstecherei in eurer Bar? Vor anderthalb Jahren ungefähr?«
»Ja, natürlich«, bestätigt sie eifrig. »Ich hab' Sie gleich erkannt, Herr Kommissar. Ich wollte bloß nicht mit der alten Sache anfangen. Hat ja nichts damit zu tun, nicht?«
»Gewiß nicht.«
»Ist ja auch das einzige Mal, daß so was bei uns passiert ist. Wir sind ein guter Laden, Sie wissen ja. Teils Künstler und teils sehr gutes Publikum. Damals hatten sich eben so ein paar besoffene Ausländer zu uns verirrt.«
»Schon gut, Lotti, lassen wir das. Reden wir über unsern Fall.«
»Ja«, fällt sie ihm eilig ins Wort, »wie ist denn das bloß passiert, die arme, arme Valeska. Vor drei Tagen saß sie noch abends bei mir an der Bar und war ganz vergnügt. Das ist dieser Kerl. Ich hab' ihr ja immer gesagt . . .«, und sie fängt wieder von vorn an. Kommissar Linckmann unterbricht sie jedoch bald. »Das hab' ich jetzt schon gehört. Nun mal zur Sache. Sie sagen, Frau Loring saß bei Ihnen an der Bar. Tat sie das denn öfter?«
»Na, immer halt, wenn sie in München war, nicht? Sie wohnte ja dann auch bei mir.«
»Haben Sie sich an der Bar kennengelernt?«
»I woher denn! Wir kennen uns schon lange, noch aus Berlin.«
»So, Lotti, das möchte ich jetzt mal ganz genau hören. Wie habt ihr euch da kennengelernt?«
»Na, im Resi. Wir sind beide dort aufgetreten.«
Der Kommissar pfeift durch die Zähne. »Sieh mal an«, sagt er befriedigt, »wie das alles schön zusammenpaßt. Nun erzählen Sie mal der Reihe nach. Was heißt das, ihr seid da aufgetreten?«

»Schreibt der alles mit?« fragt Lotti erst mal mißtrauisch.

»Nur was wichtig ist und zu dem Fall gehört. Ich lese es Ihnen nachher vor, wenn Sie wollen.«

»Na jut. Also Berlin. Valeska war doch Tänzerin, nich? Und ich war damals auch noch jung und hübsch, bißchen tanzen konnte ich auch. 'ne Zeitlang wohnten wir auch zusammen, und ich wußte alles von ihr. Auch mit ihrem Mann und so. Der war ja damals noch im Osten. Das wissen Sie wohl schon?«

»Und wie ging's weiter?«

»Gar nicht. Valeska ging weg von Berlin. Mit ihrem Mann.«

»Und wie kamen Sie nach München, Lotti?«

»Sie werden lachen, Herr Kommissar, ich hab' geheiratet, ganz richtig, mit Standesamt und Kirche und so. War nämlich was unterwegs bei mir.«

»Hm, Sie blieben also in München. Hatten Sie zu der Zeit noch Verbindung mit Frau Loring?«

»Nee, gar nicht.«

»Und Ihr Mann?«

»Na, mit meinem Mann, das klappte nicht so richtig! Wir haben uns dann ganz freundschaftlich getrennt, er hat wieder geheiratet, und die Kleine ist bei ihm. Es geht ihr gut, aber ich kann sie sehen, wann ich will. Ist wirklich alles in bester Ordnung.«

»Das freut mich für Sie, Lotti. Wann hörten Sie nun wieder von Frau Loring?«

»Sie hatte mich nochmal besucht in München, und dann hatte sie ja den Italiener und lebte in Italien.«

»Was für einen Italiener?«

»Ach, das wissen Sie nicht. Ja, das war doch das große Unglück. Deswegen kam sie doch vor'm Vierteljahr hier an. Und deswegen war sie doch so fertig und wußte nicht, wohin. Weil es mit dem aus war. Sie hat gedacht, er wird sie heiraten.«

»Mal langsam. Was ist das für ein Italiener?«

»Eine tolle Marke. Ein Marchese. Steinreich. Und aus ganz guter Familie. Und der war ganz verrückt nach ihr.«

»War sie länger mit diesem Mann zusammen?«

»Viele Jahre. Und sie muß gelebt haben wie eine Fürstin.

Nichts wie Reisen und Capri und Sorrent, und was weiß ich und Monte Carlo, da ist sie überall gewesen.«
»Hm. Und wieso ging das nun auseinander mit diesem Mann?«
»Die Familie. In Italien sind sie doch äußerlich noch immer sehr sittenstreng, wenn sie's auch unter sich ganz schön treiben. Er wollte Valeska heiraten. Aber die Familie erlaubte es nicht. Erstens weil sie Deutsche war und auch vor allem, weil sie schon mal verheiratet war, das erlaubt doch dort die Kirche nicht. Und arm war sie auch. Na ja, und ihr Lebenswandel sagte denen auch nicht zu.«
»Aber sie konnte doch sowieso nicht an Heirat denken, sie war doch noch verheiratet.«
»Das ist es ja eben. Damals schrieb sie wieder an mich. Das muß jetzt so ungefähr, warten Sie mal, ja, länger als 'n Jahr her sein. Sie schrieb mir, daß ich versuchen sollte, den Aufenthaltsort ihres Mannes rauszukriegen, und was er jetzt mache und so weiter. Und wenn ich keine Zeit hätte oder zu dämlich dazu sei, ja, das schrieb sie wirklich, dann sollte ich mir einen Detektiv dazu nehmen. Es sei wichtig. Sie müsse sich jetzt scheiden lassen, weil der Marchese sie heiraten wolle. Und Geld schickte sie mir, sehr reichlich. Also was soll ich Ihnen sagen, ich nahm wirklich einen Detektiv, selber war mir das zu umständlich. Und der kriegte das auch ziemlich schnell heraus, war noch 'n jüngerer Mann und sehr eifrig und froh über den Auftrag, und schwer war's ja auch nicht, denn Bork war ja hier, ganz in der Nähe von München.«
»Aha. Das sind ja schöne Geschichten.«
»Is doch kein Verbrechen, Herr Kommissar. So ein Detektiv muß doch auch von was leben. War doch 'n ganz solider Auftrag. Hat doch niemand geschadet.«
»Na, weiter. Und Sie schrieben ihr also dann, was Sie rausgekriegt hatten.«
»Ja, natürlich. Kam lange keine Antwort. Ich dachte natürlich, sie hätte inzwischen an Bork geschrieben, wegen der Scheidung und so. Aber inzwischen hatte eben dort die Familie dazwischengefunkt, nicht? Ging immer so hin und her. Na, und der Freund von ihr, der hatte ja auch nicht sehr viel Charakter, wie eben die Männer sind. Dann wollten sie ihm das Geld sperren und so was alles, und gearbei-

tet hatte der doch sein Leben nich. Und dann sah's wohl wieder 'n bißchen besser aus, denn sie schrieb wieder, wir sollten sehen, was der Bork jetzt macht, und Geld schickte sie auch noch mal.« Lotti kicherte vergnügt vor sich hin. »Und nun war's ja sehr komisch, was wir so rauskriegten.«

»Wieso?«

»Na ja, Erwin und ich, nich, wir wollten mal 'ne kleene Reise machen, und das Geld reichte ja auch, und es war gerade Weihnachten, und ich hatte noch 'n paar Tage Urlaub . . .«

»Moment, wer ist Erwin?«

»Na, der Detektiv doch.«

»Ach so. Das war ein Freund von Ihnen?«

»Anfangs nicht. Aber das hatte sich so nebenbei entwikkelt.«

»Aha. Also weiter. Erwin war Ihnen vermutlich dankbar für den schönen Auftrag.«

»Genau, Herr Kommissar. Und es ist eine ganz solide Sache. Wir wollen heiraten.«

»Gratuliere. Also Erwin und Sie wollten verreisen. Wann sagten Sie, war das, Weihnachten?«

»Ganz richtig, letzte Weihnachten. Und da er rausgekriegt hatte, daß der Bork auch verreisen wollte, Erwin hatte damals so 'n bißchen mit 'nem Mädchen von dieser Schule, wo der Bork ist, getechtelt, und da wußte er das, also da fuhren wir einfach hin, wo der Bork auch hinfuhr.«

»Und wo war das?«

»In Österreich irgendwo, warten Sie mal, wie hieß denn das Nest gleich. Erwin wird's noch wissen.«

»Na, nicht so wichtig. Also Sie fuhren da hin, und was ergab sich?«

»War ganz drollig. Der Bork war nicht allein da. Mit 'ner Frau. Eine hier von der Schule. 'ne Lehrerin. Und sie war'n ganz verliebt.«

»Aha. Eine zierliche, dunkle?«

»Ja, genauso.«

»Und woher wußte Erwin, daß die hier von der Schule war?«

»Na, er hatte die beiden mal in Starnberg zusammen gesehen. Und da er sich für alles interessieren sollte und weil es ja auch für 'ne eventuelle Scheidung wichtig war, wenn der

Bork 'ne Freundin hatte, und Zeit hatte Erwin auch, er hatte damals gerade keinen anderen Auftrag, war er der Sache nachgegangen und war hier an die Schule gekommen.«
Das sind ja tolle Sachen. Mann, Manometer, ich hab' ganz heiße Backen. Was es alles gibt auf der Welt. Bork und Marcelle sind zusammen verreist, schon Weihnachten, diese scheinheilige Brut. Und uns machen sie hier so ein Theater vor. Und wir lieben den Kerl auch noch. Wahrscheinlich haben sie uns ausgelacht. Schade, daß Ina das nicht hört. Die wird Augen machen, wenn ich ihr das nachher erzähle. Kommt noch toller.
»Aha, das ist ja interessant«, sagt der Kommissar, »also wußte Frau Loring schon, als sie hierherkam, daß ihr Mann mit Fräulein Moreau befreundet war.«
»Sicher wußte sie das. Und als sie kam, war ja inzwischen alles anders. Da wollte sie sich nicht mehr scheiden lassen, sondern ihren Alten wiederhaben. Sie saß ja buchstäblich auf der Straße. Die Familie war ganz massiv geworden, die Italiener meine ich, und hatten nu wirklich den Hahn zugedreht, und so war plötzlich Schluß mit der großen Liebe. Er hatte ihr noch 'n bißchen was in die Hand gedrückt, und denn hatte er sie abgeschoben. Und da war sie nun hier.«
»Und wohnte bei Ihnen?«
»Ja, sicher, war doch am besten. Sie wohnte bei uns.«
»Bei uns?«
»Erwin und ich, Herr Kommissar, wir haben 'ne piekfeine neue Wohnung, Neubau, mit Heizung und so. Hab' ich alles gespart.«
»Aha. Und als sie hierherkam . . .«
»Moment, Herr Kommissar, vorher muß ich Ihnen noch was Drolliges erzählen, was Erwin so ganz per Zufall mitgekriegt hat, eben auf der Reise. Erwin ist nämlich ein guter Detektiv, er sieht und hört alles. Er hat seine Augen wirklich überall. Schade, daß Sie den nicht bei der Polizei haben.«
»Wirklich schade«, bestätigt der Kommissar ernsthaft. »Wenn aber das, was Erwin noch herausgekriegt hat, nicht direkt zu unserem Fall gehört, lassen wir es lieber mal beiseite.«

»Nicht direkt, Herr Kommissar, aber indirekt gewissermaßen. Als er doch damals hier war, in der Schule, er hatte das so gemacht, wissen Sie, er kam her und sagte, er hätte eine kleine Nichte, und da sei die Mutter gestorben, und die müßte in ein Pensionat und so was alles, da sprach er doch hier mit dem Direktor, nich? Und der zeigte ihm den Betrieb hier . . .«

»Aha. Na und?«

»Daher kannte er doch den Direktor. Und den sahen wir dann auch auf unserer Reise.«

»Ach nee. Wo denn?«

»In Salzburg. Wir waren nämlich auf der Rückfahrt über Salzburg gefahren. Erwin meinte, das müßte ich mal sehen, wär 'ne berühmte Stadt, so mit Festspielen und so was alles, und da war'n wir auch in einem Lokal, ich weiß nicht mehr, wie es heißt, und haben da gegessen – ist übrigens wirklich eine schöne Stadt, Herr Kommissar. Kennen Sie Salzburg?«

»Jaja«, sagte Linckmann ungeduldig, »ich kenne es. Also wen sahen Sie in Salzburg?«

»Na, den Direktor hier, von dem Pensionat, den Franzen. Valeskas Chef.«

»So? Und? Warum soll der nicht mal nach Salzburg fahren?«

»Er war nicht allein.«

»Mit wem denn?«

»Das wußten wir damals noch nicht. Erwin wollte der Sache nachgehen, aber ich sagte: Laß doch. Geht uns ja nichts an. Mit dem haben wir ja nichts zu tun. Aber das Mädchen war sehr auffallend.«

»Auffallend? Wieso?«

»Na, ganz jung. Viel jünger als er. Und bildschön. Aber wirklich eine Schönheit.«

»So. Und?«

»Wir dachten uns nicht viel dabei. Später hab' ich es Valeska dann mal erzählt, und sie fand es interessant. Sie brachte dann mal ein Bild mit, hier von den Schülerinnen, das sie gemacht hatte, und zeigte mir eine und fragte mich, ob es die wäre. Und sie war's. Er hat damals also eine Wochenendreise mit einer Schülerin gemacht. So was darf er eigentlich nicht, sagt Erwin.«

»Hm. Da hat Erwin recht. Und Valeska wußte das also. Wie, sagen Sie, sah das Mädchen aus?«
»Sehr schön eben. Groß und schlank, hellblond. Wie 'n Mannequin.«
»Die Kleine, die den Verlobten hat«, läßt sich der Herr Kriminalassistent vernehmen, »die Sie vorhin hier drin hatten.«
»Ist ja hochinteressant«, sagte der Kommissar versonnen. »Natürlich, möglich ist es durchaus. Weihnachten waren Ferien, er konnte sich ohne weiteres mit dem Mädchen treffen. Ganz schön leichtsinnig, der Herr Schuldirektor. Und Valeska wußte es also. Was sagen Sie dazu, Giebler?«
»Man könnte allerhand vermuten, finde ich.«
»Das könnte man.«
»Sie sehen also selber, daß mein Erwin tüchtig ist«, sagt Lotti hochbefriedigt.
»Ich sehe es. Ich frage mich nur, ob da vielleicht so ein bißchen Erpressung im Gange war, ihr drei vielleicht gemeinsam, wie?«
»Aber Herr Kommissar, wo denken Sie hin? Denken Sie, Erwin will die Lizenz verlieren? Wo er doch jetzt schon 'ne ganze Menge Kunden hat?«
Ich explodiere jetzt gleich. Das wird ja immer toller. Franz ist mit Rita verreist. Er hat was mit ihr. Jetzt wird mir manches klar. Wenn das die Fränze wüßte. Aber vielleicht weiß sie es. Die nächtliche Szene in der Diele fällt mir ein. Und Valeska wußte es auch. Sie kann Franz gedroht haben, sie kann der Fränze gedroht haben, wenn sie es verraten hätte, dann wäre die Schule geplatzt. Einer von beiden hat sie umgebracht, der Franz oder die Fränze. Oder Rita, fällt mir plötzlich ein. Die wollte ja sicher nicht, daß der reiche Verlobte das erfährt. Seit sie den hat, konnte ja der Franz bei ihr nichts mehr werden. Und der gute Beck würde wohl sauer reagieren, wenn der wüßte, daß seine kühle Schönheit bereits Wochenendreisen nach Salzburg gemacht hat. Mit einem Mann, der ihr Vater sein könnte und obendrein ihr Lehrer ist. Mensch, das sind Sachen. Das sollten meine alten Herrschaften in Düsseldorf mal hören. Von wegen alles Töchter aus guter Familie. Da legst di nieder, wie die Bayern hier sagen.

»Nun mal weiter«, läßt sich der Kommissar wieder vernehmen, »wie war das dann, als Valeska kam?«
»Sie kam, das war ungefähr so Anfang Februar. Und war ziemlich fertig. Den reichen Freund war sie los, und was aus ihr jetzt werden sollte, wußte sie auch nicht. ›Ich hab's satt, Lotti‹, sagte sie. ›Ich möchte jetzt endlich mal wissen, wohin ich gehöre. Ich möchte ein Zuhause haben.‹ Da war sie nun ganz froh, daß sie mit der Scheidung nicht erst angefangen hatte. Sie fing nämlich davon an, daß sie sich den Bork wieder holen würde. Was wir so von ihm erzählten, erschien ihr ganz annehmbar. Und mit seiner Freundin würde sie schon fertig werden, meinte sie. Dann fuhr sie aber noch mal in die DDR, in die Nähe von Erfurt, da wohnt nämlich ihre Mutter. Die ist schon sehr alt, und Valeska hatte ein schlechtes Gewissen. Schön hat sie sich ja nicht benommen gegen ihre Eltern. Der Alte war inzwischen schon gestorben.«
»Aha, und dann kam sie wieder und . . .«
»Ja, dann sollte der Erwin mal ausbaldowern, wie das hier draußen zu machen wäre, mit dem Bork, meine ich. Und dabei erfuhr er das mit der Turnlehrerin, daß sie nämlich keine hatten, hier bei den Mädels.«
»Wirklich tüchtig, der Erwin. Und das klappte dann auch so ohne weiteres?«
»Ja, der Chef hier war ja ganz froh, daß er jemand bekam. Valeska schrieb, sie hätte es von einer befreundeten Kollegin erfahren, und bewarb sich und legte noch eine Empfehlung bei . . .«
»Wo hatte sie die denn her?«
»Die hatte auch der Erwin geschrieben.«
Ich sehe direkt, wie der Kommissar den Kopf schüttelt. Ich schüttele ihn auch. Das wird ja immer besser, was man hier alles so erfährt.
»Und damit wären wir also bei der Gegenwart angelangt«, sagt der Kommissar. »Valeska kam hier raus, alles klappte, und wenn sie nach München kam, besuchte sie euch. Und was erzählte sie?«
»Och, nich viel. Soweit gefiel es ihr ganz gut, aber so wichtig war ihr das alles nicht. Hauptsächlich ging es ihr ja um Bork. Und das klappte nicht so richtig. Der meinte es ziemlich ernst mit der anderen. Und das machte Valeska

wütend. So was war sie nicht gewohnt. ›Ich werde alt, Lotti‹, sagte sie mal. ›Früher konnte ich jeden Mann haben, den ich wollte.‹«
»Und was ist nun Ihre Meinung, Lotti, zu dem, was gestern hier passiert ist?«
»Na, der Bork war's, das ist doch klar. Sie wird ihn unter Druck gesetzt haben, und da hat er den Kopf verloren. Er war doch nun mal auf die andere scharf.«
»Hm.« Schweigen. Sieht wieder mal schlecht aus für Bork. Dann Lotti wieder. »Hier hab' ich übrigens 'nen Brief mitgebracht. Der kam gestern für Valeska. Deswegen hab' ich angerufen.«
»Ein Brief? Bekam sie denn ihre Briefe zu Ihnen?«
»Manchmal. Der kommt aus der DDR. Da, wo ihre Mutter jetzt wohnt.«
»Ist er von ihrer Mutter?«
»Nee, nicht direkt. Von 'ner Frau da. Die hat sie kennengelernt, als sie drüben war. Und die hat schon 'n paarmal geschrieben.«
»Warum denn das?«
»Weiß ich auch nich. Aber irgendwas interessierte Valeska da mächtig dran. Arendt heißt die Frau, Frieda Arendt, sehen Sie, hier steht's auf dem Absender.«
»Geben Sie mal her.« Jetzt liest er offensichtlich den Brief. Lotti fragt: »Darf ich rauchen?«
Der Kommissar, zerstreut: »Natürlich, Lotti. Entschuldigen Sie, daß ich Ihnen keine angeboten habe.« Ein Streichholz wird angerissen, und dann der Kommissar, erstaunt: »Ist ja toll.«
Bums. Auweia. Ich halte erschrocken die Luft an. Jetzt bin ich mit den Füßen vom Schrank abgerutscht. Hat einen ganz schönen Krach gegeben. Ob die das nebenan gehört haben?
Es bleibt still. Aber dann geht die Tür, und gleich darauf wird die Klinke an meiner Klassentür runtergedrückt. Jetzt wird mir aber zweierlei. Gott sei Dank ist zugeschlossen. Aber das hilft mir nicht viel. Eine Sekunde später steht der Kommissar auf der Schwelle zum Nebenzimmer und sieht mich an. Kein bißchen freundlich mehr. Ich starre ihn entsetzt an. Ob er mich jetzt verhaftet? Wär' ich bloß nicht so lange hier geblieben!

»Nun schlägt's dreizehn«, sagt er böse, »du verflixtes Frauenzimmer, was machst du denn hier?«
Ich sage gar nichts, stehe nur langsam auf.
»Bist du schon lange hier?«
Ich nicke.
»Hast du das schon öfter gemacht?«
Ich schlucke. »Ja, einige Male.«
»Sonst noch jemand außer dir?«
Ich schüttle den Kopf. »Niemand.« Ich werde Ina nicht verpetzen.
»Drum hast du so gut Bescheid gewußt. Komm mit.«
Also doch verhaftet. Kleinlaut gehe ich neben dem Kommissar her. Tut mir wirklich leid. Er war so nett zu mir. Und ich wollte ihm doch bloß helfen.
Wie wir in die Bibliothek kommen, schauen uns die Frau und der Assistent neugierig entgegen.
»Stellen Sie sich vor, Giebler, dieser elende Fratz sitzt hier nebenan, da hinter dem Regal ist eine Tür, und hört sich alles an.«
»Das ist ja die Höhe«, ruft Giebler ehrlich entrüstet und erdolcht mich mit Blicken. »Aber die ist mir gleich aufgefallen, weil sie so frech war.«
»Nu mal langsam«, sage ich.
»Du hältst den Mund«, fährt mich Linckmann an. »Was ich mit dir mache, werde ich mir noch genau überlegen.«
Wenn er schon mit mir böse ist, kann er ruhig wieder Sie zu mir sagen. Nur meine Freunde dürfen mich duzen.
Aber irgendwie interessiert ihn der Brief mehr als meine Schandtat. Er nimmt ihn wieder auf und liest ihn noch mal durch. Dann gibt er ihn Giebler.
Der liest ihn auch und schaut dann mit offenem Mund zu seinem Chef auf. »Oh!« sagt er.
Der Kommissar wendet sich an Lotti, die noch immer damit beschäftigt ist, mich zu mustern. »Sind schon mehrere Briefe von dort gekommen?«
»Zwei oder drei.«
»Und wo sind die geblieben?«
»Valeska hat sie mitgenommen.«
»Hat sie was darüber erzählt?«
»Nee, eigentlich nicht. Nur das, was ich schon sagte.«
Der Kommissar reckt sich gerade auf, tut die Schultern zu-

rück und atmet tief. Dann sagt er: »Bitte, Giebler, holen Sie mir Herrn Dr. Franzen. Er wird wohl jetzt ausgeschlafen haben.«
»Sofort!« ruft Giebler eifrig und saust hinaus.
»Ist was Interessantes?« fragt Lotti neugierig. Der Kommissar gibt keine Antwort. Er blickt auf mich, aber er sieht mich gar nicht, scheint mir. Was ist denn nun los?
Es dauert nicht lange, da kommen Giebler und Dr. Franzen angerauscht. Der Franz kommt schwungvoll herein, bißchen blaß sieht er ja aus. Aber er lächelt verbindlich und sagt: »Sie wollen mich sprechen, Herr Kommissar? Meine Frau sagte es mir eben schon, entschuldigen Sie, daß ich mich nicht früher blicken ließ, aber ich war wirklich total erledigt.« Dann wirft er einen fragenden Blick auf die fremde Dame, und höflich, wie er nun mal ist, macht er eine kleine Verbeugung und murmelt: »Franzen.«
»Angenehm«, zwitschert Lotti.
»Warum stellen Sie sich nicht mit Ihrem richtigen Namen vor, Herr Arendt?« sagt der Kommissar ruhig.
Der Franz starrt ihn entgeistert an. Dann verwandelt sich sein Gesicht, es wird grau, hat auf einmal hundert Falten. Er senkt den Kopf und – schweigt.
»Sie sind vorläufig festgenommen, Herr Arendt«, sagt der Kommissar.

Und so war's

Nun habe ich also Abschied genommen von Franzenshöh. War ja nur ein kurzes Gastspiel, das ich hier gegeben habe. Aber es war allerhand los. Zu Hause wissen sie noch nichts von ihrem Glück, daß sie mich nämlich wieder für ganz zurückhaben. Ich hab' nicht geschrieben, ich erzähle es lieber, da wird's dramatischer. Federmann wird ein dummes Gesicht machen.
Das Reisegeld hatten sie mir schon geschickt, die Ferien fangen sowieso an. Eigentlich tut es mir leid, daß ich hier weg muß. Mir hat es doch recht gut gefallen. War mal was anderes. Und mit den Mädchen habe ich mich gut verstanden.
Margit ist schon vor zwei Tagen gefahren, zusammen mit

ihrer Mutti. Wir haben tränenreich Abschied genommen, Margit war so unglücklich, sie konnte sich kaum beruhigen. Aber wir haben alle versprochen, sie mal zu besuchen. Kellermann natürlich auch. Das schien ihr die Hauptsache zu sein. Sollte mich wirklich nicht wundern, wenn da mal was Ernsthaftes daraus würde.
Natürlich werden wir uns schreiben und berichten, was weiter mit uns wird.
Bork hat uns zum Abschied ins Undosa eingeladen. Marcelle war natürlich auch dabei. Sehr vergnügt waren wir allerdings nicht. Das, was passiert ist, wiegt doch zu schwer. Bork steht noch ganz unter diesem Eindruck.
Er sagt: »Ich weiß nicht, ob ich euch raten soll, eine Lehre aus diesem Fall zu ziehen. Er ist doch recht abwegig. Vielleicht das eine: Prüft immer euer Gefühl sehr genau, ehe ihr nach ihm handelt. Und seid nie leichtfertig in der Liebe. Den rechten Partner zu finden, ist sehr schwer. Gefühl und Verstand müssen zusammenhelfen. Und trotzdem kann jeden Tag etwas passieren, was eure ganze Welt zum Einsturz bingt. Nein, ich kann euch keinen Rat geben für euer Leben. Ich habe selbst soviel falsch gemacht. Vielleicht nur das eine: Versucht immer, fair zu sein.«
Marcelle schaut ihn mit großen Augen an. Sie ist viel stiller geworden, viel weicher. Aber es steht ihr gut. Übrigens werden die beiden im Herbst heiraten, das verraten sie uns noch zum Abschied. Na, wir wünschen ihnen alles Gute.
Am schwersten ist der Abschied von der Fränze. In den letzten Tagen ist sie wie ein Geist durch das Haus geschlichen, hochaufgerichtet wie immer. Aber jeder scheute sich, ihr ins Gesicht zu sehen. Sie tut uns so leid. Wir können nicht mehr verstehen, warum wir sie so wenig leiden konnten. Jeder Mensch ist nun mal so, wie er ist. Und wie das Leben ihn gemacht hat. Die Fränze hat nicht viel Glück gehabt. Sie war immer einsam, seit ihre Eltern gestorben waren. Dann hat sie diesen Mann geheiratet, der sie vom ersten Tag an betrogen hat, dem es nur auf ihr Geld und auf ihren Besitz ankam. Jetzt weiß sie, daß er sie gar nicht hätte heiraten dürfen. Er war ja schon verheiratet. Aber durch ihn bekam sie so etwas wie eine Lebensaufgabe. Daß das Pensionat das geworden ist, was es immerhin war, das war ihr Werk. Jetzt wird es wieder still und leer hier sein.

Und jeder, der in ihrem Umkreis lebt, weiß, was geschehen ist.
Wir möchten ihr so gern zeigen, wie leid sie uns tut und daß wir ihr gern helfen möchten. Aber sie läßt keinen an sich herankommen, jetzt weniger denn je.
Ina und ich sind noch einen Tag zusammen, dann kommt ihr alter Herr von Hamburg an und trifft sich mit ihr. Er macht Urlaub, und sie fahren zusammen nach Italien. Ich lerne den Herrn Professor auch noch kennen, ziemlich alt ist er schon, kaum zu glauben, daß er noch eine so junge Tochter hat. Aber Ina versteht sich gut mit ihm. Es ist ja auch ganz schön, einen berühmten Vater zu haben.
Dann sind auch sie abgefahren, und ich bin allein. Auf nach Düsseldorf also. Aber vorher habe ich noch einen Weg. Und so mache ich mich eines Morgens auf, um Kommissar Linckmann zu besuchen.
Er ist sogar da. Ich war etwas unsicher, wie er mich empfangen würde. Schließlich war er ja zuletzt böse auf mich. Aber das hat er anscheinend vergessen. Er freut sich, mich zu sehen.
Er steht von seinem Schreibtisch auf, kommt mir entgegen und schüttelt mir die Hand.
»Ja, so was, das ist ja Pony. Wie kommst du denn daher?«
»Ich wollte Sie besuchen und mich von Ihnen verabschieden. Ich fahre nach Hause. Fein, daß Sie da sind. Ich hatte schon Angst, Sie könnten wieder irgendwo sitzen und einen Mord aufklären.«
»Glücklicherweise passieren nicht soviel Morde.«
»Schon gar nicht in einem Mädchenpensionat, was?«
»Gott sei Dank nicht. Das würde zu meiner vorzeitigen Pensionierung führen. Setz dich, Pony.«
Ich erzähle ihm von unseren letzten Tagen draußen, vom großen Abschiednehmen, von der Fränze.
»Ja«, sagt er, »sie kann einem leid tun. Sie bezahlt den größten Teil der Rechnung. Das ist schade. Sie scheint doch eine recht tüchtige Frau zu sein. Obwohl ihr sie ja nicht so recht mochtet.«
Ich winke ab. »Jetzt mochten wir sie sehr gern. Es war halt nicht so leicht mit ihr. Menschen wie sie«, es fällt mir schwer, die richtige Formulierung zu finden, »Menschen wie sie leben eben meist im Schatten. Und keiner mag gern

freiwillig in den Schatten gehen, wenn er die Sonne liebt, nicht? Darum war sie immer so allein.«
Er sieht mich verblüfft an. »Was für Töne, Pony! Du bist ja ganz melancholisch geworden.«
»Nicht so sehr«, sage ich, »das geht schon wieder vorüber. Aber ein bißchen was ist hängengeblieben von dem, was da draußen geschehen ist.«
Kommissar Linckmann ist gar nicht so. Er erzählt mir jetzt die ganze Geschichte, soweit man sie bis jetzt übersehen kann. Der Franz oder Gustav Arendt, wie er eigentlich heißt, hatte schon allerhand Dreck am Stecken, ehe er vor ungefähr fünfzehn Jahren sich von Erfurt absetzte, seine Frau mit zwei kleinen Kindern sitzen ließ und sich auf den Weg machte, um den goldenen Westen zu erobern. Drüben, die Brüder und Schwestern, haben nämlich nicht so viel übrig für schräge Vögel, bei denen herrscht Ordnung. Und die Gangster werden nicht, wie hier bei uns, mit Samthandschuhen angefaßt. So ein richtiger Gangster war unser lieber Franz zu jener Zeit ja gar nicht. Er hatte sich nur so ein paar Zicken geleistet, Unterschlagungen und Betrügereien, er arbeitete damals als Verkäufer, und da er charmant war und feine Manieren besaß, hatte er es schließlich bis zu einem leitenden Posten gebracht. Na ja, und da hat er sich dann so'n paar unerlaubte Dinger geleistet.
Als sie ihm dann draufkamen, verduftete er. Glücklich in Westdeutschland gelandet, hatte er keine müde Mark in der Tasche, und von Arbeiten hielt er nicht so schrecklich viel. Da er es gut verstand, mit Frauen umzugehen, und die Frauen ihn sehr gern hatten, ergriff er den Beruf eines Heiratsschwindlers, der ja, wie man immer so hört, ein ganz einträgliches Geschäft sein soll. Wie sich jetzt herausgestellt hat, sagt mir der Kommissar, ist er der Polizei unter dem Namen Gustav Arendt durchaus bekannt; einige Zeit lang soll er so nebeneinander fünf bis sechs Frauen glücklich gemacht und dabei ganz schön abgesahnt haben. Es gibt die ulkigsten Sachen auf der Welt, um sich seinen Unterhalt zu verdienen. Bis er dann mal an eine kam, die schlauer war als er, die kriegte alles heraus und zeigte ihn an. Da verduftete unser Franz wiederum, und zwar diesmal Richtung Süden, nach bella Italia. Eine Weile reichte noch das zusammengeschwindelte Geld für ein ganz flot-

tes Leben. Sicher wird er auch dort ein paar Damen gefunden haben, die seinen Reizen nicht widerstehen konnten; das wissen sie noch nicht so genau, sagt der Kommissar. Wie er dann kein Geld mehr hatte, fand er zwei Freunde. Da er sich ein Hotel nicht mehr leisten konnte, wohnte er in einer kleinen Pension an der Riviera, dort war in der Nähe ein Campingplatz, auf dem zwei Deutsche mit ihren Zelten und ihrem kleinen Auto hausten und sich die Sonne auf den Bauch scheinen ließen. Und nun, es ist kaum zu glauben, hat sich also herausgestellt – der eine davon war unser guter alter Roß!

Studienprofessor Roß ging es nicht besonders gut. Früher soll er mal ein gut beleumundeter Lehrer gewesen sein, sagt der Kommissar. Im Krieg aber war der Roß schwer verwundet worden, seine Familie war umgekommen, richtig gesund wurde er nicht wieder, na ja, und da hatte er halt mit dem Trinken angefangen. Bald wollte ihn keine Schule mehr haben.

Der andere von dem Campingplatz war auch ein Lehrer, er hieß Doktor Franzen und war Germanist. Der war nicht sehr gerne Lehrer geworden, eigentlich hatte er Medizin studieren wollen, aber das hatte er irgendwie nicht gekonnt oder gedurft oder das Geld hatte nicht gereicht, und so mußte er eben Lehrer werden; aber viel gearbeitet in dem Beruf hat er wohl nicht, denn im Krieg hatten sie ihn eingezogen, und da war er Sanitäter gewesen. Das soll ihm sehr gut gefallen haben, von der Zeit hatte er immer noch geschwärmt.

Der Roß und der richtige Franzen kannten sich vom Krieg her. Und eines Tages sagte der Franzen zum Roß, daß er keine Schule mehr von innen sehen könne und daß er keine Lust mehr hätte, in diesem verhaßten Beruf weiterzumachen. Er kaufte sich den kleinen Wagen, und los ging die Reise, Italien rauf, Italien runter, viel Geld hatten sie wohl dazu damals nicht gebraucht. Als der Franz die beiden kennenlernte, gammelten sie halt so am Strand des Mittelmeers dahin.

Eine Weile lebten die drei Männer ganz fröhlich bei Wein, Brot und Oliven und vielleicht auch einmal einem gegrillten Hühnchen, fuhren mal dorthin und mal hierhin, und eines Tages ersoff der gute Franzen im blauen Mittelmeer.

War er nun zu weit hinausgeschwommen, war er vielleicht überhaupt ein schlechter Schwimmer oder hatte ein Haifisch ihn verfrühstückt – wie auch immer, er kam nicht mehr an Land. Und da hatte der Franz eine prima Idee. Er steckte sich einfach die Papiere von dem Ersoffenen in die Tasche, nun war er der Dr. Franzen und gondelte mit Papa Roß nach good old Germany zurück. Gustav Arendt war ausgereist, Dr. Franzen reiste ein. Ein unbescholtener Lehrer, der sich nur eine Zeitlang etwas von der Welt hatte ansehen wollen. Kaum im Vaterland angelangt, nahm er den alten Job wieder auf, suchte sich per Heiratsannonce eine wohlhabende Frau, und diesmal ließ er es bei einer bewenden, denn seinen Papieren nach war er ja nun ledig, und heiratete sie. Das war unsere arme Fränze. Sie gründeten gemeinsam das Mädchenpensionat.
Eigentlich eine ganz einfache Geschichte. Den alten Roß hatte er mitgenommen und an seiner Schule angestellt. Der Frau Arendt in Erfurt war aus Italien die Mitteilung zugegangen, daß ihr Mann ertrunken sei. Und der Franz dachte offenbar auch nicht mehr an seine zurückgebliebene Familie.
Möglicherweise wäre das alles nie herausgekommen, und der Franz wäre hochbetagt als angesehener Schulmeister gestorben, wenn nicht Valeska nach Franzenshöh gekommen wäre. Und wenn Valeskas Mutter nicht in Erfurt gewohnt und sich dort mit einer Frau Arendt angefreundet hätte, die in ihrer Nachbarschaft wohnte und in die Fabrik arbeiten ging, um sich und ihre Kinder zu ernähren.
Eigentlich toll, wie es so manchmal im Leben zugeht, nicht?
Nun ist es offenbar so gewesen, daß Valeska aus Erfurt ein Bündel Bilder mitgebracht hat, hauptsächlich natürlich von ihrer eigenen Familie, Kinderbilder von sich selbst und was man eben so hat; und da war auch ein Bild von der Familie Arendt dabei, worauf der verblichene Gustav als junger Mann zu sehen war.
Genau läßt sich das ja nun nicht mehr rekonstruieren, aber offenbar hat sich Valeska eines Tages die Bilder genauer angesehen, als sie schon in Franzenshöh arbeitete, und da hatte sie sich wohl was dabei gedacht. Jedenfalls schrieb sie dann nach Erfurt und bat darum, ihr noch mehr Bilder und

auch eine nähere Beschreibung des ersoffenen Gustav Arendt zu schicken. Na ja, und da wußte sie ja denn Bescheid, als sie Brief und Bilder bei Lotti vorfand. Und als sie am nächsten Tag mit dem Franz zusammen nach Starnberg zurückfuhr, hatte sie ihm klipp und klar mitgeteilt, was sie herausgefunden hatte, und hatte von ihm verlangt, daß er sie fest anstellen müsse, denn nur in diesem Fall würde sie bei sich behalten, was sie nun wußte.

Eigentlich wundere ich mich, daß Valeska so dumm gewesen ist. Sie mußte doch erkannt haben, daß dies Erpressung war und daß für den Franz zu viel auf dem Spiel stand, nämlich das ganze neue schöne Leben, das er sich aufgebaut hatte. Darum mußte Valeska sterben.

»Und Professor Roß?« frage ich atemlos. »Warum denn er?«

»Roß war wohl geneigt, den Betrug des Arendt zu decken, aber nicht einen Mord. Und er wußte, daß Arendt der Mörder war.«

»Wieso wußte er es? Hatte der Franz es ihm erzählt?«

»Nein. Er wußte es wegen des Giftes.«

»Wegen des Giftes –?«

»Das Gift, diese schwer definierbare Mischung, stammte wahrhaftig noch aus dem Krieg. Ich sagte dir ja, daß der echte Dr. Franzen im Krieg Sanitäter gewesen war. Und da hatte er einen Arzt gekannt, der hatte für sich und einige seiner Mitarbeiter dieses Gift selbst zusammengebraut für den Fall, daß sie schwer verletzt sein sollten oder in russische Gefangenschaft geraten würden. Das war dem Dr. Franzen erspart geblieben. Das Fläschchen mit dem Gift jedoch hatte er aufgehoben, und er soll oft davon gesprochen haben, wie mir der Arendt im Verhör erzählte. Wenn er das Leben einmal satt habe, könne er sofort Schluß machen, hatte er gesagt.«

»Direkt schade, daß ein Haifisch ihn gefressen hat«, werfe ich ein, »hätte er doch lieber das verdammte Zeug selber geschluckt.«

»Professor Roß wußte, oder sagen wir mal besser, er ahnte, daß Arendt das Gift an sich genommen hatte, und nachdem Frau Loring tot war und die Rede auf das geheimnisvolle Gift kam, da wußte er, wer der Mörder war, und darum mußte er auch sterben.«

»Dann war das Gift also in seinem Wein?«
»Ja. Arendt war so weit gegangen, er konnte kein Risiko eingehen. Wie er mir sagte, hätte er ja sowieso nicht genau gewußt, ob das Zeug noch wirken würde. Und als er es Frau Loring in ihre Bowle schüttete am Abend vor euerm Fest, da war es ein Versuch, von dem er nicht wußte, wie er ausgehen würde. Na ja, das Ergebnis kennen wir.«
»Die arme Valeska«, sage ich, »viel Glück hat sie ja eigentlich nicht gehabt in ihrem Leben.«
»Nun ja, sie hat sich diese Art von Leben selbst gewählt.«
»Na, und der arme alte Roß erst! Der tat doch keiner Fliege was zuleide.«
»Er hat mit einem Betrüger zusammengelebt, und dafür hat er letzten Endes bezahlen müssen.«
»Wissen Sie, was das Tollste ist«, sage ich, »daß der Franz überhaupt kein Lehrer war. Wenn man sich vorstellt, hat da 'ne ganze Schule, eigentlich ist das doch ein dicker Hund. Deswegen wußte er das auch nicht von Elisabeth und Leicester.«
»Was wußte er nicht?«
»Na ja, überhaupt. Gar nichts wußte er. Sein Unterricht war immer sehr komisch. Wir haben eigentlich immer nur gelesen oder so. Fehler hat er fast nie verbessert. Ich verwechsle nämlich manchmal das und daß, das hat er nie angestrichen. Manchmal hab' ich es dann selber entdeckt und mich sehr darüber gewundert.«
»Hm. Da werdet ihr ja ganz schön dumm geblieben sein.«
»Na, es geht. Dafür waren die anderen Lehrer ja ganz tüchtig. Aber auf die Gesichter meiner Eltern freue ich mich, wenn ich denen das erzählen werde. Mensch, die werden vielleicht staunen. Stinkfeines Pensionat, alles Töchter aus guter Familie. Und der Direktor war ein Verbrecher. Haben Sie so was schon mal erlebt?«
»Nee«, sagt Kommissar Linckmann, »so was hab' ich auch noch nicht erlebt.«
Wir nehmen dann sehr herzlich Abschied, und ich verspreche, ihn bestimmt zu besuchen, wenn ich wieder mal nach München komme.
Nun bin ich also wieder zu Hause, worüber die Meinen nur mäßig begeistert sind. Immerhin gelang es Herrn Federmann, in Düsseldorf noch eine Schule aufzutreiben, die

mich genommen hat. Hilft eben alles nichts, die Schule muß ich erst mal hinter mich bringen. Jetzt will ich wirklich fleißig sein, bloß damit ich's mal loskriege. Und dann fängt endlich das richtige Leben an.

In den Ferien war ich bei Tante Dora auf dem Land. Das ist meine Patentante, ich mag sie ganz gern. War ja ziemlich still dort, tat aber meinen Nerven gut. Denn irgendwie aufgeregt hat mich das Ganze schon. Ich mußte auch noch viel darüber nachdenken. Von Ina bekam ich einen Brief, von Margit auch, und Pat schrieb aus England. Nur von Stephan habe ich nie etwas gehört. Das ist eine Gemeinheit, er hat es mir versprochen. Wenn der denkt, ich kaufe die blöde Illustrierte, um seine Berichte zu lesen, dann täuscht er sich, jetzt kaufe ich sie gerade nicht.

An die Fränze habe ich mal geschrieben. Ich wußte ja zwar nicht recht, was. Hab' halt so ein bißchen rumpalavert. Ich dachte, es freut sie vielleicht.

Ja, und damit ist die Geschichte aus.